中国古典诗词

名家菁华赏析丛书

陆游诗词赏析

王建忠 主编

商务印书馆国际有限公司

中国·北京

图书在版编目（CIP）数据

陆游诗词赏析 / 王建忠主编 . — 北京 ： 商务印书馆国际有限公司 , 2022.4

（中国古典诗词名家菁华赏析丛书）

ISBN 978-7-5176-0900-1

Ⅰ . ①陆…　Ⅱ . ①王…　Ⅲ . ①宋诗–诗集②宋词–选集　Ⅳ . ① I222

中国版本图书馆 CIP 数据核字（2022）第 040918 号

LUYOU SHICI SHANGXI

陆游诗词赏析

主　编	王建忠
出版发行	商务印书馆国际有限公司
地　址	北京市朝阳区吉庆里 14 号楼 佳汇国际中心 A 座 12 层
邮　编	100020
电　话	010-65592876（编校部） 010-65598498（市场营销部）
网　址	www.cpi1993.com
印　刷	三河市紫恒印装有限公司
开　本	710mm × 1000mm 1/16
字　数	265 千字
印　张	16
版　次	2022 年 4 月第 1 版第 1 次印刷
书　号	ISBN 978-7-5176-0900-1
定　价	39.80 元

总　目

说　明

一、本书选收陆游诗词81首。

二、所收诗词以《全宋词》等权威版本为底本，同时参考其他版本。

三、本书先收录诗，后收录词，诗、词部分又分别按照创作年代的先后顺序进行排列。

四、诗词原文后列有对一些难解字词、生僻字、历史词、方言词、古地名、出典、重要事件等的注释。

五、每首诗词都设有题解，内容包括诗词类型、写作背景（或人物关系）、思想内容以及其他需要交代的内容。

六、每首诗词都有赏析，主要阐述诗词所蕴含的文学性和思想性，对于比较难懂的诗词，一般有逐句翻译式的串讲，有名句的，大都予以点出。

七、本书使用简化字和现代汉语标点，有可能有歧义时，酌用繁体字或异体字。

八、行文中涉及的年份，一般用旧纪年，在其后括注公元纪年，“年”字从略。

九、行文中如涉及与今地名不一致的旧地名时，在旧地名后括注今地名或其归属地。

前　言

陆游（1125—1210），字务观，号放翁。越州山阴（今浙江绍兴）人。南宋著名文学家，伟大的爱国诗人。

他出生在一个封建官僚兼知识分子的世家。出生第二年，正值金兵攻陷北宋首都汴京（今河南开封），在襁褓之中的他随家人颠沛流离，故而成长在北宋灭亡、中原沦陷、南宋饱受金人欺凌的民族危难存亡的时代。他一生力主北伐，但因主和派当政，得不到抗金报国、大展抱负之机会，反而屡受排挤打击，愤懑困顿，饱经忧患。他的一生，大致可分为五个阶段：一是三十四岁之前，在家乡山阴读书求学时期；二是三十四岁至四十五岁初入仕途时期；三是四十六岁至五十四岁在四川宦游时期；四是五十四岁奉诏东还至六十五岁再次宦游时期；五是六十五岁被劾归乡直至去世的退居时期。他是中国文学史上罕有的高龄（享年八十六岁）、高产（现存经他自己删削后的诗有九千三百余首，亦工词）作家，是与李白、杜甫、苏轼并列的伟大诗人，堪称中国最伟大的爱国诗人之一。他与尤袤、杨万里、范成大并称“南宋四大家”。

陆游的一生，是热爱祖国的一生。

陆游诗词中最为突出的内容，就是极其执着而强烈的爱国思想和爱国情感。他生于动乱，长于忧患。国之破碎，民之悲苦，父辈爱国思想之熏陶、感染，使他很早就立下了“上马击狂胡，下马草军书”（《观大散关图有感》）之杀敌报国、收复失地、使国家复兴之远大抱负。出仕之前，他曾写下“平生万里心，执戈王前驱”（《夜读兵书》）之抗敌宏愿；入仕之后，他一直胸怀抱负，曾亲入南郑抗敌前线，参加了“楼船夜雪瓜洲渡，铁马秋风大散关”（《书愤》）的抗金战斗。尽管因力主抗战而屡遭贬黜，他收复失地之理想、信念一直坚定不移。在他笔下，那“匣中宝剑夜有声”之执着，“手枭逆贼清旧京”之快意，“三更雪压飞狐城”后“凯还宴将士”（《长歌行》）之酣畅淋漓，是何等之豪宕、豪迈和豪壮！他对南宋主和派怯弱无能、苟且偷安、不思恢复之行径极为愤慨，严加痛斥。他始终以国家、人民利益为重，敢怒敢言，直接斥责最高统治者宋高宗：“广陵南幸雄图尽，泪眼山河夕照红”（《感事》其一），“生逢和亲最可伤，岁辇金絮输胡羌”（《陇头水》），更用铁的事实——“绍兴和议”和“隆兴和议”，来揭穿以皇帝为首的投降卖国者的丑恶嘴脸。言之凿凿，痛心疾首，充分彰显了诗人大无畏之胆气、豪气和正气，亦是诗人“位卑未敢忘忧国”（《病起书怀》）之爱国忠心的体现。正如诗人所言：“盖人之情，悲愤积于中而无言，始发为诗。不然，无诗矣。”（《澹斋居士诗序》）诗人堪与“厄穷苏武餐毡久，忧愤张巡嚼齿空”（《书愤二首》其一）之苏武、张巡比肩而立。

诗人胸怀报国壮志，然而残酷的现实社会给予他的，只有无尽之挫折、打击和痛楚，几十年的岁月就在这无数次的希望、努力、抗争、奋斗、拼搏和失望、破灭中流逝了。真的是行遍天涯千万里、报国欲死无战场啊！最终不得不怀着一腔孤忠，回到故乡山阴，“既不能挺长剑以抉九天之云，又不能持斗魁以回万物之春”（《寒夜歌》），在贫病交加、穷困不堪之中，僵卧孤村，写下“但悲不见九州同”“王师北定中原日，家祭无忘告乃翁”（《示儿》）之临终遗言和嘱托后，含恨离世。他在生命的最后一刻念念不忘、惦念牵挂的仍是祖国的统一。

陆游的一生，是热爱人民的一生。

陆游诗词中另一个突出的内容，就是热爱人民的伟大情怀。陆游具有热爱人民的纯朴善良的品质，一生同情人民疾苦，为人民之乐而乐，为人民之忧而忧。其诗词具有高度的人民性。无论入仕，还是被劾身退闲居，他都为人民的幸福、安康鼓与呼，竭尽全力奋斗终生。

早在出仕之前，陆游曾在送老师曾几入朝的诗中写道：“民瘼公所知，愿言写肝膈。”（《送曾学士赴行在》）大意是：百姓的疾苦您是知道的，希望您向君王实言相告，倾吐肺腑之言。入仕之后，他更是身体力行，竭尽心力为百姓排忧解难，曾多次赈灾救民。他的被劾归乡，亦是因为私自开仓放粮赈济灾民。即使被劾归乡之后，他亦从未忘记百姓的疾苦。即便是自己的好友朱熹并非因个人原因而导致赈济灾民不力，他亦不顾个人私情严词责问：“民望甚饥渴，公行胡滞留？”（《寄朱元晦提举》）对于“暴殄天物，害虐烝民”（《尚书·武成》）之南宋统治者，更是无情地揭露和批判：“嘉穟连云无水旱，齐民转壑自酸辛。宝庐封镉多逋户，市邑萧条少醉人。”（《过邻家》）他深谙“雨顺风调百谷登，民不饥寒为上瑞”（宋·苏轼《荔支叹》）之理，当灾情发生时，他心急如焚、心如火燎：“十年水旱食半菽，民伐桑柘卖黄犊。”而当天降“喜雨”时，他欣喜若狂、喜不自胜：“不雨珠，不雨玉，六月得雨真雨粟。”（《喜雨歌》）这些都充分体现出诗人“但得众生皆得饱，不辞羸病卧残阳”（宋·李纲《病牛》）的深厚爱民情怀。不仅如此，他还和百姓打成一片，亲如一家：“初寒偏著苦吟身，情话时时过近邻。”（《过邻家》）他以自己懂医术之特长，肩背药箱，身骑毛驴，走村串户，为远近的村民医病除患，深得大家的爱戴。“村巷欢欣夹道迎”，“扫洒门庭拂床儿，瓦盆盛酒荐豚肩”，“共说向来曾活我，生儿多以陆为名”（《山村经行因施药》五首），读之令人十分感动。

陆游的一生，亦是热爱人生、追求爱情、钟情于大自然的一生。

诗人早年在家乡山西村游览，就曾醉心于“山重水复疑无路，柳暗花明又一村”之既意趣横生、亮丽明快又寓含哲理的美景和“箫鼓追随春社近，衣冠简朴古风存”之淳朴实在的生活，表达了诗人对家乡、对大自然的热爱，以及“从今若许闲乘月，拄杖无时夜叩门”（《游山西村》）之渴望。他闲居山阴家乡之时，曾在“小园烟草接邻家，桑柘阴阴一径斜”之庭院中，尽情享受“卧读陶诗未终卷，又乘微雨去锄瓜”（《小园》其一）之田园生活的惬意和乐趣；亦曾在“红树青林带暮烟，并桥常有卖鱼船”之景色中，得意地吟出“樊川诗句营丘画，尽在先生拄杖边”（《舍北晚眺》）之诗句；又曾在雨后初晴的傍晚，到东村散步，看到沙沟泠泠作声之流水、风中翩翩起舞之麦浪和天边红艳耀眼之夕阳，怦然心动，驻足忘返；还曾在“乌桕微丹菊渐开，天高风送雁声哀”之秋景中，生发出“诗情也似并刀快，剪得秋光入卷来”（《秋思三首》其一）之独特感受……

诗人既有“老夫壮气横九州”（《冬暖》）之自称，又有“自古男儿一放翁”（清·梁启超《读陆放翁集》）之美誉；既有“壮心未与年俱老，死去犹能作鬼雄”（《书愤》）之豪气冲天的铮铮铁骨，又有“东风恶，欢情薄”“山盟虽在，锦书难托”之儿女情长。诗人二十岁时与表妹唐琬结婚，三年后其母逼他休妻。三十一岁时，诗人与唐琬夫妇（唐琬改嫁赵士程）偶遇于沈园，便发出了“一怀愁绪，几年离索”之无限悲哀和“错、错、错”“莫、莫、莫”（《钗头凤》）之万箭穿心般的巨大悲哀和悔恨。唐琬回家之后，亦发出“咽泪装欢”“瞒、瞒、瞒”“难、难、难”难以解脱之莫大痛苦和哀怨，不久便郁郁成疾，撒手人寰。

总之，陆游的诗词创作在思想和艺术上，皆取得了巨大的成就。其诗各体皆工，尤其是七言各体成就最为突出，七绝是宋人中成就最高者。其词亦别有特色，“纤丽处似淮海，雄慨处似东坡”“超爽处更似稼轩”（明·毛晋《汲古阅书跋·放翁词》）。他之所以能取得如此辉煌的成就，就是因为他把书本知识和自己亲历的社会、生活实践相结合，这也正是他所告诉儿子的：“汝果欲学诗，工夫在诗外。”（《示子遹》）“纸上得来终觉浅，绝知此事要躬行。”（《冬夜读书示子聿》其三）

陆游的一生，是爱国爱民的一生。他生命不息，忧国忧民不止，直到生命的最后一刻，牵念的仍然是祖国的统一、人民的安乐。

鉴于以上所言，我们编写了这本《陆游诗词赏析》。

本书还有以下几个特点：一是所选诗词的典型性。本书所选的80余首诗词，是从诗人近万首诗词作品中精选出来的，皆是久经历史检验、极有代表性的脍炙人口的经典作品。亦有一些大多读者颇为陌生但思想性、艺术性皆为上乘的诗词作品。二是体例的新颖性。每首诗词由原作、注释、题解和赏析四大部分组成，读之不仅可以领悟所选诗词的思想内容和艺术特色，而且对作者写作的背景亦能有较为全面的了解。三是赏析的深刻性和创新性。本书赏析皆紧扣原作，语言精美，准确、生动、形象之中又不乏诙谐、幽默；旁征博引、睿智洞见之中又不乏厚重、犀利；见解独到，富有创新，尤其是其他典籍或文章中回避或解释不清或有意滑过的问题，在本书中皆有明确的解释、观点或看法，且合情合理，极有见地，令人信服。此外，本书赏析还具有鲜明的时代特征，极易为广大读者所接受。

由于时间、水平所限，本书纰漏在所难免，恳请广大读者，尤其是方家批评指正。

目　录

夜读兵书

孤灯耿霜夕①，穷山读兵书②。
平生万里心③，执戈王前驱④。
战死士所有，耻复守妻孥⑤。
成功亦邂逅⑥，逆料政自疏⑦。
陂泽号饥鸿⑧，岁月欺贫儒⑨。
叹息镜中面，安得长肤腴⑩？

注　释

① 耿：本是明亮之意，此处活用为动词，意为照明、照亮。霜夕：秋夜。

② 穷山：人迹罕至的深山僻壤。此指陆游书堂所在的云门山，在今浙江绍兴南三十多里。陆游曾写道："余书堂在云门寺西。"（见《剑南诗稿》卷十二《山中作》自注。）

③ 万里心：此指诗人驰骋万里边疆抗击金兵、杀敌报国、收复失地的理想抱负。

④ 执戈：手执兵器。戈，盛行于商至战国时期的一种长柄兵器，既可横击，又可钩杀。代指兵器。《诗经·卫风·伯兮》有："伯也执殳，为王前驱。"

⑤ "战死"二句：化用三国曹植《白马篇》的诗意："弃身锋刃端，性命安可怀。父母且不顾，何言子与妻。"意为战死疆场，为国效力，这才是志士应有的气节；守着妻子儿女、安稳度日之生活，诗人认为是可耻的。

⑥ 成功：此指实现收复失地、建功立业之抱负。邂逅（xiè hòu）：指偶然取得。

⑦ 逆料：预料。政：意同"正"。疏：迂阔，疏阔，脱离实际。此句是说，如果要预料未来将会怎样，是迂腐而不切合实际的。

⑧ 陂（bēi）泽：指地势低洼有积水的地方。此指恶劣之处境。饥鸿：

以饥饿的鸿雁来喻指忍饥挨饿、流离失所的百姓。

⑨ 贫儒：穷苦的读书人。此为诗人的自称。

⑩ 长肤腴（yú）：永不衰老之意。肤腴，指皮肤丰满润泽。

题 解

这首五言古诗大约作于宋高宗绍兴二十五年或二十六年（1155或1156）的秋天。刚过而立之年的诗人正在家乡山阴居家读书。诗人出生的第二年，正值金兵攻陷北宋都城汴京，他在襁褓中随家人颠沛流离。因受社会和家庭环境的影响，诗人幼时便立下“上马击狂胡，下马草军书”的爱国壮志。二十九岁，赴临安省试，名列第一，次年应礼部试，为奸相秦桧所黜，只得返回家乡山阴。他在仕途受挫、壮志难酬、心情愤激难平之时，写下了这首即事言怀、充满爱国正能量的诗。

赏 析

诗人幼时便有爱国之志，即使遭遇因奸臣秦桧阻挠而被黜落的厄运，也绝难泯灭他心中坚定的“楚虽三户能亡秦，岂有堂堂中国空无人”（陆游《金错刀行》）的宏伟志向，因为他有着“位卑未敢忘忧国”的坚强意志和坚定信念。因此，在科场失利、人生困顿之时，诗人并未气馁，而是在深秋寒夜、挑灯苦读——“孤灯耿霜夕，穷山读兵书”，一盏孤灯将秋夜照得通明，他正在深山的书堂之中挑灯苦读兵书。“穷山”二字，可见诗人独居深山而心志弥坚。“霜夕”二字，更见出诗人不惧环境恶劣之苦况，报国之志愈加坚定。着一“耿”字，既真实地描写出诗人“孤灯”夜读兵书之情景，又表现出他“孤灯苦读（原诗是‘僵卧孤村’）不自哀，尚思为国戍轮台”（陆游《十一月四日风雨大作》其二）的坚定的报国之志。

这是因为，诗人“平生万里心，执戈王前驱”——他一生的抱负就是驰骋疆场，为国为民效力。这里，诗人化用曹植《白马篇》和《诗经》的诗意，表达自己抗击金兵、杀敌报国、收复失地的理想和信念。“万里”和“执戈”等字眼，表现出诗人英勇杀敌之雄心壮志。诗人深深地知道:“战死士所有，耻复守妻孥。”这就表达出诗人“读书本意在元元”(陆游《读书》)之初心:战死沙场、马革裹尸是志士仁人之追求，那种只想厮守妻儿身边、尽享天伦之乐的行径，是万分可耻的!这里，诗人又巧妙地化用了曹植的诗意，表达出“横戈上马嗟心在，穿堑环城笑虏孱”(陆游《观长安城图》)的杀敌报国的英雄气概。

然而，当豪情满满的诗人回到百姓流离失所、收复无望、自己壮志难酬的严酷现实之中时，却不由得暗自伤情:“成功亦邂逅，逆料政自疏。”实现收复失地、建功立业的理想本就是难以预料的事，如果要预料前程如何，则未免迂腐而不切合实际。诗人想到被奸臣秦桧黜免的遭际，不由得发出壮志未酬之喟叹。

即使如此，在现实与理想的强烈对比中，诗人仍然胸怀天下苍生、矢志不渝:“陂泽号饥鸿，岁月欺贫儒。”哀鸿遍野，人民正啼饥号寒;岁月蹉跎，使我等贫儒深感心忧。这里，诗人化用《诗经·小雅·鸿雁》之诗意，表达“穷且益坚，不坠青云之志”(唐·王勃《滕王阁序》)的坚强心志:国难当头，民不聊生，自己怎能放弃理想和追求呢!

诗末，诗人在痛惜中发出深深的哀叹:“叹息镜中面，安得长肤腴?”可叹镜中的自己容颜日渐衰老，怎么能永葆丰满润泽的肌肤呢?这里，诗人用对镜自照的细节和心理，表达出“报国心皎洁”(唐·韩愈《龊龊》)、愈挫愈奋的抗敌报国之志。

这首诗情真意切。诗人运用自述的手法，通过强烈的对比、真实的细节和心理描写，以及巧妙代用等多种手法，抒写了自己夜读兵书的心境和情怀，表达出炽热而深挚的爱国之情。

泛瑞安江风涛贴然①

俯仰两青空②，舟行明镜中③。
蓬莱定不远④，正要一帆风。

注 释

① 瑞安江：今天的飞云江，流经浙江瑞安境内。是浙江东南主要水系之一。三国时称罗阳江，晋时称安阳江，唐时始称瑞安江。风涛贴然：风平浪静之意。贴然，安适、平静的样子。贴，同“帖”。

② “俯仰”句：意为低头或抬头，皆可以在清澈而平静的瑞安江江水中，看到青天。青空，即碧空，蔚蓝的天空。

③ “舟行”句：化用唐李白《青溪行》：“人行明镜中，鸟度屏风里。”意为小舟行驶在如明镜一样的江面之上。明镜，此处比喻江水平静而清澈。

④ 蓬莱（péng lái）：古代传说中东方海上三座仙山（蓬莱、方丈、瀛洲）之一，常以此指代风景优美之地。此处指宁德。诗人此时任福建宁德主簿。

题 解

这首诗作于宋高宗绍兴二十八年（1158）的秋天。其时陆游三十四岁。此前陆游曾参加礼部会试，名居榜首，只因丞相秦桧之孙秦埙名列第二，遭秦桧忌妒，陆游和主考官皆被废黜。写这首诗时，秦桧已死三年，陆游才被任用为福州宁德县（今福建宁德）主簿。虽则他首次出仕，主簿也并非要员，但毕竟步入仕途，故而诗人对前途充满信心，内心振奋，踌躇满志，心情极佳。在此情形之下，诗人赴任途中舟行于浙江瑞安，但见风平浪静、空明如镜之瑞安江上，宛若蓬莱仙境一般，信心满满，于是以欢快之心情，写下了这首寄寓自己在政治上有所作为之憧憬的精短之诗。

赏 析

这首诗的题目既交代了舟行之地点，又写出了此时瑞安江之景色特点“风涛贴然”（风平浪静），把诗人的感受及对未来的憧憬寓于其中。

诗之前两句“俯仰两青空，舟行明镜中”，描写诗人乘舟赴任中，所见瑞安江之江面宽阔、江水清澈之景象：瑞安江江水清澈而平静，我所乘的小船行驶在明镜似的江面之上，低头和抬头之间，所看到的都是青天。这里，诗人巧妙化用“诗仙”李白之“人行明镜中，鸟度屏风里”之诗意，写出了天空、江面之宽阔和江上风平浪静、江水之清澈。尤其是“两青空”三字，描写出一种特有的景致：仰望长天，青空万里；俯视江面，又见青空。这样，诗人自然就会生出“舟行明镜中”的恍如仙境中的感受，不仅容量丰厚、艺术概括力极强，而且巧妙而又自然地过渡到下一句。

“蓬莱定不远，正要一帆风。”这两句紧承上句之美的感受，借传说表达愉悦之感的同时，又巧妙地寄寓了诗人在政治上的远大抱负：这里距那蓬莱仙境定然不会很远，我正要借这一帆风，到达那风景优美的地方。诗人让陶醉于眼前美景的期盼之心，又插上了想象的翅膀，有一种“蓬莱今古但闻名”（唐·白居易《海漫漫》）和“蓬莱有路教人到”（唐·陆龟蒙《新沙》）的喜悦，寄寓了“一帆风”的理想抱负——渴望在奸相秦桧死后，自己能够在政治清明的环境下，“上马击狂胡，下马草军书”，收复失地，报效国家，显然有一种“定知一日帆，使得千里风”（唐·孟郊《送崔爽之湖南》）的美好憧憬。

这首诗立意高远，境界非凡。既是笔法空灵、想象瑰奇的写景诗，又是寄寓深厚、表达爱国情感、抒写报国之志的抒情诗，还是意趣横生、旨意丰厚的哲理诗（寓含“长风破浪会有时，直挂云帆济沧海”［唐·李白《行路难》］及“潮平两岸阔，风正一帆悬”［唐·王湾《次北固山下》］等诗意）。

送七兄赴扬州帅幕①

初报边烽照石头②，旋闻胡马集瓜洲③。
诸公谁听刍荛策④？吾辈空怀畎亩忧⑤！
急雪打窗心共碎，危楼望远涕俱流⑥。
岂知今日淮南路⑦，乱絮飞花送客舟。

注　释

① 七兄：指陆游仲兄陆濬，行七，字子清，小字昙僧，号次川、逸安叟。官至朝请大夫，知岳州。扬州帅：指成闵。闵，字居仁，邢州（今河北邢台）人，绍兴三十一年（1161）十一月充任淮南东路制置使、京东西路河北东路淮北泗宿州招讨使。同月，金主完颜亮为部下所杀，成闵引兵渡长江趋扬州。

② 边烽：边界报警的烽火。石头：山名。在江苏南京西，北靠长江，南抵秦淮口，城在山后。六朝以来，皆守此为固。诸葛孔明所谓“钟山龙蟠，石头虎踞”者，即指此。

③ 旋：很快，紧接着。胡马：金人之兵马。胡是对中国西方及北方少数民族的统称。此处指金人。瓜洲：地名，在今江苏扬州南，为当时的军事要地。

④ 诸公：指当时在朝中掌权的人。刍荛（chú ráo）策：指普通人的意见。这里谦指自己的政见。刍荛，指割草打柴的人，樵夫。后称乡野间见闻不多、无知浅陋的人。

⑤ 畎（quǎn）亩忧：指在野之人的忧虑。畎亩，田间，田地。

⑥ 危楼：高楼。涕：眼泪。

⑦ 淮南路：路是宋代的地区设置。淮南路，宋至道三年（997）置，其地东至海，西距汉，南濒江，北据淮。熙宁五年（1072）分淮南为东西两路，东路治扬州，西路治庐州。

题 解

这是一首送别诗，作于宋高宗绍兴三十二年（1162）春天。此诗写作的前一年，金兵发生内讧：金主完颜亮强令部下限日渡江，激起哗变，完颜亮被部下所杀，金兵仓皇北退。各地义军奋起反攻，抗金形势出现转机。诗人其时三十八岁，又一次在心中燃起杀敌报国之热情，但又深感请缨无路。诗人借送别“七兄”这一时机，一抒压抑胸中的壮志难酬之痛。

这首诗造语工巧，对仗工稳，且做到了寓情于景，抒写出深沉的忧国之思和报国之情。

赏 析

“初报边烽照石头，旋闻胡马集瓜洲。”首联概括了边地形势，交代了写作背景：刚刚报传边地的烽火，已照亮了建康城头；不久又闻说金人的兵马，已集结在瓜洲渡口。乍一开篇，诗人便以“边烽”二字，形象地描写出金兵来犯的“黑云压城”的紧张形势。“胡马集瓜洲”更让人心惊。由此可见，金人吞我河山之气焰是何等嚣张！诗人为国解忧、慷慨赴敌之心油然而生。

“诸公谁听刍荛策？吾辈空怀畎亩忧！”颔联紧承首联，抒写诗人有志难伸的愤慨：当权的诸位大人，有谁肯听听我们这些人的意见？！我们在野的人啊，只能徒劳地为时局担忧，空怀忧国之心。这里把诗人满腹之“忧国复忧民”（陆游《春晚即事》其三）的情思淋漓尽致地表现了出来。诗人“位卑未敢忘忧国”，曾多次上书朝廷，力主抗敌收复，并提出了具体的策略和措施。然而满朝公卿畏敌如虎，嫉贤如仇，无人肯听他的意见。他的一片好心反而招致贬罚。这一联所写，正是这种现实的真实写照。诗人运用极为鲜明的对比，表达了内心如焚之忧愤。

“急雪打窗心共碎，危楼望远涕俱流。”颈联借景抒写诗人内心无比之愤慨和痛苦：大风急雪扑打着窗棂，我的心和那雪珠一起破碎；登上高楼向远处眺望，你和我都不禁热泪横流。这里，“急雪打窗”之情景，令诗人想到强敌践踏中原国土、蹂躏失地人民之惨象，不禁心中流血、心欲碎裂。“危楼望远”时，诗人似乎看到了狼烟四起、强敌入侵、人民受苦受难之惨绝人寰之情景，故而诗人与七兄皆涕泪交流。“涕俱流”三字，把诗人“泪尽胡尘”（陆游《秋夜将晓出篱门迎凉有感》其二）之悲愤写出来了。

“岂知今日淮南路，乱絮飞花送客舟。”尾联深表送别之情：我哪里想到啊，今日在这柳絮轻飘、乱红飞舞之时，我要送你的客船去那淮南东路的古城扬州。这里，诗人用“岂知”二字，点出形势之变化出人意料——金人内讧使一场战祸幸免。“乱絮飞花”，看似写景，实则暗含金兵撤离、淮水以南暂时安全之情形。在这样的大背景下，诗人送别七兄，惜别、挽留之意油然而生。“乱絮飞花”之景亦显得含情蕴意、情意深重。诗人运用移情于景之手法，把送别七兄的深情厚谊表现了出来。

这首诗意旨深厚，寓情于景。诗人借送别七兄之机会，将自己满腔的爱国激情融入诗中。尤其是颔联之直抒胸臆和颈联之寓情于景，把诗人炽热的爱国之心表现了出来，大大增强了此诗的艺术表现力和感染力。

游山西村①

莫笑农家腊酒浑②，丰年留客足鸡豚③。
山重水复疑无路④，柳暗花明又一村⑤。
箫鼓追随春社近⑥，衣冠简朴古风存⑦。
从今若许闲乘月⑧，拄杖无时夜叩门⑨。

注 释

① 山西村：在会稽县（今浙江绍兴）西南的云门山中云门寺西，与诗人的故乡山阴毗邻。

② 腊酒：腊月里酿造的米酒。浑：未经过滤的酒，可称之为浑酒或浊酒。

③ 足鸡豚（tún）：意为准备了丰盛的菜肴。足，足够、丰盛之意。豚，小猪，此处代指猪肉。

④ 山重水复：此指山峦重叠、溪水往复之景致。

⑤ 柳暗花明：此处指柳荫茂密、鲜花明丽。

⑥ 箫鼓：指吹打的乐器。此处指吹箫打鼓。春社：古代立春后，祭拜土地和五谷神祈求丰年的日子。

⑦ 古风存：即保留着淳朴的古代风俗。古风，意为有古人之风度。

⑧ 若许：如果这样。闲乘月：意为有闲暇之时将乘月光出游，言外之意即是去官乡居。

⑨ 无时：没有一定的时间，指随时。叩门：即敲门。

题 解

这首诗作于宋孝宗乾道三年（1167）初春，此时诗人正被朝廷罢官而闲居家乡山阴。此前，他曾任隆兴府（今江西南昌）通判，并在隆兴二年（1164）积极支持抗金名将张浚北伐，但由于出师战败，遭到朝廷主和投降派的排挤打击。乾道二年（1166），朝廷便以“交结台谏，鼓唱是非，力说张浚用兵”之罪名，使他从隆兴府通判任上罢归故里山阴。

此诗通过对山西村美好景色和村中农家淳朴、幸福生活的描绘，表达了诗人对这种生活的热爱和向往，亦反衬出他对官场尔虞我诈、攻讦纷杂生活之厌倦。“通篇充满了轻快爽朗的情调和摇曳多姿的韵致。它不只是一篇清新可喜的风物画，同时也是一幅意趣浓郁的风情图。”（赵齐平《宋诗臆说》）

赏 析

这首记游抒情诗紧扣诗题中的“游”字而写，首联“莫笑农家腊酒浑，丰年留客足鸡豚”，叙写诗人出游到农家之情景，渲染农村丰年之气象：不要笑话农家腊月里酿的酒浊而又浑，在丰收的好年景里待客，菜肴是非常的丰盛。这里，诗人运用先抑后扬的手法，上句言农家酒味虽薄，下句说待客情意却极为深厚。前者突出村民之纯朴，后者称赞农人之盛情和民风之纯真。尤其是着一“足”字，突出了“农广”（农业发展）、“谷积”（五谷储积，粮食有余）的农人丰衣足食的喜人景象和他们纯朴、善良、厚道的性格特征。

颔联“山重水复疑无路，柳暗花明又一村”，描写村外山间水畔之景色：山峦重重叠叠，溪水曲曲折折，令人疑惑似乎没有路径；跋山涉水，再往前行，忽然眼前又出现一个柳荫茂密、鲜花明丽的山村。这一联写得意趣横生、亮丽明快，更将景情融合，仿佛诗中之情形就在眼前：诗人游赏在青翠可掬的山峦之间，清泉汩汩曲行折绕，草木茂盛浓密，蜿蜿蜒蜒的山径愈加难以辨认。正在这迷惘、犹疑之间，突然看见前面柳暗花明处的几间农家茅舍，隐现于花木之中，诗人顿然眉开眼笑、豁然开朗。那种喜形于色、兴高采烈、欢呼雀跃之情状，我们不难想见。这多么像我们在探求学问、研讨问题时的情形：在万般迷茫、扑朔迷离、没有出路之时，因为锲而不舍、刻苦钻研，忽然间茅塞顿开，出现了一个前所未有的新契机、新天地。由此可见，此联极富理趣，寓含哲理，对人生、处世等皆有启发意义，故而千百年来被人们广泛引用，成为千古名句。

颈联“箫鼓追随春社近，衣冠简朴古风存”，由上联春光明媚的山水景色转入人事之叙写：村民们吹箫打鼓，迎接春社的到来，他们衣冠简朴，依然保存着古朴的风气。这里，诗人通过农人祭拜土地和五谷神之迎接社日、祈求丰年的风俗描写，赞美这一古老的乡土民俗，把心底之深情至爱融入其中。正如诗人所写："归来早觉人情好，对此弥将世事轻。"（陆游《秋晚闲步邻曲以予近尝卧病皆欣然迎劳》）诗人之所以如此深得民爱，正是因为他的至情爱民。

尾联"从今若许闲乘月，拄杖无时夜叩门"，描写诗人游赏一整天之后，与农人月夜话别之情形：今后如果还能乘大好月色出外闲游，我一定拄着拐杖，随时来敲你们的家门。这里，诗人用饱含深情的语言，表达了对农人、对家乡的热爱，亦可见出诗人与农人亲密无间的血肉关系和其深挚的爱民情怀。

这首诗言少意丰，极富特色：一是诗旨深刻。诗人以"游"写"村"，以"村"写"人"，通过笔下农村自然风光之美、淳朴风俗之美和农民纯洁心灵之美，把自己爱国、爱民和爱自然山水的高尚情怀融入诗中。二是层次清晰，极有章法。此诗由客及主，由景及人，由大而小，由虚而实，步步深入，首尾呼应，十分圆合。三是用字精妙。诗人做到了平字见新、常字见奇。如诗中的"足"字，不仅突出了农民丰衣足食的喜人景况，而且刻画出农民宽厚、纯朴、善良的性格。又如"拄杖""叩门"二词，常语入诗，既新又奇，动作、神态如在眼前，爱民情怀、血肉关系显然可见。四是寓含哲理。"山重水复疑无路，柳暗花明又一村"一联，引人探求，启人努力，激人奋进，对人生、处世等皆有启发作用，故而成为千古警句，更是此诗的一大亮点。

哀 郢[1]

远接商周祚最长[2]，北盟齐晋势争强[3]。
章华歌舞终萧瑟[4]，云梦风烟旧莽苍[5]。
草合故宫惟雁起[6]，盗穿荒冢有狐藏[7]。
离骚未尽灵均恨[8]，志士千秋泪满裳[9]。

注 释

① 哀郢（yǐng）：战国伟大诗人屈原《九章》中的篇名，陆游借此为题，以抒爱国之情。郢，春秋战国时楚国的都城，在今湖北江陵。

② 祚（zuò）：皇位，帝业。

③ 北盟：此指战国时位于楚之北方的齐、晋与楚联盟，共同抗击强秦。

④ 章华：指春秋时楚灵王所筑之章华台，遗址在今湖北监利西北。萧瑟：寂寞凄凉。

⑤ 云梦：云梦泽。古代楚国之大泽，故址在今湖北、湖南交界一带。莽苍：形容景色迷茫、苍茫无际的样子。

⑥ 草合：指野草滋生弥漫。

⑦ 荒冢（zhǒng）：荒野的坟墓。

⑧ 离骚：此指屈原楚辞的代表作品《离骚》。屈原自述身世、品行与理想，抒发自己遭谗被害的苦闷与矛盾，斥责楚王昏庸、群小猖獗、朝政日非之现实，表现了他不与邪恶势力同流合污的斗争精神和至死不渝的爱国热情。灵均：屈原的字。恨：此为遗憾之意。

⑨ 志士：有远大志向之士，此为陆游自指。

题 解

这首七言律诗是怀古诗，是《哀郢二首》的第一首，作于宋孝宗乾道六年（1170）。当时，诗人因于乾道二年（1166）隆兴通判任上以“交结台谏，鼓唱是非，力说张浚用兵”之罪名而被罢黜回乡。此年出任夔州（今重庆奉节）通判，西行入蜀途经楚国故都郢时写此组诗。这首诗不仅是诗人对屈原的凭吊，更是对南宋受辱于金国现状的悲愤感伤，表达了诗人对屈膝苟安、腐败昏聩的南宋朝廷的满腔怨愤，以及报国无门、壮志难酬的沉痛之情。

此诗怀古伤今，情真意切，融情于景，卒章显志，以强烈之对比，抒写出诗人炽烈的爱国情怀。

赏 析

首联“远接商周祚最长，北盟齐晋势争强”，诗人从回顾历史“起”笔：楚国远承商周两代的帝业，历史久长；在鼎盛时期曾和齐晋结盟，一致对抗强秦。上句言楚国之历史——曾是商之属国，后又被周成王封为诸侯国，故而诗人说“祚最长”。下句写战国七雄争霸之情事，“北盟”“争强”二词突出了楚国曾经的强大，为下联的叙写做铺垫。

颔联“章华歌舞终萧瑟，云梦风烟旧莽苍”，紧“承”上联，叙写楚国由盛到衰而亡的历史：当年楚国离宫章华台上的歌舞，早已萧索寂寥了；但那云梦泽风烟迷蒙，气象依旧，还是那么阔大迷茫。上句写楚国之衰亡，“终萧瑟”三字，包含了诗人“千古兴亡多少事，悠悠”（宋·辛弃疾《南乡子》）的无尽慨叹。下句借景写情。风物依旧，却已改朝换代。这里，诗人用“章华歌舞”之短暂和“云梦风烟”之长在形成强烈对比，抒发了物是人非之喟叹，揭示出“千古兴亡，百年悲笑”（宋·辛弃疾《水龙吟》）的历史变迁之无情。

颈联“草合故宫惟雁起，盗穿荒冢有狐藏”，诗人由回顾历史“转”而描写眼前之景：当年楚国郢都的宫殿旧址，如今是野草滋长弥漫，一片荒凉，只见那雁群时而飞起；早已被盗掘一空的荒坟野冢，如今已成了狐兔的藏身之处。这里，诗人以“故宫”“草合”“雁起”和“盗穿荒冢”“狐藏”来象征楚国之衰亡，将深沉的思考寓于其中：南宋朝廷忍耻求和，奸臣当道不思恢复国家，楚亡之惨痛教训应当记取！此时此刻，诗人心潮难平、思绪万千，“忧国孤臣泪”潸然而下，但“平胡壮士心”（陆游《新春》）依然坚如磐石，不可动摇。

尾联“离骚未尽灵均恨，志士千秋泪满裳”，诗人总结楚国衰亡的历史教训，表达对不思恢复、求和苟安的南宋朝廷的满腔怨恨：屈原在《离骚》中所无法尽情宣泄的无穷的家国之恨，也正是我的千秋遗恨，想起国土沦丧、九州不同之情形，我顿时泪满衣裳，悲愤满腔。诗人运用卒章显志之法，把报国无门、壮志难酬之沉痛和怨愤尽情地表达了出来。

这首诗意旨深厚，充满爱国激情。诗人既把忧国之情寓于对楚国衰亡的历史回顾之中，又把报国之意融于景物描写之中，同时还直抒胸臆，借爱国诗人屈原一抒内心之忧愤，拳拳爱国之心感人肺腑。

记　　梦

梦里都忘困晚途①，纵横草疏论迁都②。
不知尽挽银河水，洗得平生习气无③？

注　释

① 晚途：晚年。

② 纵横：指诗人上书议论迁都时之慷慨激昂、奋笔疾书之状。草疏：指诗人书写奏疏。论迁都：即隆兴元年（1163）陆游曾向朝廷上《上二府论都邑札子》，建议迁都建康（今江苏南京）。

③ “不知”二句：化用唐杜甫《洗兵马》“安得壮士挽天河，净洗甲兵长不用”之诗意，表现了诗人以恢复中原为己任的至死不衰之精神。挽，引。银河水，银河乃天上之星系，人们望之像河，一片汪洋，故而想象其中之水定然极多。习气，指诗人爱国忧民、关心国计之品质和抗金复国的意志、气概。无，相当于疑问语气词“吗”。

题　解

这首七言绝句是陆游于宋孝宗乾道七年（1171）正月所作，此时诗人任夔州通判。夔州通判虽是闲散之官，但诗人始终抱定“一身报国有万死，双鬓向人无再青”（陆游《夜泊水村》）之坚定意志。虽屡遭主和派排挤、打击，但人生之困顿并未丝毫动摇诗人报国之决心。此前，在宋孝宗隆兴元年（1163），诗人在镇江通判任上，上书朝廷，从国家长治久安之大局出发，提出了将都城由临安迁到建康的政治主张，以实现收复之大计。但因此触怒了宋孝宗、秦桧等当权者，诗人被调任到荒远、偏僻的夔州任职。在这首诗中，诗人慷慨悲愤，表达对国家热爱之深情及对国事关切之挚意——即使在梦中，梦到的也是上书复国之事，爱国之忠心和不平之忠愤尽皆含于诗中。

赏 析

诗之首句“梦里都忘困晚途”，先从梦境写起，表达自己唯以国事为重、将上书迁都之事托之以梦境：在梦中，我完全忘却了自己晚年之困顿，议论国事、主张收复的豪放之气至老不衰。这里，诗人以梦寄怀，表达自己执着而强烈的爱国情怀。“都忘”二字，写出了诗人忘却困顿、爱国之气依然似当年一般亢烈，有一种“壮心未与年俱老，死去犹能作鬼雄”之爱国豪气和胆气在。“困晚途”三字，更有着“僵卧孤村不自哀，尚思为国戍轮台”之生命不息、爱国不止的决心和意志。寥寥七字，写得诗人的爱国之赤胆忠心感人肺腑。

诗之次句“纵横草疏论迁都”，陈述诗人当年上疏之事：那时，我奋笔疾书迁都建康的政治主张，慷慨激昂，义正词严。然而，这篇犀利明快、见解深刻、极有远见的上书，并未得到朝廷的认同和采纳，诗人反而因此被调任到更加荒僻的夔州。诗人的一腔爱国热情，得到的却是兜头盖脸一盆凉水。在这种万分困顿、抑郁不得志的情形下，诗人顿然感到“困晚途”。可我们知道，诗人此时才四十七岁，这真的是“丈夫五十功未立，提刀独立顾八荒”（陆游《金错刀行》）啊！

骤然之间，诗人从胸中爆发出强烈的爱国壮志：“不知尽挽银河水，洗得平生习气无？”不知道引尽天上的银河之水，能不能洗去我平生爱议论国事、执着爱国之习气呢？这里，诗人以奇特的想象、极度的夸张和反诘的语气，巧妙化用“诗圣”杜甫之“安得壮士挽天河，净洗甲兵长不用”的诗意，表达自己以恢复中原为己任的至死不渝的心志。这亦是诗人在朝野上下苟且偷安之“和议”投降之声充斥的情况下，一表抗敌报国初衷而向主和派发出的挑战！其誓死杀敌报国、收复中原之夙愿，直可感天地、泣鬼神。

这首诗意旨深刻，手法高妙。诗的前两句以梦言志，借梦抒怀，表达诗人坚定不移、矢志不渝的抗敌收复的报国之宏愿。诗的后两句以独特而又鲜明的浪漫主义手法，用奇异之想象和极度之夸张的手法，妙以能表达强烈情感的反诘语气，化杜甫之名句于无形，以刚劲挺拔之势，陡然振起，确实是“高情壮思，有抑扬天地之心；雄笔奇才，有鼓怒风云之气”（唐·王勃《游冀州韩家园序》）。全篇充溢着诗人赤诚的爱国热忱，有感天动地的艺术魅力。

夜登白帝城楼怀少陵先生①

拾遗白发有谁怜②，零落歌诗遍两川③。
人立飞楼今已矣④，浪翻孤月尚依然⑤。
升沉自古无穷事⑥，愚智同归有限年⑦。
此意凄凉谁共语，夜阑鸥鹭起沙边⑧。

注　释

① 白帝城：此为东汉初公孙述所建，在夔州东白帝山上。少陵先生：指唐代诗人杜甫。杜甫郡望京兆杜陵，又曾在长安城南杜陵附近的少陵居住过，故而他自称为“杜陵布衣”或“少陵野老”。

② 拾遗：杜甫。因他被唐肃宗任为左拾遗，故而有“杜拾遗”之称。

③ 零落：此为飘零、流落之意。歌诗：本指可以入乐之可歌之诗，也可包含那些不再入乐之乐府、歌行等诗。此处泛指各种体式的诗歌。两川：泛指巴蜀之地。唐代安史之乱后，四川分属西川节度使和东川节度使，故而称其为“两川”。

④ 人立飞楼：此指杜甫在夔州居住时曾屡次登临白帝城，写过《上白帝城》《白帝楼》《白帝城楼》等诗多首。其《白帝城最高楼》诗云：“城尖径仄旌旆愁，独立缥缈之飞楼。”

⑤ 浪翻孤月：语出杜甫《宿江边阁》诗：“孤月浪中翻。”

⑥ 升沉：仕途上的降升、穷达。

⑦ 有限年：指有限的年寿。

⑧ 夜阑：夜残，夜尽。

题　解

这首七言律诗是陆游在宋孝宗乾道七年（1171）于夔州所作。陆游是一位伟大的爱国诗人，与尤袤、杨万里、范成大并称“南宋四大家”。他对唐代大诗人李白、杜甫极为推崇，甚至于他生活的时代，人们誉称他为“小太白”（见明·毛晋《剑南诗稿》跋）。这是因为他与杜甫的思想、经历极为相似，诗风上亦有很多相近之处。杜甫深怀忧国忧民之心，但一生却很不得志，晚年流落巴蜀、江南等地，曾在夔州居住过近两年。陆游在抱负及遭际上与杜甫极为相似，尤其是此次来到夔州，登上杜甫曾登临赋诗之白帝城楼，不禁思绪万千，深深地怀念起杜甫来。此诗深情回顾杜甫当年沉沦困顿、流落夔州登楼赋诗之往事，抒发了对杜甫的缅怀和共鸣的真挚之情。笔触苍劲，极有杜诗“沉郁”之风。

赏 析

首联“拾遗白发有谁怜，零落歌诗遍两川”紧扣诗题，直接入笔，回顾“诗圣”之当年：身为左拾遗的杜甫，白发苍苍之年困顿沉沦，又有谁人曾怜念过他？！他飘零、流落巴蜀之地，写下的“才名括天地”（唐·白居易《初授拾遗》）、“光焰万丈长”（唐·韩愈《调张籍》）之诗篇，遍及两川，人们口耳相传。这里，诗人无限怀念“丈夫四方志，安可辞固穷”（唐·杜甫《前出塞九首》其九）、“丈夫誓许国，愤惋复何有”（唐·杜甫《前出塞九首》其三）的诗中伟人杜甫。尤其是联想到杜甫与自己相似的遭际时，诗人特别激动，肃然起敬之心油然而生：自己应以杜甫为榜样，忧国忧民，至死不渝！

颔联“人立飞楼今已矣，浪翻孤月尚依然”，紧承首联，抚今追昔：我独立飞楼眺望当年吟诗的杜甫，他已经别我而去，难以相见；只有那在江峡浪涛之中翻腾、动荡的孤月之影，依然如旧。这里，诗人巧妙化用杜甫“城尖径昃旌旆愁，独立缥缈之飞楼”和“蒲云岩际宿，孤月浪中翻”之诗意，表达了诗人对自己最推崇的“诗圣”杜甫深挚的缅怀、敬仰和学习之意，有一种“国仇未报壮士老，匣中宝剑夜有声”（陆游《长歌行》）的无限悲愤蕴含其中。

颈联“升沉自古无穷事，愚智同归有限年”，诗人悲愤至极之时，转而自我宽慰：人生有起有伏、有穷有达，这样的事情自古以来本就无穷无尽；然而年寿有限，无论智愚穷达，最终都同归于老死。这一联，看似有些低沉，似乎有一种无奈、无法、无能为力的消沉含于其中，实则是诗人的自我安慰，以及“烈士多悲心”（三国魏·曹植《杂诗七首》其六）的真性情之流露。因为我们的诗人，“白发未除豪气在”（陆游《度浮桥至南台》），“白发无情侵老境，青灯有味似儿时”（陆游《秋夜读书每以二鼓尽为节》）！可见，这是诗人在失意潦倒的困境之中的一种悲叹、悲愤之语。因为在诗人的心中，悲叹的不是个人的功名得失，而是国家的危难和人民的不幸。

尾联“此意凄凉谁共语，夜阑鸥鹭起沙边”，描绘诗人在缅怀杜甫之时所见的眼前之景：伟大的诗人杜甫永远地离开了人世，他心中之凄凉定然是无处倾诉。此时已是夜残时分，唯有那江边的鸥鹭从沙岸上飞起。这里，诗人巧妙化用杜甫“愁极本凭诗遣兴，诗成吟咏转凄凉”（唐·杜甫《至后》）和“飘飘何所似，天地一沙鸥（唐·杜甫《旅夜抒怀》，飘飘：漂泊）之诗意，以无限崇敬、怀念之情及融飘寥之遭际于眼前之景的手法收束全诗，言有尽而意无穷，有一种“双鬓多年作雪，寸心至死如丹”（陆游《感事六言》）的壮心在！

这首诗最突出的特点是情感深挚，手法精妙。诗人运用缅怀杜甫和抒写自己融于一体的写法，一笔双写，尤其是以化用、联想等手法，把深挚的、忧国忧民的、执着而强烈的爱国主义情感表达了出来。

归次汉中境上①

云栈屏山阅月游②，马蹄初喜踏梁州③。
地连秦雍川原壮④，水下荆扬日夜流⑤。
遗虏孱孱宁远略⑥，孤臣耿耿独私忧⑦。
良时恐作他年恨⑧，大散关头又一秋⑨。

注 释

① 归次：归途中停留。次，临时驻扎或停留。汉中：当时的兴元府，治南郑县，今属陕西。因隋大业、唐天宝时曾为汉中郡，故陆游在这里称汉中。

② 云栈：连云栈，从南郑经褒城至宝鸡一带修筑在悬崖上的栈道，古时是自陕入蜀的要道。此处泛指入蜀路途之上高险入云的栈道。屏山：四川阆中的名胜锦屏山。此山上有唐代大诗人杜甫的祠堂。阅月：经过一月。

③ 梁州：古代的梁州郡，即当时的兴元府，西晋、隋、唐时曾称梁州。

④ 秦雍：关中地区古时属于九州之一的雍州，因春秋战国时属于秦国，故有此称。川原：即平原、原野。

⑤ 荆扬：此指荆州和扬州，皆是我国古代九州之一。荆州主要为今之湖南、湖北两省之地，扬州主要为今之江苏、安徽等地。

⑥ 遗虏：此指残余之敌寇，即金兵。孱（chán）孱：软弱无力的样子。宁：难道，岂。远略：指长远的谋略。

⑦ 孤臣：陆游自称。耿耿：心怀忧虑、难以平静的样子。

⑧ 良时：此指进攻金兵的大好时机。他年：即将来。恨：此指遗憾。

⑨ 大散关：在今陕西宝鸡西南大散岭上。为当时南宋与金西面的边界，是边防要塞。

题 解

这是一首七言律诗，作于宋孝宗乾道八年（1172）十月。这年秋天，陆游以四川宣抚使司干办公事兼检法官的身份到阆中等地视察，返回南郑途中抵达兴元府境（即诗题中的“汉中境上”）时写下此诗。

此诗由诗人回到汉中之喜悦心情起笔，接着通过对山川形胜及金人军事力量的描写和叙述，尽情地抒发了诗人渴望收复失地的强烈愿望。全诗写法跌宕生姿，景、情描写十分精练，收束意味深长。在情感的喜忧变化之中，不难窥见诗人那一颗赤诚的爱国之心。

赏 析

首联“云栈屏山阅月游，马蹄初喜踏梁州”，诗人先从去阆中的经历和时间写起：一个多月来，我在地势险绝的青栈和名胜锦屏山一带漫游，如今初回兴元府境内，心情十分喜悦。在嗒嗒的马蹄声中，我又重回到了梁州。这一联中，从“阅月”二字，读者可知诗人此次视察历时一个多月。“云栈”“屏山”点示了此次视察、漫游所见景致的主要特点：崇山峻岭，悬崖峭壁，尤其是架木为栈道之“云栈”，更是艰险万分。诗人游览了仰慕已久的“少陵祠堂”，写下了《游锦屏山谒少陵祠堂》一诗，写出了“古来磨灭知几人，此老至今元不死”的诗句，表达了对“诗圣”杜甫的无限怀念和敬仰之情。“踏梁州”三字，以叙写行程而巧妙点题。“马蹄初喜”四字，既写出此次乘马漫游的具体情况，又巧以拟人、借代之手法，写出诗人心情之喜悦和欢快，与唐人孟郊得中进士之后的“春风得意马蹄疾，一日看尽长安花”(《登科后》，写作者科举得中后，在和煦的春风里，驱马疾驰，一天就看完了长安城的繁花胜景）有异曲同工之妙。

颔联“地连秦雍川原壮，水下荆扬日夜流”，是诗人对汉中地理形势的描述：汉中地区北连秦、雍州之故地，南接古荆州、扬州地区，滔滔汉水向着那荆扬之地浩浩荡荡日夜奔流。这一联，诗人紧承上联之意，写出了汉中河流壮美，地理位置十分重要，历来是兵家必争之地的特点。诸葛亮北伐中原，正是以此为根据地的。

颈联“遗虏孱孱宁远略，孤臣耿耿独私忧”，诗人转而写金人的军事力量和自己深切报国之热忱：可笑那些残存的金兵孱弱不堪、怯弱无能，哪里会有什么远大的谋略！可叹我这茕茕孤臣，心中独怀忧虑，难以平静。这里，诗人用“孱孱”二字，写出金人的怯懦和软弱，又以“宁远略”之反问语气，对金人兵少谋乏的弱点予以揭示，表达出趁此反击、收复失地、重整河山的言外之意。这亦是诗人少时即立就的“上马击狂胡，下马草军书”之爱国壮志。然而，南宋统治者无意收复失地，竟和金人签订了“隆兴和议”，置国土沦丧、沦陷区人民受苦受难而不顾，故而诗人黯然神伤，“私忧”满腹。

尾联“良时恐作他年恨，大散关头又一秋”，是诗人深沉之感慨。进攻金兵的大好时机一旦失去，只怕就成为将来深重的憾恨。如今的大散关前不见王师，时光飞速流逝，而恢复无望，眼看又到一年之尽头。上句表达出诗人极为深切的忧虑，不仅仅是诗人壮志难酬之哀叹，更是他“但悲不见九州同”（陆游《示儿》）之对国家前途的无限担忧，拳拳爱国之心融于其中。下句以“铁马秋风大散关”之冷落，表达出诗人山河破碎、收复无望之无可奈何的悲叹，真个是“英雄泪满襟”（唐·杜甫《蜀相》）了。

这首诗对仗工稳，诗意豪壮。诗人把一腔炽热的爱国激情融于全诗之中，尤其是中间两联，运用精巧的对仗，以“川原壮”和“日夜流”之大好河山之壮美，与“宁远略”之“孱孱遗虏”形成对比——本应恢复有望，南宋朝廷却软弱无能、苟且求和，令诗人“独私忧”而成为“耿耿孤臣”！词性相对、叠字巧合，对仗极工。诗人力陈恢复之志，表达赤诚之爱国之心，可说是豪情万丈，气吞山河。

剑门道中遇微雨①

衣上征尘杂酒痕②，远游无处不销魂③。
此身合是诗人未④？细雨骑驴入剑门⑤。

注　释

① 剑门：山名，在今四川剑阁之北，又称大剑山。“大剑山在剑州北二十五里。其山削壁中断，两崖相嵌，如门之辟，如剑之植，故又名剑门山。”（见《大明一统志》）

② 征尘：指因旅行而身上沾的灰尘。酒痕：因饮酒而在衣服上留下的污渍。

③ 销魂：形容极度悲伤、忧愁。

④ 合是：应该是，应当是。未：此为疑问语气词，与“否”义同。

⑤ 骑驴：唐代诗人多有骑驴吟诗之故事，故而人们常把骑驴作为诗人之象征。如杜甫《奉赠韦左丞丈二十二韵》：“骑驴十三载，旅食京华春。”此处当为用典。剑门：剑门山上的剑门关，此为由陕入蜀必经之路。

题　解

这首七言绝句是陆游的名作，写于宋孝宗乾道八年（1172）十一月。这年的十月因四川宣抚使王炎被召还京师，其幕僚亦因之散去，陆游亦改任成都府安抚使司参议官。十一月二日，诗人由南郑赴成都，途经剑门山时，写下这首诗。

南郑当时是抗金收复的前线，陆游以左承议郎之职处在四川宣抚使王炎幕府中，参与军事机密。诗人眼见将士士气高涨，心情颇为振奋。因此他对出师关中、收复失地充满希望。但由于王炎之调离，诗人亦由前线转赴后方，虽则是去危就安、去劳就逸之调任，但由于恢复的希望变得渺茫，他的心中却充满痛苦和失望。故而此诗用简括之笔勾勒出诗人落魄羁旅之形象，且用颇带自嘲反问之口吻，把诗人内心之痛苦、失落和感慨之情表现得浓烈深长而耐人寻味，其报国无门、恢复无望之苦衷隐含诗中。

赏 析

首句“衣上征尘杂酒痕”，诗人用粗笔勾勒自己羁旅落魄之形象：衣服沾满了旅途之中的灰尘，还留下了饮酒之后的杂乱污渍。这里，诗人抓住两个细节：一是“衣上”沾满“征尘”，可见出诗人“三十年间行万里”（陆游《秋晚思梁益旧游》）的奔波之劳顿和苦辛；二是“衣上”“杂”有“酒痕”，可见出诗人“举杯消愁愁更愁”（唐·李白《宣州谢朓楼饯别校书叔云》）的恢复无望、壮志难酬之忧伤和悲愁。这一句，诗人以外在之形象，写出了内心忧国忧民之愁苦。

次句“远游无处不销魂”，诗人紧承上句，进一步道出内心之苦悲：出门在外到很远的地方宦游，所到之地没有一处不是让人心神黯淡、无比伤感的。这是因为，“遗民泪尽胡尘里，南望王师又一年”（陆游《秋夜将晓出篱门迎凉有感》其二）。一年又一年，收复无望，国仇未报，壮志未酬，只能“兴来买尽市桥酒”“如巨野受黄河顿”（陆游《长歌行》，这两句写诗人壮志难遂、借酒浇愁之狂放之态）。

第三句“此身合是诗人未？”是诗人报国无望、愁苦难当之时的自我反问：我这一辈子难道只应该是一个诗人吗？我们知道：诗人幼时就立下“平生万里心，执戈王前驱”的杀敌报国、收复失地的誓言，当然最最不甘心的是以“诗人”终老！诗人袒露心声，以一种极为伤感、极为不甘的语气表达内心最最执着而强烈的爱国情怀，其感情是多么的深厚而诚挚啊！

诗末一句“细雨骑驴入剑门”，以诗情画意般的形象收束全诗：我怎么能如古往今来的诗人一样，“骑驴”吟诗而入“剑门”呢？这就把我们伟大的爱国诗人的不愿、不肯和不甘之情怀写了出来。我们的诗人直至临终，还念念不忘收复国土——“但悲不见九州同”！真的动人心魄、感人至深。

这首诗最突出的特点是极有蕴含。说出来的少，包含的内容却极为丰厚，可以说是诗人对自己一生最真诚、最简洁之概括，虽则寥寥二十八字，却写出了诗人伟大、光辉的一生，真正做到了“状难写之景如在目前，含不尽之意见于言外”（宋·欧阳修《六一诗话》）、“为情者要约而写真”（南朝梁·刘勰《文心雕龙·情采》），语言简明洗练，写出了真情实感。

三月十七日夜醉中作

前年脍鲸东海上①，白浪如山寄豪壮。
去年射虎南山秋②，夜归急雪满貂裘③。
今年摧颓最堪笑④，华发苍颜羞自照⑤。
谁知得酒尚能狂，脱帽向人时大叫⑥。
逆胡未灭心未平⑦，孤剑床头铿有声⑧。
破驿梦回灯欲死⑨，打窗风雨正三更⑩。

注　释

① 前年：前几年。陆游在宋高宗绍兴二十九年（1159）任福州决曹时曾泛海，作有《航海》《海中醉题时雷雨初霁天水相接也》等诗。脍（kuài）鲸：将鲸鱼肉切碎。

② 去年：指宋孝宗乾道八年（1172），陆游在四川宣抚使王炎幕中任职，驻陕西南郑，积极筹划北伐。其间曾在山中打猎，于沮水（即沔水）边射杀猛虎。南山：即终南山。

③ 貂裘：用貂皮制成的皮衣。

④ 摧颓：此指精神不振、衰老颓丧的样子。堪笑：可笑。

⑤ 华发苍颜：此指头发花白、面容苍老。

⑥ “脱帽”句：写酒后的狂态。化用唐杜甫《饮中八仙歌》：“张旭三杯草圣传，脱帽露顶王公前。”

⑦ 逆胡：指金人。逆，叛逆，不顺眼。

⑧ 铿（kēng）：此为金属撞击之声。

⑨ 破驿：指破败的驿站。梦回：从梦中醒来。灯欲死：指灯光暗淡、微弱，快要熄灭的样子。

⑩ 三更：更为古代夜间之计时单位，一夜分为五更。三更当是半夜时分（即二十三时至翌晨一时）。

题 解

这首七言古诗作于宋孝宗乾道九年（1173）三月，陆游因事由蜀州（今四川崇州）到成都之时。此时诗人四十九岁，任成都府安抚使司参议官，兼摄蜀州通判。诗人夜宿驿站，抚今追昔，不禁流露出英雄失路、报国无门之伤悲，充分表现出诗人“逆胡未灭心未平，孤剑床头铿有声”之报国杀敌的英雄豪气、胆气和锐气。此诗用语自如，感情充沛，气概豪壮，悲痛深沉，豪壮和悲凉兼而有之；且以饱满之笔力、激昂之情调，形成了一种极强的艺术感染力，是诗人极有代表性的爱国诗篇之一。

赏 析

这首诗可分为三个部分。

前四句为第一部分，着重写诗人对昔日之回忆。

“前年脍鲸东海上，白浪如山寄豪壮。”句首两句先从前几年写起：前些年我在东海遨游，痛快淋漓地切细鲸鱼之肉做汤；那时节，眼前是如山峦一般的层层白浪，这场景曾激起我豪情万丈。这两句叙写诗人三十五岁时任福州决曹时所做的快意之事及所见的壮观之景。诗人在“脍鲸”之事的叙写中，显然含有“可怜报国无路，空白一分头”（宋・杨炎正《水调歌头》）之“英雄无用武之地”的深深叹恨。诗人在“浪”景寄情之中，更有着“浪蹴半空白，天浮无尽青”（陆游《海中醉题时雷雨初霁天水相接也》）之“江声不尽英雄恨”（陆游《黄州》）的无限悲愤。

“去年射虎南山秋，夜归急雪满貂裘。”三、四两句再写惊人之壮举：去年，我在终南山下射杀猛虎，半夜归营之时，漫天大雪积满了我的貂裘。这两句诗人用更加典型而勇武的事例来抒写豪情。诗人少时就立下报国之志，等到壮年，不但学文，亦曾习武，且练就了臂力和武功，射杀猛虎亦不在话下。英雄之气，“豪壮”非凡，为第二部分做了很好的铺垫。

中间的四句为第二部分，由昔日豪壮之回忆而过渡、转折到当前之沉痛。

“今年摧颓最堪笑，华发苍颜羞自照。”这两句抒写诗人今年之容颜苍老、颓唐失意和愁闷不堪：今年的摧怆颓废真令人苦笑难忍，花白的头发，苍老的容颜，真的令人羞于取镜一照。这里，诗人通过容颜的老去之快、“最堪笑”“羞自照”之细节描写的自我解嘲，写出了内心既不甘忍受这种处境、自己又无力改变此种状态的不平与感伤之心理：“前年”“去年”诗人身在抗敌前沿的南郑，虽未亲临战场杀敌报国，但“一闻战鼓意气生”，心中“犹能为国平燕赵”（陆游《老马行》）之希望大大存在，故而“寄豪壮”“射虎”之豪情、壮举就显得极有意义。这样比较下来，诗人自然就深感“今年”之不堪。诗人在“最堪笑”“羞自照”的心理描写中，蕴含着深厚的“忧国复忧民”之爱国情怀。

“谁知得酒尚能狂，脱帽向人时大叫。”这两句描写诗人在报国无望之下的痛苦不堪的无可奈何之挣扎：谁能料到醉酒之后，我还能做出那样的狂态，竟然脱帽露顶，向着人大喊大叫！这里，诗人惊诧自己醉酒后居然如此之放浪形骸、狂野不堪。这反常的细节描写里，抒发了诗人内心强烈的愤懑和不平：国家恢复无策，坐失良机，真的是“国仇未报壮士老，匣中宝剑夜有声”啊！理想与现实的矛盾，令诗人痛苦不堪。虽然心怀奔赴沙场杀敌报国之热切渴望，但却忍受着蹉跎岁月之苦闷的煎熬！我们的诗人，内心正交织着悲慨与豪壮之情绪。

诗末的四句是第三部分，诗人又回写当下，抒写内心刻骨之沉痛。

“逆胡未灭心未平，孤剑床头铿有声。”这两句，诗人直抒胸臆：金虏还未消灭，我之怒气难以平静，你听，连我那把挂在床头上的宝剑也发出铿然之声。上句，揭示诗人一生之悲痛所在，诗人一吐沉痛之心情：“逆胡未灭”是诗人“心未平”之根源，是淤积于诗人心头的难以消除的症结。难怪诗人留下遗言：“王师北定中原日，家祭无忘告乃翁！”（陆游《示儿》）下句，以拟人化的手法，通过亲密如战友一般、深知诗人心情之“孤剑”，竟然“铿然”发“声”之夸张描写，更加衬托出诗人内心之沉痛和愤懑难平。

“破驿梦回灯欲死，打窗风雨正三更。”诗末两句，描写眼前之景，进一步渲染沉痛之心情：我在这破败的驿站里，一觉醒来，只见那灯火暗淡欲灭；此时，只听得风雨吹打着窗户，时分约莫是半夜三更。这里，诗人既是写景，亦是抒情：那昏昏之灯火，那凄厉之风声雨声，令诗人悲苦不堪、凄冷异常！这与诗之第一部分形成鲜明之对照：昏君、奸臣当道，爱国志士“犹有壮心在”，却只能痛心疾首而“付与百川流”（宋·张元幹《水调歌头》）啊！诗人着一“死”字，更见出其心中是何等悲凉、凄切。

这首诗最突出的特点是“真”。诗人用最真实、最真切之人生体验、感受，来抒写内心郁结难除的悲愤和痛恨，在景、情交织之中，吐露心中之块垒，其爱国之真心感人至深，彪炳千秋！

宝剑吟①

幽人枕宝剑②，殷殷夜有声③。
人言剑化龙④，直恐兴风霆⑤。
不然愤狂虏⑥，慨然思遐征⑦。
取酒起酹剑⑧，至宝当潜形⑨。
岂无知君者⑩，时来自施行⑪。
一匣有余地⑫，胡为鸣不平⑬？

注　释

① 吟：古典诗歌的一种名称。

② 幽人：幽居高洁之人。此为诗人自指。枕宝剑：把宝剑放之枕下。

③ 殷殷：拟声词，形容宝剑夜间发出的声音。

④ 剑化龙：据《晋书·张华传》记载：西晋时，张华令雷焕寻找宝剑，雷焕于狱基下挖出两剑，一名龙泉，一名太阿。雷焕便将一剑送与张华，一剑自佩。后两剑掉入水中，竟化为两条蛟龙，翻腾跳跃，光彩照人。

⑤ 风霆：风雷。

⑥ 狂虏：指气焰嚣张的金人。“虏”是对金人的蔑称。

⑦ 遐征：远征。遐，远。

⑧ 酹（lèi）剑：把酒洒于剑上，来祭奠宝剑。

⑨ 至宝：最为珍贵的宝物。潜形：指隐藏行迹。潜，隐藏。

⑩ 君：你，此指宝剑。

⑪ 时：时运。施行：施展抱负。

⑫ 匣：此指剑匣。

⑬ “胡为”句：语本唐韩愈《送孟东野序》：“大凡物不得其平则鸣。”胡为，为什么。

题 解

这首五言古诗是陆游于宋孝宗乾道九年（1173）冬天所作。此时诗人任成都府路安抚使司参议官，且兼摄蜀州。此前，诗人曾在《三月十七日夜醉中作》一诗中，酣畅淋漓地抒写“逆胡未灭心未平，孤剑床头铿有声”之杀敌报国的急切心情。此诗亦是如此，诗人名为“宝剑吟”，实则是抒写一个深怀抱负却无法施展的失意英雄之形象，显然是诗人自我形象之化身。

此诗之前半部分着重抒写宝剑之雄豪气概及杀敌之志，这亦是诗人一贯之志节。诗之后半部分着重以劝导口吻来写，以劝慰宝剑潜形匿迹、等待时运等内容，来表达诗人收复失地之愿望、壮志难酬之愤懑，以及对沦陷区人民之同情和对统治者苟且偷安之不满。

赏 析

诗之前六句，着重借宝剑之雄气，寄托诗人杀敌、报国、收复失地之理想。

诗首二句“幽人枕宝剑，殷殷夜有声”，直入正题，借剑以写理想：高洁的幽居之人晚上枕着宝剑入眠，到了深夜那宝剑竟发出殷殷的啸鸣之声。这里，诗人将“幽人”之理性化身和“宝剑”之理想寄托融为一体，着一“枕”字，含有枕戈寝甲、枕戈待旦之意，表明诗人时时刻刻不忘收复国土，随时随地准备参战杀敌。又以“幽人”之感觉，用夸张、想象的手法，表达诗人“国仇未报壮士老，匣中宝剑夜有声”之收复无望、壮志难酬的愤懑之情。

“人言剑化龙，直恐兴风霆。”这两句紧承剑“声”，借助神话传说，再加想象：人们都说宝剑能够化为飞龙，只恐怕它还会兴起那风暴雷霆。这里，诗人借传说以抒心中之义愤：随遇而安、苟且偷安之人总是安于现状、忍辱吞声，不思恢复，令人心寒；而有志、有为之士，就如这“化龙”之“剑”，能“兴风霆”“照人寒”（宋·辛弃疾《送剑与傅岩叟》），定然是“横戈上马嗟心在，穿堑环城笑虏孱”（陆游《观长安城图》）！

“不然愤狂虏，慨然思遐征。”诗人以叱咤风雷之巨龙自喻，表达自己杀敌报国、抗敌恢复之夙愿：如果不是这样的话，那就是我心中之夙愿——痛恨金人之疯狂、残忍，气昂昂想要去杀敌远征。这两句，诗人以“愤狂虏”“思遐征”来表达心志，血气方刚，有一种“壮志饥餐胡虏肉，笑谈渴饮匈奴血”（宋·岳飞《满江红》）之英雄豪气和胆气。

诗之后六句，诗人借劝慰宝剑，来抒写忧国忧民、壮志难酬之愤懑。

“取酒起酹剑，至宝当潜形”，是诗人对宝剑之劝慰：倒取一杯酒，起身来祭奠我的宝剑，你作为最珍贵的宝物应当懂得隐迹藏形。诗人为何要如此劝导呢？这是因为：“笛里谁知壮士心？沙头空照征人骨。”（陆游《关山月》）纵然把横笛吹破，又有谁人知道壮士志在恢复之心呢？只有月光照耀着那渺土之上征人的累累白骨。如今的朝廷，不思恢复，抗金壮士不就是白白失去生命吗？基于此，诗人才说出“当潜形”之劝慰的话。

“岂无知君者，时来自施行。”这两句紧承上句，道出“潜形”之缘由：这世上难道真无你的知音吗？不是的，只是时机还未到来，等时运来了，自然就会让你施展本领，实现志向。这里实则是诗人自我宽慰的理由之一，尽管看似语气平和，但却蕴含着诗人“时运不济，命途多舛”（唐·王勃《滕王阁序》）之人生遭际，有一种郁愤不平之气含于其中。

诗末两句：“一匣有余地，胡为鸣不平？”是诗人自我宽慰的理由之二：你处在剑匣之中，宽绰有余地，为什么还会发出不平之鸣声？这里，诗人故意用“一匣有余地”之牵强的理由，来抒写自己内心之深重的怨愤和疾恨，且以“胡为鸣不平”之强有力、明知故问的发问，做到了首尾呼应、结构完整，从而成为诗人情感之最强音。

这首诗最显著的特点在于意旨深，构思妙。诗人妙借“宝剑”一抒忧国忧民、壮志难酬的愤懑不平之情感，且以借喻兼拟人之手法，使“盛剑”与“幽人”之自我形象构成一个具有丰富而复杂性格的艺术形象，借物抒情，情含物中，做到了首尾呼应，结构圆合完整。

金错刀行①

黄金错刀白玉装②，夜穿窗扉出光芒③。
丈夫五十功未立④，提刀独立顾八荒⑤。
京华结交尽奇士⑥，意气相期共生死⑦。
千年史策耻无名⑧，一片丹心报天子⑨。
尔来从军天汉滨⑩，南山晓雪玉嶙峋⑪。
呜呼！楚虽三户能亡秦⑫，岂有堂堂中国空无人⑬！

注释

① 金错刀：此指一种刀身嵌有黄金纹饰之宝刀。错，用金嵌饰。

② 白玉：白璧，白色的玉。装：此指刀柄上的装饰。

③ 窗扉：指窗子和门。扉，即门扇。

④ 丈夫：指金错刀的主人。实是诗人自指。

⑤ 八荒：此指四面八方之边远地区。

⑥ 京华：此为京城之美称。因为京城是物华天宝汇聚之地。这里是指南宋京城临安（今浙江杭州）。奇士：此指奇伟不凡、德才出众之人。

⑦ 意气：志节和气概。相期：期待，相约。此指相互希望和勉励。共生死：同生共死。

⑧ 史策：史书、史册。耻：意动用法，“以……为耻”。

⑨ 丹心：赤诚之忠心。

⑩ 尔来：近来。尔，通“迩”，近。天汉滨：汉水边。此指汉中一带。天汉，即汉水（今汉江），流经南郑（今陕西汉中）。

⑪ 南山：终南山。玉嶙峋（lín xún）：指山石错落重叠，像玉石一般。嶙峋，山石参差重叠的样子。

⑫ 楚虽三户：语出《史记·项羽本纪》：“楚虽三户，亡秦必楚也。”指楚国王室宗族由屈、景、昭三氏构成。后来灭掉秦国的项羽、刘邦都是楚地人。

⑬ 堂堂：此为“广大”之意。中国：中原之国。此指宋朝。

题解

这首诗为七言歌行体，作于宋孝宗乾道九年（1173）十月，当时诗人陆游奉调摄知嘉州（今四川乐山）。诗题为“金错刀行”，实则是托物寄兴之作。诗人塑造了一位才能卓绝、意气风发、身怀报国大志的奇伟英雄之形象，其实就是诗人自身之象征。

诗人借宝刀抒怀言志，以雄健之笔力、充沛之气势、铿锵之节奏，抒发了誓死抗金、“中国”必胜的壮烈情怀。全诗充溢着中华民族的浩然正气和强烈的爱国主义精神，具有强大的鼓舞人心、催人奋进的艺术力量。

赏析

这首托物寄怀之作，紧扣诗题，以由物及人、层层拓展之结构特点，分为三部分来写。

前四句为第一部分，由赋咏“金错刀”开篇，引出刀之主人渴望抗敌收复、报国立功之形象。

“黄金错刀白玉装，夜穿窗扉出光芒。”诗人开门见山，直入正题，极写“金错刀”外观之精美：它是用黄金镀饰、白玉镶嵌之宝刀，尤其是一到夜间，它那耀眼之光芒，可穿透窗户，直冲云霄。乍一落墨，诗人便以“黄金”之涂面、“白玉”之饰柄的具体而直观的描写，写出“金错刀”华美异常之特点。接着，又用夸张之手法描写其“夜穿窗扉”之“光芒”耀眼、锋芒毕露而直穿云霄之惊人剑气，令人惊诧。这里，诗人暗暗移用“龙泉宝剑”气冲牛斗之典故，移“剑”于“力”，使“金错刀”有了非凡之神气。此与诗人笔下之“殷殷夜有声”“慨然思遐征”之宝剑何其相似乃尔！亦与诗人笔下之“逆胡未灭心未平，孤剑床头铿有声”有异曲同工之妙，皆把诗人赤诚、炽热的抗敌报国之心融于诗句之中。

“丈夫五十功未立，提刀独立顾八荒。”此三、四句紧承上句，由写“刀”引出“提刀”之人：诗人已到了五十岁，可建功立业之希望却十分渺茫，只能独自提刀徘徊，环顾那四面八方。上句写诗人之喟叹：年近五十（此时陆游四十八岁）而报国之功业未成，真可谓“丈夫无成忽老大，箭羽凋零剑锋涩”（陆游《夏夜不寐有赋》）啊！尤其是“丈夫”二字，意味深长。诗人幼时极为聪慧，饱读诗书，立志做“亚圣”孟子所说的“富贵不能淫，贫贱不能移，威武不能屈”（《孟子·滕文公下》）之“大丈夫”，曾立下“上马击狂胡，下马草军书”之爱国壮志。然而，昏君、奸臣当道，仕途坎坷，命途多舛，有志难伸，故而“提刀独立顾八荒”之时，诗人内心自然是五味杂陈、感慨万千，那种苍凉、悲凉之感不难想见。当然，既已“提刀”，就立下“战死士所有”之誓愿，必将要有所作为。

中四句为第二部分，由“提刀人”推及“奇士”之群体形象，抒写诗人不畏强敌、不怕牺牲、立志报国之赤胆忠心。

“天下兴亡，匹夫有责。”国家有难，人人要有担当，诗人心知自己并不孤独：“京华结交尽奇士，意气相期共生死。”我在京城里结交的皆是血气方刚之豪杰义士，我们彼此意气相投，相约为国而战，同生共死。十年之前，宋孝宗即位，起用抗金名将张浚，准备北伐。诗人也被张浚推许。爱国志士义结同心，誓死复国，对胜利充满了希望。这两句之中，洋溢着同仇敌忾、杀敌报国之自豪感。

“千年史策耻无名，一片丹心报天子。”这两句抒写诗人及“奇士”等爱国将士之心声：碌碌无为，不能在留传千载之史册上留下英名，我们以之为耻。应怀着一颗忠贞之心，消灭胡虏，报效贤明的君主。这里，诗人一表赤诚的爱国之心：并非为了个人名利，而是为了国家和人民。着一“耻”字，足见诗人及爱国将士高洁之品行和切盼灭虏立功之忠心赤胆。

后四句为第三部分，以自己从军之切身经历，揭示诗旨，表达“中国”必胜之豪情壮志。“尔来从军天汉滨，南山晓雪玉嶙峋。”诗人叙写自己之从军经历：近来，我来到汉水边从军，每天清晨都要对着参差耸立之终南山，肃立遥望那布满晶莹如玉般积雪的峰峦。这里，诗人描写了一个静穆之场景，别有意味：祖国山河壮美，物产丰富，民风纯美，岂容强虏污染、蹂躏和肆意妄为！正因为“寸寸河山寸寸金”（清·黄遵宪《赠梁任父同年》），故而“还我河山”就成为爱国志士义不容辞之神圣使命。诗人此时此刻，定然是心潮澎湃、热血沸腾。

于是，诗末两句，诗人从心底发出了势不可遏之最强音：“呜呼！楚虽三户能亡秦，岂有堂堂中国空无人！”啊！古之楚国虽只有三姓，却能灭掉不可一世之强大的秦国，难道我们堂堂的中华大国，竟会没有一个勇于担当之人，把金虏赶出边关？！诗人以反诘句收束全诗，可说是义正词严，笔力千钧。因为诗人坚信：正义在我，士气必盛，且有“京华”英勇无敌之“奇士”，必将能“群阴伏，太阳升；胡无人，宋中兴！”（陆游《胡无人》）这几句，铿锵有力，慷慨激昂，振奋人心，是诗人爱国激情之倾心而出，具有巨大的鼓舞力量。

这首诗最突出的特点在于爱国挚情感人至深。此诗妙借宝刀以抒怀言志，以诗人至真至纯至深的爱国之心，抒发誓死抗敌、“中国”必胜之豪壮情怀，字字句句充溢正气，赤胆忠心感人肺腑、激人奋进。

观长安城图①

许国虽坚鬓已斑②，山南经岁望南山③。
横戈上马嗟心在④，穿堑环城笑虏孱⑤。
日暮风烟传陇上⑥，秋高刁斗落云间⑦。
三秦父老应惆怅⑧，不见王师出散关⑨。

注 释

① 长安城：今陕西西安。
② 许国：许身祖国。斑：花白。
③ 山南：指终南山以南，即南郑一带。南山：本指终南山。这里代指终南山下的长安城。
④ 横戈：拿着戈。戈，古代的一种兵器，其形为横刃长柄。嗟心：即慨叹之心，这里是“壮心”之意。
⑤ 堑（qiàn）：护城河。虏：此指金人。孱：懦弱，软弱。
⑥ 风烟：烽烟。古时边关遇敌入侵，高台之上便点烟火报警。夜间点火，便称烽或烽火。白天点烟，便称燧或烽烟。陇：陇山（在今陕西陇县西）。
⑦ 刁斗：古时军中用具，白日用于做饭，夜间用来打更。此指军中敲击刁斗之打更声。落云间：这里是说，因秋气已高，故而长安一带传来的刁斗之声似从云间落下。
⑧ 三秦：关中地区。因项羽亡秦之后，曾把关中分为雍、塞、翟三部分，故有此称。
⑨ 王师：南宋军队。散关：大散关。在今陕西宝鸡南大散岭上。

题 解

这首七言律诗作于宋孝宗淳熙元年（1174）七月，陆游在蜀州任通判。此诗是诗人观看长安城的地图之时，有感而作。

诗人观图而生“横戈上马”、出征杀敌之激情，可见他一身许国之志愿是多么的坚定而持久，并未因远离前线而消减，尽管出兵关中只是他的一己之愿——朝廷主和派当权，其宏愿就难以变成现实。因而诗中之情感最终归于“惆怅”和失望。这惆怅、失望是“三秦父老”的，更是诗人自己的。因为诗人心中之忧、心头之痛来自于处于金人铁蹄之下的北方人民的痛楚。可见，此诗正是诗人“尚思为国戍轮台”、“路有流民终动心”（陆游《春日杂兴》之一）之忧国忧民情怀的具体体现，故而读来深厚感人。

赏 析

首联“许国虽坚鬓已斑，山南经岁望南山”，诗人眼观长安城图，抚今追昔，苦闷顿然生于心头：我献身祖国的意志虽则坚定不移，可惜时光流逝，功业无成却已两鬓花白；想起前年在南郑之抗敌前线，经常北望终南山一带金人铁蹄下的沦陷区，多么期望收复长安城啊！诗人以“坚”来表“许国”之忠心：从幼时立下“上马击狂胡，下马草军书”之爱国壮志，如今年已五十，两鬓斑白，却只能为两年前退出南郑前线、失去收复失地之机而深感痛心。着一“望”字，将诗人悔恨、执着、愁闷等复杂情绪蕴含其中。

颔联“横戈上马嗟心在，穿堑环城笑虏孱”，是诗人壮志难酬之嗟叹及对金人之嘲笑：我壮心犹在，多么想上马出征、杀敌报国，可惜朝廷不准北伐，自己空有雄心而长声嗟叹；金人环长安城穿凿壕沟，害怕南宋冲击长安，实在怯懦得令人发笑。上句述说自己，表达收复失地乃民心所向、朝廷应励精图治之意；下句描写敌寇，外强中干，十分孱弱，怕南宋之反击，竟在城外挖有三道护城壕沟（诗人于此句下自注：“谍者言：虏穿堑三重，环长安城。”）。足见金人之色厉内荏。此联妙用对比手法，一“嗟”一“笑”，色彩鲜明，对仗工整。

颈联“日暮风烟传陇上，秋高刁斗落云间”，诗人描写白昼与夜间之情形：日暮时分，烽烟在陇上飘飞；秋高的夜间，长安城里金人巡夜的刁斗之声没于云霄。这一联，亦是一我一敌之对比：南宋朝廷按兵不动，忍受金人骚扰、侵犯，是多么懦弱、胆怯；金人占领之长安，戒备森严，虎视眈眈，是多么嚣张、凶残！这里，在强烈的对比之中，诗人把对朝廷之不满和对强虏之痛恨的双重情感融于其中。

尾联“三秦父老应惆怅，不见王师出散关”，诗人回首往事，不禁愤懑填胸：生活在金人铁蹄之下的三秦百姓，是多么盼望大宋之军收复失地，救他们出水火；然而，他们望眼欲穿，不见南宋军队来那大散关上！诗人眼观“长安城图”，想起昔年往事：两年前，自己参与抗战派王炎军事，曾商讨收复大计，还参加了大散关保卫战，曾冲进金人腹地，确有“气吞残虏”（陆游《谢池春》）的英雄气概。然而，此时此刻，山河破碎，沦陷区人民心头滴血，南宋朝廷却无动于衷，置人民处水深火热而不顾，一味地苟安求和。想到这些，诗人定然是怒发冲冠、愤懑难抑啊！

这首诗最为显著的特点是对比鲜明。诗的中间两联，运用鲜明而生动的对比，敌、我同写，凶残与软弱相对，怯懦与壮心同出，把诗人一腔忧国忧民、义愤填膺的爱国之情、赤子之心表现出来，确实感人至深。

长歌行①

人生不作安期生②，醉入东海骑长鲸③。
犹当出作李西平④，手枭逆贼清旧京⑤。
金印煌煌未入手⑥，白发种种来无情⑦。
成都古寺卧秋晚⑧，落日偏傍僧窗明。
岂其马上破贼手⑨，哦诗长作寒螿鸣⑩？
兴来买尽市桥酒⑪，大车磊落堆长瓶⑫。
哀丝豪竹助剧饮⑬，如巨野受黄河倾⑭。
平时一滴不入口，意气顿使千人惊⑮。
国仇未报壮士老⑯，匣中宝剑夜有声⑰。
何当凯还宴将士⑱，三更雪压飞狐城⑲。

注　释

① 长歌行：古乐府曲调名。

② 安期生：传说中的仙人。

③ 骑长鲸：骑鲸入海者是隐者或仙人的形象。唐杜甫有诗："若逢李白骑鲸鱼。"（《送孔巢父谢病归游江东兼呈李白》）

④ 犹当：应当。李西平：唐朝名将李晟，唐德宗时因平定朱泚叛乱有功，改封西平郡王。

⑤ "手枭"句：据《旧唐书·德宗本纪上》载："（兴元元年五月）李晟自渭北移军于光泰门外。贼来薄，我军争奋击，大败之，蹙入光泰门，斩馘数千计，贼党恸哭而入白华。戊辰，列阵于光泰门外。遣骑将史万顷往神麚村……与贼血战，贼党大败，追击至白华，朱泚、姚令言率众万余遁去。晟收复京城。"枭（xiāo），悬首示众。逆贼，指朱泚叛军。旧京，此指唐朝京城长安（今陕西西安）。唐德宗兴元元年（784）六月，李晟从叛

将朱泚手中收复长安城。

⑥ 金印：官印。煌煌：明亮的样子。

⑦ 种种：头发短少的样子，意即衰老。来无情：即无情地生长。

⑧ 成都古寺：当指诗人所寓居的成都多福院。卧秋晚：指于秋天的傍晚卧床。

⑨ 岂其：岂是、难道，表反诘语气。“其”为语助词，无实义。破贼手：即杀敌的战士，此为诗人自指。

⑩ 哦（é）诗：吟诗。寒螿（jiāng）：寒蝉。螿，蝉的一种。

⑪ 市桥：指市场、市肆。

⑫ 磊落：指酒瓶堆叠的样子。长瓶：高的酒瓶。

⑬ 哀丝豪竹：指哀婉之丝乐和豪壮之管乐，即动人的悲壮音乐。丝，指琴、瑟等弦乐。竹，指笛、箫等管乐。剧饮：痛饮、豪饮。

⑭ 巨野：古代大泽名，其旧址在今山东巨野北，临近黄河。

⑮ 意气：指饮酒时的豪放气概。顿：立刻。

⑯ 壮士：此为作者自喻。

⑰ “匣中”句：晋王嘉《拾遗记》载：“帝颛顼有曳影之剑……未用之时，常于匣里，如龙虎之吟。”匣，剑匣、剑鞘。宝剑夜有声：此乃表示壮志难酬的不平之鸣。

⑱ 何当：何时能够。凯还：凯旋，胜利归来。凯，军队得胜之后所奏乐曲。

⑲ 三更：半夜时分。飞狐城：城名，在今河北涞源。西汉时为广昌县，隋仁寿元年（601）更名为飞狐县。当时被金人侵占。

题 解

这首七言古诗作于宋孝宗淳熙元年（1174）九月。当时年已五十的陆游寓居成都多福院。诗人回顾一生，不胜感慨，想到自己从前方被调回（离蜀州通判任），杀敌收复之希望落空，心中极为苦闷，故而借此诗抒写破贼报国之壮伟抱负和壮志难酬之愤懑。全诗横溢着“顿时千人惊”之大无畏的英雄气概，充满着杀敌凯旋、报国立功之渴望。

此诗情感充沛，气势奔放而豪迈，意态英伟，风格清壮，确有“老骥伏枥，志在千里；烈士暮年，壮心不已”（三国魏·曹操《步出夏门行·龟虽寿》）之老当益壮、奋斗不息之气概和精神，是诗人诗作的“压卷”（清·东方树《昭昧詹言》卷十二）之作。

赏 析

这首诗可分四大部分。

第一部分（前四句）：诗人直抒壮怀。

诗人以“人生”起笔，借典抒写自己的抱负：一个人活在世上，就算无法做一个像安期生那样的仙人，醉骑长鲸，在汪洋东海之中纵横驰骋，也应当做一个像李西平那样的名将，带兵杀敌，消灭逆贼，收复沦陷的国土与首都长安，使天下清平。乍一开篇，诗人便用安期生和李西平之典，以比衬之手法，抒写出自己的人生抱负。尤其是以“手枭逆贼”的李西平之典，来写自己的爱国之心：亦如李将军一样有爱国之忠心赤胆，只可惜未能如他那样掌握兵权，那么“手枭逆贼清旧京”（即杀敌报国、收复失地和长安）之壮志又怎能实现呢？就比衬来说，诗人用仙人安期生之典，只是一种陪衬，对于“位卑未敢忘忧国”“但悲不见九州同”的伟大爱国诗人陆游来说，心里只有报效祖国、抗敌收复。然而，诗人心里非常清楚：自己虽有为将之才（少时熟读兵书，健身习武，文武双全）和赤诚之爱国心，但却没有李西平那样的条件，只能发出长长之叹息。这样，就自然地过渡到第二部分。

第二部分（下四句）：叙写当前处境。

诗人以“金印煌煌未入手”一句之连“转”带“抑”之手法，让自己回到严酷的现实之中：我是多么的可怜啊，什么功名也没有，任何兵权也没有，年龄却已老大，年过半百，白发无情，萧疏无比。傍晚时分，躺在这晚秋之中的成都古庙，眼看着落日的余晖，照亮那僧房的纱窗。这里，诗人由第一部分的壮怀激烈、抱负远大一“抑”（“金印”句）再“抑”（“白发”句），一下子把诗首所抒发的一往无前之豪情壮志“抑”向了低潮：“金印煌煌”目前虽未曾“入手”，但若果是血气方刚的壮盛之年，或许来日方长，还有机会。然而，诗人却是“无情”“白发”——来日无多，哪里能有等待之机会呢？“成都”二句既补写出诗人闲居古寺之寂寞处境，又将诗人岁月飞逝、时不我待之焦苦、焦切和焦灼之心情抒写出来，真的是“志士凄凉闲处老”（陆游《病起》）啊！对于一个志在恢复的“手枭逆贼清旧京”之爱国志士来说，又该是怎样的不该、不愿和不甘啊！那种痛心疾首、痛楚不堪和痛不欲生之情景，我们不难想见。

第三部分（下八句）：集中笔力，抒写诗人之满腔悲愤。

诗人先用一个反问句凭空而起：“岂其马上破贼手，哦诗长作寒螀鸣？”难道我这个驰骋沙场、马上破敌之英雄，竟成了这样的无用之辈，只能无尽无休地如那寒蝉一般悲鸣吟诗吗？由此可见，诗人心头的不愿和不甘之情是多么深重啊！

接着，诗人用“兴来”六句直接抒发抗敌恢复之志难以实现的无穷之悲愤：酒兴来时，我定把市场上的酒买光买尽，那长长的酒瓶，会把大车全都堆满；我还要唤来乐队奏起那悲壮之音乐来助兴，喝起酒来就犹如黄河之水倾倒在巨野中一样。我平时滴酒不沾，此番豪饮之气概，顿时令在场的百十千人惊讶万分、感叹不已！这里，诗人极尽夸张之手法，描写“巨饮”之场景，将诗人“举杯消愁愁更愁”（唐·李白《宣州谢朓楼饯别校书叔云》）之壮志难酬的无尽之悲和愤懑不平表现出来，使全诗波澜迭起。

第四部分（末四句）：点明诗人“巨饮”之缘由、誓报国仇之决心。

“国仇”二句，点示缘由，表达决心：国仇尚未报，壮士已衰老。我那匣中之宝剑亦耐不住寂寞，竟然在夜间发出阵阵的吟啸之声。这里，诗人感慨万千，颇含“胡未灭，鬓先秋，泪空流”（陆游《诉衷情》）的失望之意。然后又以“匣中宝剑夜有声”之夸饰手法，侧面烘托誓死报国之决心，诗人的心头又燃起希望之火，从而引出诗末二句，为结句做了很好的铺垫。

诗末之“何当”二句，以想象抒写诗人之向往：什么时候能够兵权在握，挥师北上，尽复北方边郡，在飞狐城上大宴凯旋之将士，痛饮狂欢，直到三更，即使大雪纷飞，亦不觉寒。这里，诗人憧憬想象凯旋欢宴之场景，又以“三更雪压飞狐城”一句来反衬欢庆热闹之场面，既做到了收束自然，又与首句遥相呼应，使全诗之境界阔大而壮美。

这首诗最为突出的特点是匠心独具，将爱国至情融于精美的炼字炼句和炼意之中。那“醉人”“手枭”和“哦诗”等字眼，蕴情极深；那“手枭逆贼清旧京”之快意，那“哦诗长作寒螀鸣”之愤懑，那“匣中宝剑夜有声”之执着，还有那“三更雪压飞狐城”之“凯还宴将士”之酣畅淋漓，又是多么豪宕、豪迈和豪壮！此诗确是名作中之杰作，乃千古之绝唱。

江上对酒作①

把酒不能饮②，苦泪滴酒觞③。
醉酒蜀江中，和泪下荆扬④。
楼橹压湓口⑤，山川蟠武昌⑥。
石头与钟阜⑦，南望郁苍苍⑧。
戈船破浪飞⑨，铁骑射日光⑩。
胡来即送死⑪，讵能犯金汤⑫。
汴洛我旧都⑬，燕赵我旧疆⑭。
请书一尺檄⑮，为国平胡羌⑯。

注 释

① 江：当指成都附近的岷江或沱江，是长江的支流。对酒：饮酒。

② 把酒：拿酒、端酒。

③ 苦泪：指忧伤之泪。酒觞：酒杯。觞，古代饮酒的器具。

④ 荆扬：荆州和扬州，此处泛指湖南、湖北、安徽中南部、江西中北部及江浙一带地区。

⑤ 楼橹：本指古时建于城上用以瞭望的望楼，此指建在船上的瞭望台，代指高大的战船。湓（pén）口：地名，湓水流入长江的入口处，在今江西九江。

⑥ 蟠：指盘曲伏卧之状。武昌：地名，在今湖北武汉。

⑦ 石头：石头城。三国时吴大帝孙权所建。钟阜：钟山，又名紫金山。石头城和钟山皆在今江苏南京。

⑧ 郁苍苍：指一片葱郁青绿之景象。

⑨ 戈船：古代的一种战船。

⑩ 铁骑：指身着铠甲之骑兵。

⑪ 胡：此指金人。

⑫ 讵（jù）：与“岂”同义，岂能，怎能。金汤：此为“金城汤池”的略写，意为城墙如金属一样坚固，护城河如沸水一样难渡。

⑬ 汴洛：指北宋东京开封（今属河南）和西京洛阳（今属河南）。

⑭ 燕赵：指今河北、山西北部、北京、天津及辽宁南部一带地区。战国时此地属燕、赵二国。北宋时为宋朝北方边境。

⑮ 一尺檄：檄是战争中征讨敌人的军书，因古代书信写在一尺左右的绢帛或木牍之上，故称“一尺檄”。

⑯ 胡羌：此指金人。“胡”是古时对我国西北部民族之统称。“羌”是古时我国西部民族之一。

题 解

这首诗作于宋孝宗淳熙元年（1174）九、十月间。诗人陆游在成都蜀江之上泛舟饮酒，只见奔流万里之江水连接那巴蜀和荆扬大地，于是他少时便有的“游历山川、揽观风俗”之志与其时之观察用兵形势融为一体，诗人心骛八极，神游万仞，他不禁想到荆扬大地地理之形胜和南宋军队之威武，激发出强烈的报国平胡之壮怀。

此诗之情感由低沉而转入高昂、激扬，有着“国家四纪失中原，师出江淮未易吞。会看金鼓从天下，却用关中作本根”（陆游《山南行》）之战略眼光和坚定信念，表现出诗人强烈的爱国之心和豪迈的英雄之气。

赏 析

这首五言古体诗，共十六句，可分为三个部分：

第一部分（开头二句）：“把酒不能饮，苦泪滴酒觞”，总写诗人的忧国之痛：我在蜀江之上饮酒，因忧国伤神之情深重而难以下咽，痛苦的泪水滴入那酒杯之中。乍一开篇，诗人便以“不能饮”“苦泪滴”之忧伤、悲愤之动态神情，写出了诗人内心无比深重的“遗民泪尽胡尘里，南望王师又一年”的渴望收复的忧国忧民之情志，“把酒”难饮、“苦泪滴酒”之细节，把诗人心中的至痛从侧面表现出来，为下文之叙写做了很好的铺垫。

第二部分（中间十句）：叙说长江流域之抗敌用兵之利，表现出一个政治家的远见卓识、宽广胸怀和一个军事家克敌制胜之非凡胆略。

“醉酒蜀江中，和泪下荆扬”二句，承上启下，诗人想象自己的眼泪随着东流的蜀江之水，径直流入荆州、扬州之地。诗人以“醉酒”“和泪”二词，与诗首二句之“不能饮”及“滴酒觞”相呼应，更加重了诗人心中之愤懑：未“饮”而“醉”，足见其内心之悲愤。又以一个“下”字，把读者带入长江流域之广大地区，顺理成章地引出抗敌之策。

“楼橹压湓口，山川蟠武昌”，这两句重在告诉读者：九江是湓水与长江之入口处，向来是沿江镇守之要地，用于战事，极利扼守，历来是兵家必争之地。自然条件对我们非常有利，完全可以用以抗敌恢复。

“石头与钟阜，南望郁苍苍”，重在突出长江流域之山川秀美：石头城和紫金山，都是名胜古迹，南望之时，只见一片葱郁青绿。祖国河山如此可爱，岂容金人觊觎践踏？这里，充溢着诗人炽热之爱国情怀。

“戈船破浪飞，铁骑射日光”，是诗人对抗敌收复之场景的憧憬：荆州大地之上，我宋朝军队是多么威武啊：战船冲波斩浪，在长江之上飞驶；骑兵之铠甲，映射日光，闪闪发亮。这里，诗人以“戈船”“铁骑”而写人，突出了宋朝将士之英勇善战、轻捷神速，有一种志在恢复、报仇雪恨之喜悦。

“胡来即送死，讵能犯金汤”，表达出诗人对抗敌恢复之胜利充满信心：我们拥有如此有利作战之山川、水域，又有如此勇于作战之军队、将士，战争何愁不胜？来犯之敌又岂能不败？这里，诗人巧用“金城汤池”（见《汉书·蒯通传》）之典故，前句直言，后句反问，有一种斩钉截铁之逼人气势和压倒敌人之豪迈气概及旗开得胜之必胜信念，具有强烈之感染力和鼓舞人心之艺术力量。

第三部分（诗末四句）：写诗人“为国平胡羌”、收复失地之勃勃雄心。

“汴洛我旧都，燕赵我旧疆”，意在突出收复失地之心志：东京开封和西京洛阳皆是我大宋之旧都；而燕、赵之地，亦皆是我大宋之旧地，如今皆落敌手。面对如此之现状，我正义在握。故而，诗人对收复充满信心，在平淡之语气中蕴含强烈之义愤，可见出其恢复心志之坚定。诗人连用两个“我”字，充溢着正义在握、我疆我都神圣不可侵犯之大义和正气；连用两个“旧”字，既观照了金人之蛮横侵占及朝中昏君奸臣不思收复之事实，又与开头之“不能饮”与“苦泪”相呼应，其良苦用心显然可见。

“请书一尺檄，为国平胡羌。”诗末二句，诗人直抒胸臆：请让我们以浩然之正气，拿出战书，为国平定金国侵略者。诗人以气壮山河之誓词，集中表达了全诗之主旨，达到了卒章显志之目的。

这首诗手法精妙，一气呵成。诗人以满腔之浩然正气，运用叙述、描写、议论和抒情等多种手法，做到首尾呼应、卒章显志，既有慷慨高歌、酣畅淋漓之奔放，又有意在笔先、力透纸背之谨严，融入了诗人极为高涨之爱国情怀。

关山月①

和戎诏下十五年②，将军不战空临边③。
朱门沉沉按歌舞④，厩马肥死弓断弦⑤。
戍楼刁斗催落月⑥，三十从军今白发。
笛里谁知壮士心⑦，沙头空照征人骨⑧。
中原干戈古亦闻⑨，岂有逆胡传子孙⑩！
遗民忍死望恢复⑪，几处今宵垂泪痕。

注　释

① 关山月：本属汉乐府横吹曲名，此为古题新用。

② 和戎诏：指宋孝宗隆兴二年（1164）所订下的宋、金议和之诏。戎，古时对西边民族的蔑称。十五年：指隆兴元年（1163）十一月宋孝宗召侍从、台谏集议讲和、遣使、礼数、土贡之事，二年与金议和、下制，到诗人写此诗时（淳熙四年[1177]）约为十五年。

③ 空临边：徒然地驻守于边疆。边，边境、边疆。

④ 朱门：古代达官贵人的宅第大门多漆为朱红色，后便以“朱门”作为高官贵族之家的代称。此指边地将帅的营帐或官邸，亦可理解为南宋王朝当权之主和派官僚。沉沉：幽深、深沉的样子。按歌舞：和着节拍唱歌跳舞。

⑤ 厩马：养在马棚中的马。肥死：马棚之马因长期不用而长胖死去。弓断弦：长期不修武备，致使弓弦断掉。

⑥ 戍（shù）楼：边塞之上戍守警戒之岗楼。刁斗：古代军中夜间打更巡视所用的工具，白天可用作炊具。

⑦ 笛里：用笛子吹奏的曲调声。壮士：守卫边疆的战士。

⑧ 沙头：边塞沙漠之地。征人：出征戍守边疆的战士。

⑨ 中原：此指淮河以北被金人所占领的地区。干戈：本是古代的两种兵器，后以之代指战争或冲突。

⑩ 逆胡：金国侵略者。传子孙：金人长期占领中原，自太宗完颜晟进占中原，至此已有四世，故而说“传子孙”。

⑪ 遗民：指沦陷区的老百姓。忍死：这里指忍受着痛不欲生之苦难。恢复：即收复失地。

题　解

此诗作于宋孝宗淳熙四年（1177）正月。此时陆游年已五十三。前一年，因抗金抱负和个人事业均受挫折，诗人苦闷异常，借酒浇愁，放浪形骸，因而被主和派讥为“不拘礼法”“颓放”（见《宋史》本传），被罢去知嘉州之职。诗人索性自号“放翁”，以示蔑视和抗争。诗人想到朝廷下诏与金人议和已近十五年了，而北伐之希望愈来愈渺茫，抚事伤时，难以自已，于是写下这首郁积忧愤、批判之笔触直指南宋朝廷的沉痛感人的诗作。

诗人巧妙地抓住典型、触目惊心且令人愤慨的现象，表达了强烈的忧国忧民之爱国情怀。这首诗是陆游七言古诗中之名篇，亦是其爱国诗篇中之杰作。

赏　析

这首七言古诗机杼独出，极有特点。全诗展现了三幅画面——

第一幅画面（前四句）：将军度日图。

“和戎诏下十五年，将军不战空临边。”诗之开篇二句，总领全诗，交代背景：朝廷与金议和的诏书已签订十五年，可笑南宋的将军们不是为了收复而战，只是徒然地驻守于边疆。“和戎”二字，批评、讥讽、贬斥之意显然：“和戎”本是权宜之计，谁知屈膝求和、苟且偷安之南宋朝廷，一经“和戎”，竟然一忽而过竟是十五年！下句着一“空”字，写出了议和以来，将军不战、军备松弛之景况，且含有极重的质疑语气，显然是诗人饱含满腹愤懑之情而写出的。

“朱门沉沉按歌舞，厩马肥死弓断弦”，写出议和十五年来出现的两个典型场景：边地将帅的营帐及豪门府弟，终日沉溺于宴乐歌舞之中；战马久不临阵，只得在马厩中食肥而老死，弓弦亦因多年不用，而陈旧折断。上句，诗人以“沉沉”和“按”二语，描写出国家重臣不以国家为重而只知作乐之情形，其愤懑情绪有增无减。下句，借“厩马”食肥老死之状况抒写出英雄无用武之地的沉痛。在这强烈的对比之中，揭示出统治者忘却国耻、终日醉生梦死、荒淫无度，导致边防武备荒废之现状。诗人将揭露、批判的矛头直指南宋最高统治者，说明他们早已忘却国耻。这里，亦足可见出诗人如烈火般喷涌而出的强烈的愤慨之情及“壮心未与年俱老”之“忧国孤臣泪，平胡壮士心”的赤诚爱国之心。

第二幅画面（中间四句）：战士愁怀图。

“戍楼刁斗催落月，三十从军今白发”两句，描述从军战士守边之情形：边疆戍楼的刁斗声夜夜催下落月，可怜的战士三十岁从军，至今已白发苍苍。这里，诗人写戍边战士无所事事、虚掷岁月，没有辛苦的流汗流血之操练，亦没有惊心动魄之战事，一切竟在相安无事、风平浪静之中度过。诗人以反衬的手法，以一个“催”字，写出了岁月不饶人，而恢复之无望的悲愤。

“笛里谁知壮士心，沙头空照征人骨”两句，承接上两句，借笛声、月色抒写诗人内心之愁怀：羌笛声声，满含幽怨，可谁能理解戍边壮士的心？月色凄凉，似蕴愁恨，空自照着沙场战士的遗骨。这里，诗人以如泣如怨之“笛”声，隐含了爱国志士盼望杀敌立功、尽快结束那种枯燥无味生活的迫切心情。同时，又以一个“沙头空照征人骨”之特写镜头，形成生者幽怨无聊、死者暴尸沙场的生、死对照，揭示出战士的悲剧命运。而这一切，皆拜屈膝求和、苟且偷安之南宋统治者所赐。这样，“将军不战”之“空”与“征人白骨”之月照之“空”，形成鲜明对比，更见出诗人对“和戎”行径之无声控诉和对边关战士英勇捐躯壮举之深切同情。

第三幅画面（末四句）：遗民垂泪图。

“中原干戈古亦闻，岂有逆胡传子孙”两句，诗人运用古今情景对比的手法，借古而讽今：中原大地自古以来就战事不断，而今难道让金人在此传子生孙、世代沿袭吗？这里，诗人先给我们展现了一幅遥远而浩瀚的历史背景图——中原地区自古至今硝烟不断，战火弥漫，此与诗的开头二句遥相呼应，对比鲜明。“岂有”一句，用反问之肯定句式，表达诗人对“和戎”政策之异常不满，将无比的怨愤之情含于其中。

“遗民忍死望恢复，几处今宵垂泪痕。”末二句，描写出中原大地之另一幅图景：中原沦陷区的百姓，忍死偷生，渴盼着失地之收复，今夜不知有多少人流泪望月，企盼回归。这两句与上两句形成极为鲜明之对比：占领中原的女真人儿孙满堂，其乐融融，俨然已落地生根；而另一边是中原“遗民”忍耻含泪，企盼统一。这样，就直接揭示出南宋朝廷苟安求和之投降政策给国家和人民造成的沉痛伤害，表达出诗人对最高统治者的极度愤慨之情。

这首诗意旨深刻，手法精妙。诗人匠心独具，采用展现画面，即摄取“特写镜头”法（亦称“蒙太奇手法”）的颇为超前的手法，以触目惊心的画面三幅，融入诗人炽热、深沉而浓烈的忧国忧民之情怀，使诗的思想性和艺术性达到了完美的结合。此诗是陆游爱国诗歌的代表作。

出塞曲①

佩刀一刺山为开②，壮士大呼城为摧③。
三军甲马不知数④，但见动地银山来⑤。
长戈逐虎祁连北⑥，马前曳来血丹臆⑦。
却回射雁鸭绿江⑧，箭飞雁起连云黑⑨。
清泉茂草下程时⑩，野帐牛酒争淋漓⑪。
不学京都贵公子，唾壶麈尾事儿嬉⑫。

注 释

① 出塞曲：此为古乐府曲名，属横吹曲。

② “佩刀”句：典出《后汉书·耿弇列传·耿恭》：“（耿）恭仰叹曰：‘闻昔贰师将军拔佩刀刺山，飞泉涌出。今汉德神明，岂有穷哉。’”

③ 壮士：出塞征战的战士。摧：摧毁，倒塌。

④ 三军：泛指军队。春秋时大的诸侯国之军队分为中军、上军和下军，或中军、左军和右军。甲马：铠甲和战马。代指兵马。

⑤ 银山：军中兵马众多如山，铠甲闪亮如银，故曰“银山”。

⑥ 戈：古代兵器，其特征为横刃长柄。祁连：祁连山，主体部分在今甘肃境内。

⑦ 曳（yè）：拖、拽之意。血丹臆（yì）：此指所猎杀之猛虎的胸部被血染红了。臆，即胸。

⑧ 鸭绿（lù）江：江名，在今辽宁、吉林东部与朝鲜交界处。

⑨ 连云黑：指飞箭和雁群之多，遮天蔽日，如同黑云。

⑩ 下程：意为停下行程，即中途休息。

⑪ 牛酒：杀牛摆酒。典出汉司马迁《史记·司马相如传》：“卓王孙临邛诸公，皆因门下献牛酒以交欢。”

⑫ 唾壶麈（zhǔ）尾：语出《世说新语·豪爽》：“王处仲（王敦）每酒后，辄咏‘老骥伏枥，志在千里。烈士暮年，壮心

不已’。以如意打唾壶，壶口尽缺。”《世说新语·容止》：“王夷甫容貌整丽，妙于谈玄，恒捉玉柄、麈尾，与手都无分别。”唾壶，痰盂。麈尾，拂尘。这些曾是魏晋名士们装点清雅的物品，这里用来借指京都贵公子们嬉戏时的玩物。

题　解

这首七言古诗作于宋孝宗淳熙四年（1177）正月。此时陆游正在成都。诗人借用古乐府旧题以写时事，描绘了出塞壮士们边地射猎之壮举，塑造出抗金将士的英雄群像，抒发了自己志在抗金的强烈愿望。同时，对南宋朝中清谈误国的苟且偷安之士大夫（即主和派士人）表示了极大之鄙薄和愤慨。

这首诗用语明白流畅，用典自然恰切，运用夸张、想象等多种手法，具有浪漫主义色彩，呈现出雄浑奔放之风格。

赏　析

这首诗分为三个层次来写。

第一层（前四句）：重在描绘出塞壮士的英雄气概和浩大声势。

“佩刀一刺山为开，壮士大呼城为摧”，开头二句，以雷霆万钧之势，描绘出塞上壮士气吞山河之英雄气概：他们拔刀刺山，山亦因之訇然而开；他们大吼一声，城墙亦为之而倒塌。诗人突兀而来，巧妙兼用夸张、用典的手法，突显出壮士之刺山山开、摧城城毁的神勇风采，极有气势，格调非同一般。

“三军甲马不知数，但见动地银山来”两句紧承上句，极写出塞壮士军威之壮、声势之大：三军将士身披铠甲，手执兵刃，跃马驰骋，似动地而来，在白光的辉映之下，那铁甲闪闪发光，白如银山。这里，诗人又以夸张、比喻等手法，刻画出将士冲锋陷阵、英勇无畏的英雄形象。如果说首二句是重在以虚处起笔的话，此二句则重在以实处落墨，形象感极强。这亦与诗人在南郑前线的军旅生涯不无关系：他曾作为南郑前线的最高指挥官，凭着赤心虎胆，只身骑乘战马，在雪落纷纷之夜，深入敌阵观察敌情；也曾亲自参加大散关保卫战。这种“铁马秋风”的战斗生活，为诗人之诗作增光添彩。

第二层（中四句）：重在描写军中将士之活动，铺叙将士们纵横驰骋、雄健豪迈之战斗生活。

“长戈逐虎祁连北，马前曳来血丹臆”两句叙写出塞将士之勇猛：他们身跨战马，手执长戈，追杀猛虎于祁连山之北，用战马拖着猎获的带血之死虎。勇杀猛虎之将士，何惧践踏我国土之金兵？！这里，诗人确有“要挽银河仙浪，西北洗胡沙”（宋·辛弃疾《水调歌头》）的驰骋疆场、挥戈杀敌之英雄气概。

“却回射雁鸭绿江，箭飞雁起连云黑”，再写出塞将士之无敌：在鸭绿江畔，他们手持劲弓，箭射群雁，那飞箭与雁群之多如同遮天蔽日之黑云。这里，诗人承前再以比喻手法，用“射雁鸭绿江”与前之“逐虎祁连北”一起，来喻指壮士们纵横杀敌于金人占领区，报国收复之志的坚定不移，有一种“壮志饥餐胡虏肉，笑谈渴饮匈奴血”的英雄之气。

第三层（末四句）：重在抒写壮士们凯旋之豪情。

“清泉茂草下程时，野帐牛酒争淋漓”两句，抒写壮士们杀敌收复、庆贺胜利之情形：他们在凯旋途中，在清泉茂草处停驻休息，搭起帐篷，食牛肉，喝美酒，痛快淋漓，豪情盖世。诗人以大胆之想象，憧憬抗敌收复的庆祝场景，集中地体现了诗人强烈的爱国情怀。然而，令我们遗憾的是，诗人至死也未能将憧憬变为现实，只能留下“但悲不见九州同”之遗恨。

“不学京都贵公子，唾壶麈尾事儿嬉。”末两句，既是诗人自勉自励，亦是警戒后人：壮士们志在恢复的英勇壮举，令人钦佩，让人振奋！我们千万不要效法那些官僚仕宦的丑恶行径，他们不顾国家之安危，只图自己嬉戏玩乐、贪图享受。诗人运用典故，借用崇尚空言清谈之晋人逸事，讽刺朝廷中主张苟安投降之主和派的卑鄙、无耻之可恨可憎，可说是一针见血、入木三分。

这首诗最突出的特点是现实主义和浪漫主义的完美融合。诗人借助夸张、想象等艺术手法，又紧密联系现实，以典故叙事言情，鞭挞主和派苟且偷安、投降卖国之丑恶行径，集中体现了陆游“慕为国殇，至死不衰”之爱国精神。尤其是憧憬凯旋之浪漫手法，读之显然可见诗人一颗赤诚之拳拳爱国之心。

战城南①

王师出城南②，尘头暗城北③。
五军战马如错绣④，出入变化不可测。
逆胡欺天负中国⑤，虎狼虽猛那胜德⑥。
马前嗢咿争乞降⑦，满地纵横投剑戟。
将军驻坡拥黄旗⑧，遣骑传令勿自疑⑨。
诏书许汝以不死⑩，股栗何为汗如洗⑪？

注　释

① 战城南：汉乐府旧题，是鼓吹曲中的铙歌，其内容为描写军旅战场之景象。

② 王师：指宋朝的军队。

③ 尘头：战尘飞扬。暗城北：意为扬起的战尘使城北也一片昏暗。

④ 五军：泛指军队。本为古时军制，春秋时晋国就有中军、上军、下军、新上军和新下军五军。错绣：即错杂的锦绣。这里形容南宋之军队伍错杂变化之壮观景象。

⑤ 逆胡：此指金人。

⑥ 虎狼：这是对金朝军队的蔑称。德：此指有道德的宋朝军队。

⑦ 嗢咿（wà yī）：拟声词，这里形容金人说话的声音。

⑧ 黄旗：指主将之旗。

⑨ 勿自疑：此为所传宋军主将命令的内容，意即要金兵不要怀疑宋军的仁慈。

⑩ 汝：你们。此指金兵。

⑪ 股栗：两腿战栗。股，大腿。

题解

这首诗是陆游所作《出塞曲》一诗之姊妹篇，同作于宋孝宗淳熙四年（1177）正月。五年前，诗人曾为四川宣抚使王炎幕宾，襄赞军务，亲临南郑之抗金前线。谁料不到一年即改除成都府安抚使司参议官，后任职范成大幕府，远离抗金战场。不久，又被免职。诗人目睹统治者优游享乐、不思恢复的腐败景况，理想与现实之间的矛盾，只能凭借想象来抒写心志。此诗运用浪漫主义手法，描绘出想象之中的宋军出征伐金时那威武壮观之场面，以及金兵闻风丧胆、不战而降之狼狈情形，体现出诗人英伟豪壮之气概和高度之民族自信心，亦生动地表现出诗人强烈而坚定的爱国忠心。

赏析

这首诗与《出塞曲》结构颇为相似，亦可分为三个层次。

第一层（前四句）：重在描写宋军出征之威武气势及壮观景象。

起首二句"王师出城南，尘头暗城北"直写宋军出征之气势：我大宋雄壮之军队，出征时战尘飞扬，遮天蔽日，那扬起之征尘，竟使城北一片昏暗。诗人着一"出"字，写出了"胡兵十万起妖氛，汉骑三千扫阵云"（唐·骆宾王《荡子从军赋》）之威武气势；着一"暗"字，以战尘烘托出正义之师的赫然声势。

"五军战马如错绣，出入变化不可测"两句，紧承上句，再写大宋雄师队形变化之壮观：我大宋雄师错杂变化，调度有法，出入之中变幻莫测，气势和声威非同一般，极为壮观。这里，诗人以"如错绣"之比喻手法，状写出"战马"之训练有素、将士之神勇不凡。又以"不可测"三字，写出了雄师阵容变化多端、井然有序。这样，就突出了大宋雄师的号令之严明、声势之雄壮。

第二层（中四句）：重在描写宋军正义在握、克敌制胜、金兵轰然溃败之场景。

"逆胡欺天负中国，虎狼虽猛那胜德"两句，描写大宋收复之战的胜利：金兵违背天意侵略中原，他们乃虎狼之师，虽然勇猛，但怎么能战胜有道德的宋朝军队！这两句，道出了正义在我、战必胜之的原因：金人入侵中原，违天不义，

“失道者寡助”（《孟子·公孙丑下》），虽有虎狼之凶猛，但怎能敌得住“王师”之德威！故而一触即溃、一战即败。

“马前嗢咿争乞降，满地纵横投剑戟”描写金兵溃不成军、一败涂地之场景：威武的宋兵马前，一片“嗢咿”之声，那是溃败的金兵争着乞求投降的声音；战场之上，只见金兵缴械投降，剑戟横七竖八，交错满地。诗人以具体而生动的场景，活画出金兵纷纷缴械投降之狼狈情状。这里，寄托了诗人“一闻战鼓意气生，犹能为国平燕赵”的抗金恢复之心志。

第三层（末四句）：重在描写宋将恩威并施、金兵惶恐万状的胜利情景。

“将军驻坡拥黄旗，遣骑传令勿自疑”，描写宋将的宽宏和仁慈：宋军主将在旌旗的簇拥下驻马于高坡，他派人传令金军速速投降，将会得到宽大处置。上句写宋将之“驻坡拥黄旗”之声威，下句写宋将之“传令勿自疑”之恩德。诗人用恩威并施之行为描写，成功地刻画出宋朝将军的英雄形象。

“诏书许汝以不死，股栗何为汗如洗？”末两句紧承上句，再写宋军主将之令和金兵惶恐万状之情形：我大宋皇帝已下了诏书，将会饶恕你们不死，你们为何还要如此胆怯、害怕，两腿战栗，汗流如洗呢？这里，诗人巧用对比手法，既写出大宋君王之宽厚仁慈，又写出慑于宋军声威的金兵之惶恐万状。在巧妙的对比之中，有着将士“万里不惜死，一朝得成功”（唐·高适《塞下曲》）之快意和喜悦。

这首诗最显著的特点是极具浪漫主义特征。诗人以豪健的笔触、磅礴的气势和奔放而谨严的语言，展开了丰富的想象，想象了恢复中原、复仇雪耻之理想图景，表达了强烈的民族自豪感和豪迈、乐观的精神。想象之外，实则曲折地抒发了诗人壮志难酬的苦闷和悲愤。此诗是陆游古体诗的代表作之一，亦是运用想象这种“最杰出的艺术本领”（德国哲学家黑格尔语）之成功范例。

大风登城书雨

风从北来不可当[①]，街中横吹人马僵[②]。
西家女儿午未妆[③]，帐底炉红愁下床[④]。
东家唤客宴画堂[⑤]，两行玉指调丝簧[⑥]。
锦绣四合如垣墙[⑦]，微风不动金猊香[⑧]。
我独登城望大荒[⑨]，勇欲为国平河湟[⑩]。
才疏志大不自量[⑪]，西家东家笑我狂[⑫]。

注　释

① 当：同“挡”，意为抵挡。
② 僵：僵硬，难以活动。
③ 妆：梳妆。
④ 炉：火炉。
⑤ 画堂：泛指华丽的堂舍。
⑥ 两行玉指：指堂上列为两行的乐妓。丝簧：泛指乐器。丝指弦乐类乐器，簧指以片状振动体振动发声的乐器。
⑦ 锦绣：此指锦绣做的屏幕。垣墙：矮墙，院墙。
⑧ 金猊（ní）：炉盖作狻猊形的香炉。猊，狻（suān）猊，即狮子。
⑨ 大荒：辽远之地。
⑩ 河湟：指今青海乐都（隋朝时曾称湟水县，北宋时曾为湟州）、甘肃临夏（古称河洲）一带地区。当时此为西夏之地，西夏臣于金。诗人在此以“河湟”代指敌占区。
⑪ 才疏志大：志愿很大而才能不够。
⑫ 西家东家：本指邻居，此指苟安、主和之辈。

题　解

这首诗是爱国诗人陆游在成都所作，作于宋孝宗淳熙四年（1177）十一月。此诗以大风严寒之中登城北望而欲平定金人侵略者之自我形象，与守在家中安稳度日之“西家”“东家”形成鲜明对比，象征以诗人为代表的爱国志士不能为苟且偷安之辈所理解和支持的社会现实。诗人通过形象化的两相对比，既显示出诗人“位卑未敢忘忧国”之勇于坚持远大理想、不从流俗的伟岸、坚贞之品性，又暴露了苟且偷安者不以国家、人民利益为重之平庸和渺小。

赏　析

诗人不事修饰，亦不拐弯抹角，略去了登城之过程，直截了当从“大风登城”之感受而落笔。“风从北来不可当，街中横吹人马僵。”凛冽之北风迎面吹来，没有人可以抵挡它的寒冷，它吹得街上的人和马都浑身发僵。这里，诗人运用暗喻的手法，以实有的自然界的北风之风势的强劲凛凛，来喻指北方之金人向中原侵略的嚣张气焰。把“男儿西北有神州”（宋·刘克庄《玉楼春》）、“胸中有誓深于海，肯使神州竟陆沉”（宋·郑思肖《二砺》）之坚强的爱国心志寓于其中，其赤诚之心显然可见。

然而，诗人一想到苟且偷安者，心中就愤愤不平。接下来四句说的是：西边人家的女儿屋里生着火炉，她因怕冷而不愿下床，已到中午还没有起床梳妆。东边的人家正在富丽堂皇的室内设宴待客，还有美女在用玉指弹奏着美妙的音乐。精美鲜艳的丝织品合抱在四周，就像那围墙一般，连细小的风丝也吹不进来。那熏香炉里飘散着阵阵清香。这里，诗人运用具体而形象化的“西家”和“东家”，通过一些情景及细节等的描写，来喻写苟且偷安之贵人和达官。中原沦陷，人民蒙难，国家危在旦夕，而这些达官、贵人竟然花天酒地、歌舞升平，享受着温暖、安乐、舒适的生活！作为有爱国心的人，谁又能看得下去呢？诗人的一腔忠愤，以形象出之，显然含有“国仇未报壮士老，匣中宝剑夜有声”之满腔的愤恨不已。

此时此刻，诗人心潮激荡，热血沸腾：“我独登城望大荒，勇欲为国平河湟。

才疏志大不自量，西家东家笑我狂。”我独自登上这城楼遥望远方，多么想为国家奋勇扫平胡虏！也许我志向远大却才智浅薄，不自量力，以致左右的人都笑我狂放不羁。这里，诗人直抒胸臆，卒章显志，一吐衷情，表达心曲，义愤填膺。正如诗人所写：“诸公可叹善谋身，误国当时岂一秦。不望夷吾出江左，新亭对泣亦无人！”（陆游《追感往事》其五。诸公：指朝中一些当政者。新亭对泣：指南渡的东晋士大夫们，每到闲暇之日，就在新亭宴饮，议论国事，相顾流泪。丞相王导不以为然，认为应该共同努力光复神州。新亭，在东晋都城金陵［今南京］城南十五里处。）诗人对南宋统治者不任用抗金将领，置国家民族利益于不顾之误国行径，可说愤恨到了极点。

这首诗手法精妙，意旨深刻。全诗采用鲜明的对比手法，象征抗战派和主和派之尖锐的矛盾冲突的社会现实，表达了诗人志在恢复的爱国壮志，从而让我们看到了“统治阶级的无聊堕落和爱国之士的忠勇奋发”（朱东润《陆游选集》）。

龙兴寺吊少陵先生寓居①

中原草草失承平②，戍火胡尘到两京③。
扈跸老臣身万里④，天寒来此听江声⑤。

注　释

① 龙兴寺：在今重庆忠县。少陵先生：唐代大诗人杜甫。杜甫曾在长安城南的少陵居住过，他自称"少陵野老"。寓居：唐代宗永泰元年（765）秋天，杜甫曾住在隆兴寺。

② 中原：关中地区，泛指黄河中下游流域地区。草草：仓促。承平：继承已往的治平之世，泛指太平。

③ 戍火胡尘：此指唐玄宗天宝末年爆发的安史之乱。两京：此指唐代的京城（亦称"西京"）长安和东都洛阳（今属河南）。

④ 扈跸（hù bì）老臣：指杜甫。杜甫于唐肃宗至德二载（757）四月从长安逃至肃宗所在之凤翔，被授予"左拾遗"。长安收复后随从肃宗归长安，故称"扈跸老臣"。扈，跟随。跸，指皇帝出行的车驾。身万里：此指杜甫跟随肃宗的车驾辗转万里。杜甫有诗"万里悲秋常作客"（《登高》）。

⑤ "天寒"句：杜甫曾在忠州（今重庆忠县）作《禹庙》："云气嘘青壁，江声走白沙。"陆游自注："以少陵诗考之，盖以秋冬间寓此州也。寺门闻江声甚壮。"

题　解

爱国诗人陆游的这首七言绝句作于宋孝宗淳熙五年（1178）四月。五十四岁的诗人奉诏东归入京（因孝宗读到诗人在蜀地所作之诗，有所感动，特召他还朝）。东归途中，四月到达忠州，于是到龙兴寺凭吊杜甫寓居，写下此诗。

这首诗吊古伤今，借历史以喻现实，借悼念“诗圣”杜甫以抒写自己的情怀。因为杜甫遭遇战乱和流离漂泊之不幸，与诗人的遭际十分相似：他们都是在国家危难、故都沦陷及自身衰老的情形之下，胸怀报国大志却无处施展。诗人伤悼杜甫之遭遇和不幸，实则亦是自伤。

赏 析

我们的诗人来到龙兴寺少陵先生寓居，吟咏着“国破山河在，城春草木深”（唐·杜甫《春望》）的诗句，不由得追述起“诗圣”杜甫的不幸遭际：“中原草草失承平，戍火胡尘到两京。”当年，中原大地一下子失去了往日的太平，安史叛军燃起的战火，烧到东都洛阳和西京长安。诗人以高度凝练而又十分形象的语言，写出杜甫所处时代的战乱背景。“草草”二字，写出了长达八年的安史之乱爆发之速、之烈——“两京”相继失陷，唐玄宗仓皇逃蜀，多年的繁华景象顿然间化为一片胡尘狼烟，大唐的太平盛世一去也难复返了！诗人明说历史，实指眼前：金人入侵，中原沦陷，生灵涂炭，铁蹄之下的人民处在水深火热之中。“失承平”正是这种现实状况的艺术概括。“戍火胡尘”四字，既是沉痛历史之回顾，又是惨痛现实之写照，一笔两写，容量极大，其中有着“胡未灭，鬓先秋，泪空流”之深重苦痛。

接着，诗人又想到了杜甫乱后之遭遇及晚年寄居龙兴寺之情状：“扈跸老臣身万里，天寒来此听江声。”随驾回京的老臣杜甫啊，你又孤身流落在这万里之外，在那秋冬间寒冷的时节，在龙兴寺来听这滔滔江声！这里，诗人凭吊杜甫寓居，当年情形如在眼前：安禄山攻陷长安之后，杜甫流离失所，曾被叛军所俘，后逃至凤翔，被肃宗任为左拾遗。如此忠心的国之老臣，就因上疏救房琯被贬为华州司功参军。后又遭遇种种不幸，寓居于龙兴寺中，他面对凄凉、萧瑟之秋景，心境孤寂、悲凉而忧愤，凄然地独伫寺门，听那阵阵悲壮的江涛之声。诗人想到了自己所处的时代和个人的遭际与杜甫何其相似！“涛声”是两位爱国诗人心灵的融合。写人便是写己，吊古即是抒今，皆有着“僵卧孤村不自哀，尚思为国戍轮台”之爱国至情。

这首诗一笔两写，手法精妙。全诗吊古伤今，借史喻实，借人写己，明写杜甫，实写自己，双管齐下，状尽衰世景象，蕴含深沉爱国真情。

小雨极凉舟中熟睡至夕[1]

舟中一雨扫飞蝇，半脱纶巾卧翠藤[2]。
清梦初回窗日晚[3]，数声柔橹下巴陵[4]。

注　释

① 夕：傍晚。
② 纶（guān）巾：一种用青色丝带编结的头巾，此巾相传为三国时诸葛亮所创，故又名“诸葛巾”。苏轼曾以“羽扇纶巾”（《念奴娇·赤壁怀古》）来写周瑜。翠藤：此指用青藤编制的卧榻。
③ 初回：初醒。窗日晚：指窗外的太阳已快落山。
④ 柔橹：轻柔的船橹划水声。巴陵：今湖南岳阳。

题　解

陆游的这首七言绝句作于宋孝宗淳熙五年（1178）夏天。已过“知天命”之年的诗人，从宋孝宗乾道六年（1170）赴夔州任通判，在蜀八年，如今奉诏离蜀东归，行舟将至巴陵之时，盛夏的一场小雨带来舒心之凉爽，诗人十分惬意，便头巾半解在舟中藤床之上酣然入眠。午睡醒来，只见夕阳照窗，已是傍晚，耳畔那船橹的声音格外柔美，别有意趣。于是，诗人便以二十八字勾画出一幅自身舟中昼眠图，使那清雅之风度、东归时悠然自得之心情尽现于我们眼前。

赏　析

夏日炎炎，乘舟而行，那种劳顿是颇令人忧烦的。好在“夏云阴兮若山”（唐·张说《江上愁心赋寄赵子》）、“夏宜急雨”（宋·王禹偁《黄州新建小竹楼记》）。诗人奉诏离蜀东归将至巴陵之时，就在炎热之舟中，遇到了这么一场好雨：“舟中一雨扫飞蝇。”夏日午间的一阵小雨，驱散了船中嗡嗡飞舞的苍蝇。“好雨知时节，当夏（原诗为‘春’）乃发生”（唐·杜甫《春夜喜雨》），炎夏的一场及时雨，一下子“扫”去“飞蝇”，亦“扫”去炎热和诗人心头之烦躁，使诗人心情大好。这里，诗人虽未明说心情之转变，但着一“扫”字，且以“扫飞蝇”之细节，那种“万顷波光”“一快披襟”（宋·戴复古《柳梢青》）之快意是不言而喻的，那种愉悦亦是不难想见的。这就为下句之午睡做了很好的铺垫。

“半脱纶巾卧翠藤”，诗的第二句写午睡之情形：天气一下子转凉了，诗人便脱去了帽子和外衣，躺在藤床之上，不大一会儿，便美滋滋地进入了梦乡。这一句与前句皆写睡前，由首句之“一雨”我们可以想见，前几日由于天气炎热，蚊蝇侵扰，诗人显然未能睡好，碰上如此凉爽之好天气，怎能不快快伏枕而睡呢！诗人用“半脱”和“卧”这两个词，就把舒心和快意写出来了。诗人怪不得有“小太白”之称，因为这句诗就有李太白之“长风万里送秋雁，对此可以酣高楼”（唐·李白《宣州谢朓楼饯别校书叔云》）之洒脱不羁、豪放旷达之风采。

诗的第三句“清梦初回窗日晚”，写梦醒之情景：诗人一觉醒来，只见斜阳透进了舷窗，已是傍晚时分。一觉睡醒，已是夕阳斜照的黄昏之时，由此不难想见：舟行水上，诗人安卧“翠藤”之上，酣然而眠，一觉醒来，是多么恬适和惬意啊！真的有一种“吟得诗成无笔写，蘸他江水（原诗为‘春水’）画船头”（宋·陈起《夜过西湖》）之快心和快意。

诗末一句“数声柔橹下巴陵”，写舟行之快：诗人的耳边是轻柔的船橹划水之声，几阵咿咿呀呀，船儿已在不知不觉之中驶近了岳阳。这里，诗人以“声”写船，以“数声”之少和“柔橹”之恬静，柔和、美妙的夸饰手法，写出了舟行之轻快和诗人心情之恬适、愉悦，流露出诗人对大自然、对生活之热爱，与李太白之“两岸猿声啼不住，轻舟已过万重山”（唐·李白《早发白帝城》）和杜少陵之“即从巴峡穿巫峡，便下襄阳向洛阳”（唐·杜甫《闻官军收河南河北》）有异曲同工之妙。

这首诗构思精巧，别有意趣。短短四句二十八字，却韵味十足：诗之前两句是“因”，写睡前；后两句是“果”，写醒后。前后互为补充，极有情趣。全诗于自然之中见锤炼，于平易之中显功力，毫无斧凿之痕迹，确是“易处见工”“亲切有味”（刘熙载《艺概》）之佳作。

六月十四日宿东林寺①

看尽江湖千万峰②，不嫌云梦芥吾胸③。
戏招西塞山前月④，来听东林寺里钟。
远客岂知今再到⑤，老僧能记昔相逢⑥。
虚窗熟睡谁惊觉⑦，野碓无人夜自舂⑧。

注 释

① 东林寺：庐山著名古刹。晋太元九年（384）高僧慧远所建，谢灵运曾在此凿池种莲，号为“莲池”。宋时改为禅寺。

② 江湖：泛指四方各地。

③ 云梦：云梦泽，古时楚地的大泽名。芥：芥蒂，一种细小的梗塞物，后用来比喻郁积于心中的怨恨或不快。如宋苏轼诗云：“恨无乖崖老，一洗芥蒂胸。”（《送路都曹》）此处用为动词，意为堵塞。

④ 西塞山：此为古代水战的要塞，在今湖北大冶东长江边上。唐张志和诗云：“西塞山前白鹭飞，桃花流水鳜鱼肥。”（《渔歌子》）

⑤ 远客：此为陆游自指。今再到：陆游曾于宋孝宗乾道六年（1170）入蜀途中游览过庐山东林寺，这次自蜀东归，又在此住宿，故说“再到”。

⑥ 老僧：指东林寺僧人。

⑦ 虚窗：打开窗子。

⑧ 野碓（duì）：指田野间以水为动力的水碓，可以用来自动舂米。舂：用杵臼捣去谷物的皮壳。

题 解

这首七言律诗作于宋孝宗淳熙五年（1178）六月，诗人陆游自成都东归途中，来到九江。八年之前（乾道六年［1170］），诗人入蜀之时曾路过九江，游历庐山，且宿于东林寺。此次故地重游，中间已经过八年的人生历练，加之此次又是归返京师，故而心情亦有所不同。在诗人眼里，云梦大泽在自己的胸中已不足为碍，不仅如此，他还要召唤西塞山前明月，共听东林寺寺钟的洪亮、悠扬之声。诗人逸兴遄飞，心旷神怡，尤其是寺中静谧环境之洗心涤虑，使诗人对游宦生活产生厌倦之情绪。从诗中，我们可以感受到诗人荣辱不牵挂于心的淡定心境。此诗语意畅达，用语清新而生动，化用自如，别有新意，亦体现了宋人议论入诗的特点。

赏　析

诗人旧地重游，就如千里而归，“归心已无限”（唐·许浑《送客南归》），有千言万语涌上心头，故而诗人便把八年阔尽巴山蜀水、跋涉过云栈和剑阁及游赏浩浩长江和渺渺洞庭等经历，诉诸笔端：“看尽江湖千万峰，不嫌云梦芥吾胸。”诗人看尽江、河、湖、海，阔过那千山万峰，那么即使是云梦大泽，又怎能芥蒂在心中呢？乍一开篇，诗人便以宋诗常用的议论入诗之手法，直接表达自己最真切的感受。诗人无拘无束，以“看尽江湖”、阅览“千万峰”之大气把八年游历观感表达出来。诗人落笔之前，那些游赏过的高山大川和奇水秀峰定然一一浮现于眼前，故而有了“看山不是山，看水不是水”之疏宕和旷达：小小的云梦大泽又算得了什么呢？这里，诗人既巧妙化用了西汉辞赋家司马相如所写的曾受汉武帝赞赏的名赋《子虚赋》中的“吞若云梦者八九于其胸中，曾不蒂芥”之语意，又化用了苏轼的“恨无乖崖老，一洗芥蒂胸”之诗意，表达自己的人生所得和所悟：云梦大泽在诗人心中，亦不过是一方小小的水泽罢了，既可放于心里，亦可将它忘却；至于那黑流之浮浮沉沉、人间之恩恩怨怨，又算得了什么？这里，诗人显然具有“海纳百川，有容乃大；壁立千仞，无欲则刚”（清·林则徐）之博大胸怀。

此时此刻，诗人留宿于东林寺，“戏招西塞山前月，来听东林寺里钟”，多么令人快慰啊！我竟然能够招来西塞山前那皎洁明月，肃听东林寺里那悠扬的钟声。诗人在这清幽、恬静的境界之中，情不自禁地回想起历历往事：乾道六年（1170）八月之中秋节，那月景依然令人记忆犹新——“空江万顷，月如紫金盘，自水中涌出”，此景确是“平生无此中秋也”(《入蜀记》)，这“紫金盘”之月，一直伴随着诗人。如今旧地重游，又看到这“月”，又闻听寺中钟声，怎能不欣然、悦然！这一联，景中融情，喜悦、喜爱、喜不自胜之情皆融景中。

以上情景使诗人喜出望外：“远客岂知今再到，老僧能记昔相逢。”我实在没有想到，今天还能再访旧游踪；老僧竟然至今记得，我们八年前之热烈相逢。这一联用语浅近，而蕴意蕴情极深，那种倦于仕途、厌于尘世之思想，不难窥见。

诗人一时之间，心情坦然，似乎忘却了一切不快，酣然入睡。不过，诗人很快又被惊醒：“虚窗熟睡谁惊觉，野碓无人夜自舂。”诗人敞开窗儿已经熟睡，可究竟又是谁把诗人从熟睡中惊起的呢？原来是远处村野传来的水碓夜舂的声音。诗人用“虚窗熟睡”点明题旨，照应诗题之“宿”字，以“野碓夜舂”之声的田园生活来收束全诗，意味深长，似在诗人沉寂的心中投进了一块石子，有一种打破“野渡无人舟自横”(唐·韦应物《滁州西涧》)的静谧之欢娱在。因为“夜自舂”的舂米之声毕竟又让诗人回到了实实在在的现实之中。在诗人的心中，他还是喜爱“欲晒胡麻愁屡雨，未收荞麦怯新霜”(陆游《农舍》四首其一)的田园生活的。

这首诗最显著的特点是情景交融，收有奇气。诗开篇(首联)虽是议论，但那“江湖”，那“千万峰”，还有那浩渺之“云梦”大泽，不就是诗人曾“看尽”之景吗！诗之颔联的“月”景“钟”声，融入了诗人之欣悦之情；诗之颈联中的诗人与“老僧”忆“昔相逢”之喜悦里，亦融入了诗人厌于仕途的复杂情绪；诗之尾联以“野碓”“夜自舂”之声收束，充溢着诗人之“城市尚余三伏热，秋光先到野人家”(陆游《秋怀》)的热爱农村、热爱农人的美好情结。对于从小就立下“上马击狂胡，下马草军书”的爱国壮志的诗人来说，这不就是一种奇拔之气吗！

小园（其一）①

小园烟草接邻家②，桑柘阴阴一径斜③。
卧读陶诗未终卷④，又乘微雨去锄瓜⑤。

注 释

① 小园：陆游被罢官回到山阴老家之后，在自家房屋旁边所开辟的一个小园。

② 烟草：烟雾中的荒草。

③ 桑柘（zhè）：桑树和柘树，其叶子可用来养蚕。阴阴：指枝叶繁茂、树荫浓密幽暗的样子。径：小路。

④ 陶诗：陶渊明的诗。陶渊明，东晋诗人，其诗多描写农村田园日常生活，形成平淡自然、简淡隽永的独特诗风。陆游《读陶诗》："我诗慕渊明，恨不造其微。……雨余锄瓜垄，月下坐钓矶。"终卷：读完全书。

⑤ 乘：趁着。

题 解

这首诗是陆游宋孝宗淳熙八年（1181）四月在山阴老家所作。前一年，诗人在临川（今江西抚州）为官，主要掌管民间茶盐、钱粮等公事。这年五月，因此地连日大雨，江水上涨，淹没田地、村庄，造成严重灾害，当地百姓啃树皮、吃野菜以度日。陆游连写奏章，报告灾情，请求南宋朝廷批准开仓赈济。结果奏章递上，却不见回音。他便当机立断，开仓赈济，救了灾民。不久，却被朝中的主和派权贵以"不自检饬，所为多越于规矩"之罪名罢官免职。回家之后，诗人便在家旁开一小园，过起半耕半读的田园生活。《小园》诗共四首，描写诗人闲居耕读之生活情形和心理状态，有耕读生活的闲逸自得与惬意，更多的则是罢归之后的愤懑和不甘。

此诗是《小园》四首中的第一首，语言明白晓畅，清新婉丽，颇有“陶诗”平淡自然之诗风。诗人用生动而真切的笔触，描绘了居家耕读的闲逸生活。那绿树成荫的一方小园，环境幽静，再加之卧读陶诗惬心惬意，“微雨”“锄瓜”之舒怀舒心，读之，给我们以美的享受。

赏　析

诗人罢归山阴之后，曾以“家住苍烟落照间，丝毫尘事不相关”（陆游《鹧鸪天》）来自慰自乐。他所亲自开辟的“小园”，自然环境非同一般：“小园烟草接邻家，桑柘阴阴一径斜。”小园里野草茂盛，长势极快，眨眼间便与邻居家的小园连成一片。只见那桑树、柘树浓荫密密，竟将自家房屋围遮起来，只有一条小路斜斜地伸向远处，通连着野外和村庄。这里，诗人先以“小园”二字，点示诗题。接着以“烟草”“桑柘阴阴”及“一径斜”等具有特色之景物，渲染出小园环境的幽静、恬适，既有“开荒南野际，守拙归园田”（晋·陶渊明《归园田居》）的生趣盎然、抱朴含真之纯朴，又有“山平水远苍茫外，地辟天开指顾中”（陆游《初发夷陵》）的豁然开朗、乍喜还惊之愉悦。当然，这只是诗人一时之感受，他那深埋于心中的永远也难以泯灭的“位卑未敢忘忧国”“杜门忧国复忧民”之赤心仍长在！诗人心中，定然有壮志难遂之苦闷和愤懑。

诗的三、四句“卧读陶诗未终卷，又乘微雨去锄瓜”，着重叙写诗人的耕读生活：悠闲之时，诗人半卧半睡于床上，有滋有味地吟诵、品读着陶渊明的田园诗歌，未曾读完一卷，天又下起了毛毛细雨，土地微湿，赶忙放下诗卷，匆匆赶到小园，给那刚刚出土的瓜苗松土。这里，诗人用似含悠闲的“卧读”“微雨”和“锄瓜”等字眼来写，在看似轻松的情调中，其实隐含着深重之忧戚，因为他读的不是解烦除忧之闲书，而是“陶诗”！是那不为五斗米折腰而愤然辞去彭泽县令一职的陶渊明！诗人为国奔走、为民请命，却不为当权者所容而去官还乡，他与陶渊明之气节是多么相似，真的是“心有灵犀一点通”。他曾这样表达自己之心迹：“我诗慕渊明，恨不造其微。退归亦已晚，饮酒或庶几。雨余锄瓜垄，月下坐钓矶。千载无斯人，吾将谁与归？”（陆游《读陶诗》）正因为诗人“壮心未与年俱老”，心里时时刻刻都在想着抗敌收复，时时刻刻都在牵挂着受苦受难的沦陷区人民——“身为野老已无责，路有流民终动心！”（陆游《春日杂兴》其四）诗人“报国寸心坚似铁”（陆游《大雪歌》）！可见，在这看似闲适之叙写中，有一颗执着、强烈而滚烫的忧国忧民之心在！

这首诗最为突出的特点是言浅意深，诗旨高远。诗人将一腔挚爱祖国、人民的情感，通过看似安闲、舒适的田园生活来抒写，在这安适的外表下，永远有一颗“闲居非吾志，甘心赴国忧”（三国魏·曹植《杂诗七首》其五）的雄心壮志在！

九月三日泛舟湖中作[1]

儿童随笑放翁狂[2]，又向湖边上野航[3]。
鱼市人家满斜日[4]，菊花天气近新霜[5]。
重重红树秋山晚[6]，猎猎青帘社酒香[7]。
邻曲莫辞同一醉[8]，十年客里过重阳[9]。

注 释

① 湖：镜湖。今名鉴湖，在江苏绍兴南。陆游所居山阴在镜湖之畔。

② 随笑：追随嬉笑。放翁：陆游之号。

③ 野航：指农家舟船。

④ 鱼市：镜湖岸边卖鱼的市场。陆游有诗云："柳姑庙前鱼作市。"（《思故山》）斜日：夕阳。

⑤ 菊花天气：菊花开放时节的秋高气爽的天气。

⑥ 红树：枫树一类的树，其叶子到秋季会变为红色，故有此称。

⑦ 猎猎：指风吹旗子的声音。青帘：古时酒店所挂的青色酒招，故又称青旗、酒旗。此是酒家之标志和招牌。社酒：社日所酿之酒。社日是古时祭祀土地神的日子，有春社和秋社。此为秋社。

⑧ 邻曲：邻居。曲，乡曲，乡村。

⑨ 十年：诗人在"邻曲"一联下自注道："予自庚寅至辛丑，始见九日于故山。"庚寅即指宋孝宗乾道六年（1170），辛丑为宋孝宗淳熙八年（1181），两者之间相距十一年，诗人取其整数故称"十年"。重阳：重阳节，每年的农历九月初九，亦称"重九"。我国的传统节日，民间在这天有登高、吃糕的习俗。

题 解

这首诗是宋孝宗淳熙八年（1181）秋天，陆游退居故乡山阴所作。此时诗人已五十七岁。罢职而归的诗人怀着满腔愤懑，回到阔别十多年的故乡，油然生出一种无法抑制的亲切和喜悦之感。故乡那优美之风物，纯朴可亲之乡邻，天真无邪之孩童，还有那狂放无拘之生活方式，让诗人那颗饱经艰难挫折之心，得到了极大的抚慰，亦给他带来了快乐。

此诗语言清新而明快，自然而有情韵，把诗人之愉悦、快慰融于笔下湖光山色和“鱼市”“酒香”之中，其诗情画意和美好乡情亦让读者“同一醉”。

赏　析

这首七言律诗打破了律诗之陈规，首联“起”得极有特点和意趣：“儿童随笑放翁狂，又向湖边上野航。”一群天真烂漫、欢呼雀跃的儿童，簇拥着手舞足蹈、醉态可掬的诗人，亦因诗人的狂放之态而开心欢笑；不一会儿，又欢声笑语地到了湖边，上了那温馨异常的村野小船。上句首先给我们展示了一个极富喜剧特色的特写镜头——“儿童笑狂翁”。着一“狂”字，既写出了诗人狂放饮酒、饮酒而醉、醉而手舞足蹈之态，表现出诗人那颗纯朴的赤子之心，又写出了老少之间那种无拘无束、亲热簇拥的动人场景，表现出诗人之狂放、狂喜和儿童之可爱、可亲。诗人之“狂”，是其至性真情之流露，亦是对那些讥讽诗人“不拘礼法，恃酒颓放”之士大夫的反讽和有力回击。这一特写镜头确有如闻其声、如见其人、如见其景之魅力。下句亦是一个特写镜头——“湖边上野航”。诗人“又”一次与可亲可爱的儿童上了向往已久的家乡“野航”，亦可能是此次归乡的第一次游湖，故而其狂喜狂欢之情是显然可见的。

颔联“鱼市人家满斜日，菊花天气近新霜”，描写湖上之所见：无限好的夕阳之下，渔民们打鱼满载而归，摆摊高兴叫卖。此时此刻，正是秋高气爽、金菊吐艳的新霜未下之时。这一联亦是两个特写镜头——“斜日鱼市图”和“金菊吐艳图”，在诗情画意的美景之中，饱含着诗人热爱家乡和父老乡亲的纯朴情感。这一联，对仗工整，景色如画。

颈联“重重红树秋山晚，猎猎青帘社酒香”，再描写眼前之景：晚霞映照，富有层次感的红树和高低起伏的秋山，显得格外妩媚可爱；风吹酒旗，猎猎有声，湖面之晚风又送来沁人心脾之酒香。这一联还是两个特写镜头——“红树秋山图”和“旗飘酒香图”。诗人对仗更工稳：“重重”写出夕阳晚照之下“红树”

和“秋山”远近高低、起伏变化的色彩之美，“猎猎”写出酒旗飘飘、酒香扑鼻的生活之美，真的是景美、酒美、家乡美啊！

尾联“邻曲莫辞同一醉，十年客里过重阳”，描写诗人与乡邻同饮而醉之情景：诗人酒兴盎然，要乘兴和乡邻们喝个痛快，他频频劝酒，请乡邻莫要推辞，一醉方休。因为诗人心里清楚，十多年来，重阳佳节自己皆客居他乡，独自一人清冷度过。这一联，亦是对比鲜明的两个特写镜头——“邻曲同醉图”和“重阳客过图”。这两幅图景相互映衬——清冷与热闹、寂寞孤独与亲热亲切相比衬，诗人此时此刻的兴高采烈、热泪盈眶之情形不难想见，确有“老夫聊发少年狂”（宋·苏轼《江城子》）之狂喜和愉悦。

这首诗有两大特点：一是手法超前。诗人运用了“蒙太奇（镜头组接）”手法，全诗八句，就是八个特写镜头，各有特色，各得其妙，情景交融，景美人美家乡美，真情更美。二是对仗精美。中间两联，对仗极工，词、意皆美，可谓浑然天成，确为“绝佳”（顾佛影《评注剑南诗钞》卷三）。

寄朱元晦提举①

市聚萧条极②，村墟冻馁稠③。
劝分无积粟④，告籴未通流⑤。
民望甚饥渴⑥，公行胡滞留⑦？
征科得宽否⑧，尚及麦禾秋⑨。

注 释

① 朱元晦：宋朝著名理学家朱熹，字元晦。提举：官名，某地或某事的主管。此时朱熹担任提举浙东常平茶盐公事，兼办赈务。
② 市聚：俗称之市面、市集、场。
③ 村墟：村庄、村落。冻馁（něi）稠：意即冻死、饿死的人很多。馁，饥饿。稠，此处是"多"的意思。
④ 劝分：劝人分出余粮给灾民。积粟：积存的粮食。
⑤ 告籴（dí）：从外地买粮。籴，买进粮食。
⑥ 民望：老百姓非常渴望朝廷派人来救济。甚：很，非常。
⑦ 公：您。此指朱熹。胡滞留：为什么停止不前。
⑧ 征科：征税（收取田粮）。
⑨ 尚及：尚且等待。麦禾秋：指庄稼成熟。秋，因秋季是庄稼成熟的季节，故而以"秋"表示成熟之意。

题 解

这首五言律诗是宋孝宗淳熙八年（1181）十一月陆游在故乡山阴老家所作。前一年，诗人因为奏请朝廷开仓赈济灾民，朝廷没有回音而私自开仓济民，结果却以"擅权"之罪而丢掉提举江南西路常平茶盐公事之官职，返回山阴老家。淳熙八年，浙东先是大旱，接着又是淫雨连绵，造成水灾。作为提举浙东常平茶盐公事的朱熹，奉朝廷之命前往赈灾。但八月任命，到任时已是十二月六日。陆游的这首诗是在朱熹还未到任时写的，故而含有催促之意，亦表达了希望朱熹宽免灾民赋税、帮助人民度过灾荒之期许，充分体现出诗人虽身处闲居却时刻不忘关注百姓疾苦之忧民情怀。

此诗语言准确，情感深挚，风格凝重而洗练。尤其是忧民情怀感人至深，确为“忠厚悱恻，仁者之言”（顾佛影《评注剑南诗钞》卷三）。

赏　析

从本诗之题“寄朱元晦提举”来看，诗人的救民之心急不可待，开篇首联便直接描绘市井萧条、冻饿而死者遍地之凄凉景象：“市聚萧条极，村墟冻馁稠。”市井衰微、不景气到了极点，村落里到处都有因饥寒而死的人。这一联，总写灾情之严重：“市聚”“村墟”可见出受灾面积之大，“萧条”“冻馁”可见出景况之凄惨，一“极”一“稠”更见出诗人心中之无限哀痛与忧虑。寥寥十字，饱含着诗人同情人民疾苦、为人民排忧解难之深厚的爱民情怀。

颔联“劝分无积粟，告籴未通流”，紧承上联，再写灾民异常艰难之处境：好言好语劝说人们分出余粮给灾民，可是百姓家家都没有积存的粮食；想从外地买回粮食，却遭到阻禁，因为粮食不能流通。上句写灾民自顾不暇，哪里有余粮救助他人，可见内助无望；下句写又无法从外地输进粮食，缘于朝廷法令森严，可见外援断绝。诗人融写实、言事与抒情于一体，揭示了灾民内外交困之艰难处境，把极其严重的灾情惨状展现于读者眼前，亦让读者为灾民忧虑、担心。这就设置了悬念，颇为自然地过渡到下文。

颈联“民望甚饥渴，公行胡滞留？”是诗人发自内心的对官府赈济灾民不力的痛斥及对朱熹的责问：百姓对朝廷派人救济非常渴望，因为他们饥寒难挨，时时刻刻有失去生命的危险。然而，您的行期为什么滞留、延迟？竟置灾民之生命于不顾！上句诗人为灾民鼓与呼，愤怒斥责朝廷救灾之乏术、乏力；下句直接质问友人（朱熹当有自己之苦衷，朝廷一纸令下，他决然不敢迟疑半会儿。之所以延迟，当是朝廷原因），可见在诗人心中，唯有百姓，唯有灾民！这里，诗人痛斥官府、责问友人，可见诗人爱民忧民之心之殷切，内心情感之激愤。

尾联“征科得宽否，尚及麦禾秋”，是诗人代表人民向朝廷提出的请求：不敢奢望减免百姓的赋税，只请求宽限征收的日期，等到那麦禾成熟后再征收吧！这里，诗人一问一答，提出了一个超低标准之请求，可见当时的人民生活已处在什么样的状况之下！诗人对统治者之不信任又到了何种程度！因为，诗人知道，天灾可怕，而人祸（即诗中的“征科”）更可怕！正如诗人奏疏中所写：“今日之患，莫大于民贫；救民之贫，莫先于轻赋。”（《上殿札子》）诗人深知“民贫”是第一根源，故而一生为民呼吁、呐喊：“但得官清吏不横，即是村中歌舞时。”（陆游《春日杂兴》其三）诗人与自己极为推崇的“诗圣”一样，有着“穷年忧黎元，叹息肠内热”（唐·杜甫《自京赴奉先县咏怀五百字》）之终生不渝的爱民情怀。后来朱熹隐居武夷山，诗人也不忘以诗相激励：“天下苍生未苏息，忧公遂与世相忘。”（陆游《寄题朱元晦武夷精舍》其三）其爱民之心，让人感动。

这首诗最突出的特点是主旨深刻，情感深厚。诗人以同情而哀痛之笔触，反映人民遭遇灾难的深重痛苦，展现灾情惨状，痛斥官府，责问友人，为受灾百姓鼓与呼，那“萧条”“冻馁”之忧心，那“无积粟”“未通流”之忧愤，那“甚饥渴”“胡滞留”之痛斥、责问，还有那“尚宽否”之忠诚请求，都充分体现出诗人炽热的拳拳爱民之心。其情至真至诚至深，感人肺腑。

夜观秦蜀地图

往者行省临秦中①，我亦急服叨从戎②。
散关摩云俯贼垒③，清渭如带陈军容④。
高旌缥缈严玉帐⑤，画角悲壮传霜风⑥。
咸阳不劳三日到⑦，幽州正可一炬空⑧。
意气已无鸡鹿塞⑨，单于合入蒲萄宫⑩。
灯前此图忽到眼⑪，白首流落悲涂穷⑫。
吾皇英武同世祖⑬，诸将行策云台功⑭。
孤臣昧死欲自荐⑮，君门万里无由通。
正令选壮不为用，笔墨尚可输微忠⑯。
何当勒铭纪北伐⑰，更拟草奏祈东封⑱。

注 释

① 往者：指乾道八年（1172）三月至十一月，陆游在四川宣抚使司任干办公事兼检法官时。行省：四川宣抚使司。秦中：指四川宣抚使司治所南郑一带，这里古属秦地。

② 急服：军服。叨：此为谦辞，领受之意。从戎：从军。

③ 散关：指大散关，在今陕西宝鸡西南大散岭上，是秦蜀往来之要道，是当时宋金两军对峙之要塞。贼垒：指金人的堡垒。

④ 清渭：渭水，今称渭河。渭河和泾河是关中地区两条主要河流。古人认为渭河水清，泾河水浊，两水合流后，清浊依旧分明，即“泾渭分明”。故而人们称渭河为“清渭”。陈军容：陈列军队。军容，即军队和军人的仪容、纪律等。

⑤ 高旌：高高飘扬的旌旗。缥缈：若有若无的样子。玉帐：此指主将的营帐。

⑥ 画角：角乃古代军中使用的一种乐器，用以报昏晓，而雕饰有花纹

的角称之为“画角”。

⑦ 咸阳：今陕西咸阳。

⑧ 幽州：古州名，在今辽宁南部、河北东北部一带。此泛指金人所在的上京、燕京地区。一炬空：意即一把火烧光。

⑨ 鸡鹿塞：古塞名。在今内蒙古磴口西北哈隆格乃峡谷口，是古代贯通阴山南北的交通要冲。汉时筑域塞于此。汉宣帝甘露三年（前51），匈奴单于来朝，汉朝派遣董忠等将领护送单于出鸡鹿塞。

⑩ 蒲萄宫：汉时宫殿名，在古之长安。汉哀帝元寿二年（前1），匈奴单于来朝，住于蒲萄宫中。

⑪ 此图：秦蜀地图。

⑫ 涂穷：本为路走到了尽头，此指人生失意。涂，通“途”。

⑬ 吾皇：此指宋孝宗。世祖：东汉光武帝。光武帝刘秀是汉朝的中兴之主，故而此以之比宋孝宗。

⑭ 诸将：此指南宋众将领。行：应当。策：谋划，谋求。云台功：云台本是东汉时台名，汉明帝刘庄追念前世功臣，命画工画光武帝中兴二十八将之像于云台之上。

⑮ 孤臣：此为陆游自指。昧死：冒死。

⑯ 笔墨：此代指表达对国事建议的疏奏。输：此为表达之意。微忠：此为谦辞，即微不足道的忠心。

⑰ 勒铭纪北伐：用东汉班固作《燕然山铭》以纪窦宪北伐匈奴建功的故实。据《后汉书·窦融列传附窦宪列传》载：“（窦）宪、（耿）秉遂登燕然山，去塞三千余里，刻石勒功，纪汉威德，令班固作铭。”勒铭，刻石以记功。

⑱ 东封：封禅，古代帝王祭祀天地、禀告成功的一种礼仪。在泰山之上筑坛祭天称为“封”，在其附近的梁父山上辟基祭地称为“禅”。因泰山在东方，故称之“东封”。

题 解

这首七言古诗作于宋孝宗淳熙九年（1182）二月，诗人陆游被罢官回到故乡山阴的第三年。诗人因观看秦、蜀一带地图而浮想联翩，回想起在南郑从军时那难忘之生活情景：那边地环境之壮观、雄伟，那军旅生活之紧张而又令人振奋，还有那“战死士所有”之气吞金人之英雄气概，令他激动不已，十分兴奋。虽然明知自己年纪老迈，仕进无望，但“壮心未与年俱老”，那种“气吞残虏”（陆游

《谢池春》）的英雄之气仍充满胸间，那种至死不渝的爱国壮志和激情依然在。

此诗由“夜观秦蜀地图”而触发忆昔思今之情怀，由壮烈而悲愤，由悲愤而奋发，“劈空而下，滔滔莽莽，一泻无余”（顾佛影《评注剑南诗钞》卷三），气吞山河。

赏析

这首诗可分为两大部分。

第一部分（前十句）：着重回忆昔日之峥嵘岁月。

诗人因私自开仓赈济灾民而被罢职回乡，此时已有三载。这天晚上，他“夜观秦蜀地图”之时，昔日抗敌收复之从戎的历历往事浮现于眼前——“往者”二句，总写领命从军抗敌之情形：宋孝宗乾道八年（1172）三月至十一月，诗人在四川宣抚使司任干办公事兼检法官之时，就曾在地属“秦蜀”的南郑抗敌前线，戎装上阵，亲临抗敌战场。“临”“叨”二字，把诗人“上马击狂胡”之壮志雄心抒写了出来。

“散关”四句，具体描写视察敌情、陈列军队之情景：在那大散关之上，诗人及南宋爱国将领俯视金人之堡垒，商讨破敌之大计。又曾在那清澈之渭水边，陈列军队，整肃军容，使全军士气高涨。只见那旌旗高高飘扬，把主帅营帐衬托得异常威严。那阵阵悲壮的画角之声，声震昏晓，在霜气寒风中显得格外响亮。这里，诗人用“俯”“陈”“严”和“传”等动词，从侦察敌情、整饬军容、帅帐威严和画角悲壮等四个方面，写出了南宋抗敌将士同仇敌忾、志在恢复的英勇、豪壮之气，确有一种“一闻战鼓意气生，犹能为国平燕赵”之胆气和豪气。

“咸阳”二句，抒写诗人当年的壮志雄心：金人侵占的我大宋之咸阳，不须劳心费力，我英勇的抗金将士三日便可到达，将敌寇杀得人仰马翻、全军覆亡；金人占据的上京、燕京，我无敌的抗金将士，定然能一把火把敌之营垒烧光！“三日到”和“一炬空”写出了诗人大无畏的英雄之气，有岳飞笔下之“壮志饥餐胡虏肉，笑谈渴饮匈奴血”一般的豪情万丈、慷慨激越、气冲霄汉！然后，诗人展现了收复之后的壮心：自己当时意气豪壮，对彻底消灭金人信心满满，根本就不把收取鸡鹿塞放在眼里，要让金人下膝臣服，要令金主到大宋朝廷朝拜。这两句，诗人写出了一种“袖中若有击贼笏，便使凶渠面血流”（宋·文天祥《纪事四首》其三）的复仇雪耻之快意。

第二部分（后十句）：着重抒写诗人如今之壮心不已。

“灯前”二句，诗人由忆昔转写眼前：如今，在夜灯之下观看秦蜀地图，自己流落家乡山阴，白发苍苍，人生失意，好不伤悲！五十八岁的诗人，忽然间就生出了“丈夫无成忽老大，箭羽凋零剑锋涩”（陆游《夏夜不寐有赋》）的伤感，这就极为真实地写出了诗人的内心情绪。

“吾皇”四句，是诗人心中之希望：我大宋皇帝英明神武，就如同汉朝中兴之主光武帝，一定会统帅南宋将领，深谋远虑，收复失地，恢复国家，建立功勋。我自己亦想冒死自荐，在万里国门之中，为国效力，鞠躬尽瘁。这里，足以见出诗人执着而强烈之“投死为国，以义灭身”（三国魏·曹操《让县自明本志令》）的爱国心志。

诗末“正令”四句，是诗人之决心：如今国家抗敌收复需选用青壮之人，我虽年迈不为所用，但我尚可以疏奏表达微不足道之忠心。当我大宋军队北伐之时，我可以作铭以记述功绩；国家太平昌盛之时，我可以草拟奏折求朝廷到泰山封禅。诗人用语实实在在，“鞠躬尽力，死而后已”（三国蜀·诸葛亮《后出师表》）之忠心赤胆，显然可见。

这首诗思路清晰，形象鲜明，主旨深刻。全诗分为忆昔和思今两大部分，综合运用叙事、描写、议论和抒情之手法，给我们呈现了“散关俯贼垒”“高旌严玉帐”“画角传霜风”“笔墨输微忠”“勒铭纪北伐”等多个画面或镜头，表达了诗人至真至诚、至强至烈之爱国激情，确实震撼人心、感天动地！

夜闻秋风感怀

西风一夜号庭树①，起揽戎衣泪溅襟②。
残角声催关月堕③，断鸿影隔塞云深④。
数篇零落从军作⑤，一寸凄凉报国心⑥。
莫倚壮图思富贵⑦，英豪何限死山林⑧。

注　释

① 号庭树：意谓风吹庭院中的树木，发出号叫般的声音。
② 戎衣：即军衣。
③ 残角：指夜深军营中稀落的角声。关月：边疆关塞上空的月亮。
④ 断鸿：失群的孤雁。塞云：边塞上的云。
⑤ 从军作：在南郑从军时的诗作。
⑥ 凄凉：寂寞冷落。此指有志于恢复中原而不能之凄楚。
⑦ 倚：依靠，指望。
⑧ 山林：此指退隐闲居之地。

题　解

这首七言律诗作于宋孝宗淳熙九年（1182）八月。这是诗人被罢职回到山阴家乡的第三个年头。诗人在那“落叶满长安”（唐·贾岛《忆江上吴处士》）、“草木无不霜”（唐·孟云卿《伤情》）的秋夜，在那“风竹敲秋韵，万叶千声皆是恨”（宋·欧阳修《玉楼春》）的夜深之时，听着窗外的秋风声，不由得想起昔年“楼船夜月瓜洲渡，铁马秋风大散关”的从军生活。然而那段时光宛如昙花一现，诗人再也没有得到任何出征杀敌、施展抱负的机会，获得的只是一些抒写愤懑不平之感的诗作，还有一腔失落凄凉的报国之心。故而，诗末诗人发出了“莫倚壮图思富贵，英豪何限死山林”之莫以宏图远志而谋取富贵的激愤之声。

赏 析

这首诗不同于诗人所写的《秋夜思南郑军中》一开篇便以“五丈原头刁斗中，秋风又到亚夫营”之想象的笔触，以雄壮有力的基调直入军营生活，而是从眼前写起：“西风一夜号庭树，起揽戎衣泪溅襟。”凄厉的西风一夜未停，吹在那庭院中的树木之上，竟发出号叫般的声音。诗人整夜难眠，起身拿出曾经在南郑从军时的军衣，不由得悲泪潸潸而下，打湿了衣襟。首联二句，上句写景，既以“一夜”“西风”写出诗人整夜无眠之情景，又以“西风”之“号”自然引出“秋风鼓角声满天”（陆游《五月十一日夜且半梦从大驾亲征尽复汉唐故地》）之军旅生活。下句以“起揽戎衣”而“泪溅襟”之细节描写，表露出诗人“志士凄凉闲处老，名花零落雨中看”（陆游《病起》）之凄楚、凄伤和凄切之情。

颔联“残角声催关月堕，断鸿影隔塞云深”，紧承上联，追忆昔日南郑军中“角声”之夜：黑夜漆漆，军营响起稀稀落落的号角之声，催使边塞上空的月亮西落；诗人眼望着那只哀鸣的失群孤雁，它消失在边塞上空的阴云之中。这里，诗人以景融情，以“残角”引出昔日军营之夜的场景，以“月”之“堕”写出收复之希望变得愈加渺茫，故而“断鸿”之景就有了特别之含义：即使自己身退闲居，也从未忘记受苦受难的沦陷区同胞，正如诗人所写的那样：“身为野老已无责，路有流民终动心。”因为诗人那颗忧国忧民之心忠贞不贰！

颈联“数篇零落从军作，一寸凄凉报国心”，诗人从回忆中又转入眼前：只有几首零散的军中诗作，留存手中。虽则零零散散，可谁又能知道，那诗中却饱含着无限悲凉之壮志难酬的赤诚报国寸心！这里，诗人抚诗落泪，直抒胸臆，表达出“一身不自恤，忧国涕纵横”（陆游《春夜读书感怀》）的执着而强烈的忧国忧民之情怀。

尾联“莫倚壮图思富贵，英豪何限死山林”，收合全诗，抒发诗人心中之无限悲哀：不要指望依靠壮志宏图去博取富贵，你看那无数的有志之英雄豪杰都在山林中无所事事地老死。诗人悲愤万分，壮志难酬之遭际时时啮咬着诗人那颗赤诚、炽热的忧国忧民之心。在诗人心中，只有祖国，只有人民！诗人直至二十九年后的临终之前，念念不忘的仍然是“但悲不见九州同”！一颗赤诚之丹心显然可见。

这首诗除了突出诗人强烈的爱国、爱民情感之外，在艺术上有几点值得提出：一是章法上起势不凡，顿挫有致。诗以整夜无眠开篇，且以“揽戎衣”“泪溅襟”引出回忆，十分自然。接着由回忆到眼前，“转”而收合，巧妙无痕。二是细节传神。“起揽戎衣泪溅襟”一句，通过“起”“揽”之动作及“揽戎衣”“泪溅襟”之动态神情的细节描写，写出了诗人凄伤、悲愤之内心世界。三是以景融情。那“西风”，那“角声”，那“关月”，尤其那“断鸿”，将诗人深挚之忧国忧民之情融汇其中。

草书歌

倾家酿酒三千石[①]，闲愁万斛酒不敌[②]。
今朝醉眼烂岩电[③]，提笔四顾天地窄[④]。
忽然挥扫不自知[⑤]，风云入怀天借力[⑥]。
神龙战野昏雾腥[⑦]，奇鬼摧山太阴黑[⑧]。
此时驱尽胸中愁，槌床大叫狂堕帻[⑨]。
吴笺蜀素不快人[⑩]，付与高堂三丈壁。

注　释

① 倾家：倾尽家产。石（dàn）：含义有二，一是古时容量单位，十斗为一石；二是古时重量单位，一百二十斤为一石。

② 斛（hú）：古代量器名，也是容量单位，十斗为一斛，后改为五斗。不敌：此处为不能消解之意。

③ 烂岩电：此处意为醉后精神焕发，目光明亮如山岩下的闪电。语出南朝文学家刘义庆《世说新语・容止》："裴令公（裴楷）目王安丰（王戎）：'眼烂烂如岩下电。'"

④ 四顾：向周围看。

⑤ 挥扫：此指纵横自如地挥笔疾书。

⑥ 天借力：上天借予力量。

⑦ 神龙战野：典出《周易・坤卦》："战龙于野，其血玄黄。"

⑧ 太阴：指月亮。

⑨ "槌床"句：用唐张旭典。《旧唐书・文苑中・贺知章传》："（张）旭善草书，而好酒，每醉后号呼狂走，索笔挥洒，变化无穷，若有神助，时人号为张颠。"杜甫《饮中八仙歌》："张旭三杯草圣传，脱帽霞顶王公前，挥毫落纸如云烟。"帻，头巾。

⑩ 吴笺：指吴地出产的纸。蜀素：指蜀地产的素帛。

题　解

这首七言古诗作于宋孝宗淳熙九年（1182）八、九月间，此时诗人已谪居故乡山阴两年。

此诗以奇幻之比喻和奇特之夸张，描绘了诗人醉后草书的狂放、激昂的情形及心理状态，形象而生动地展示了草书所具有的宣泄激情之艺术魅力及雄奇壮伟之艺术境界，从而抒写了郁积于诗人心中的无比深重的忧国忧民之愁思。

此诗由“愁”开篇，由“醉”而“提笔”，由“挥扫”而“狂”，层层深入，淋漓而痛快，可说达到醉酒狂书之最佳境界，使酒、书法与诗完美地融为一体，充分体现出诗人“胸中磊落藏五兵”“逆虏运尽行当平”（陆游《题醉中所作草书卷后》）的伟大胸襟和气魄。

赏　析

这首诗可分三层。

第一层（首二句）：写草书之前。

“倾家酿酒三千石，闲愁万斛酒不敌。”诗人以不凡之气势和极为夸张之手法，总写点题：诗人倾尽所有家产酿得三千石美酒，却难以消尽心中郁积的万斛愁情。由此可知，诗人心中之“愁”极为深重。这“愁”当然是一直笼罩在诗人心头的国家蒙难、人民涂炭之忧国忧民之“愁”！这在明哲保身者看来自然是“闲愁”，然而“闲愁”实则不闲——救国救民，怎可冠之以“闲”呢！这里，陆游用反讽之手法，表达自己抗敌复国之坚定意志和屡遭贬谪之愤懑不平。诗人自幼立下抗敌复国之爱国壮志，曾多次上书朝廷力主北伐，亦曾身着戎装亲临南郑之抗敌前线，参加了抗击金人的战斗。然而由于投降派的诬蔑、陷害及皇帝的极不理解，竟然多次以种种借口被陷害、贬谪，以致被罢职而归乡！这一切的愤懑不平，“万斛”美酒哪能消除得了？！

第二层（中八句）：写草书之中。

“今朝”二句，写运笔之前：今日酒醉之后，精神焕发，两眼炯炯放光，那目光明亮犹如山岩下的闪电。诗人提笔在手，准备奋笔疾书之时，不禁环顾了一下四周，顿时感到茫茫之天地突然间变得狭窄了。“天地窄”三字，真实地写出了诗人杀敌报国之豪情与壮志难酬之苦闷相交织的复杂情感——自己竟没有一席用武之地！诗人愁恨交加悲愤难抑之心情、神情我们不难想见。

“忽然”二句，写诗人悲、愁满腹之时的奋笔疾书：愁、闷、怨、恨齐聚心头，在一种下意识、不自觉的精神状态下，诗人忽然间运笔自由、挥写洒脱，仿佛风云进入胸中，又像是上天借给了神力。诗人此时的狂草，已不是诗人为写字而写字，而成为诗人抒发、宣泄心中愤懑不平的一种极好方式。这里，诗人运用想象、比喻之手法，更加强化了这一方式。

“神龙”二句，诗人再以比喻、夸张等手法，描写草书之笔力、形态和神韵：那草书笔力遒劲，状貌雄健奇幻，犹如神龙在旷野之中交战，一片昏雾中散发出血腥之气味；又如奇鬼摧摇着大山，连月亮也暗然无光。这里，诗人综合运用比喻、通感（“昏雾腥”）、夸张（“奇鬼摧山太阴黑”）等修辞手法，既渲染了气氛、增强了真实感，又充分显示了草书的狂放之神韵，达到了出神入化的境界。

“此时”二句，描写醉中草书时的亢奋癫狂之精神状态：此时此刻，诗人在狂草之中一时忘却了一切愁闷，槌床大叫，竟然狂放得掉脱了头巾，亦不管不顾。这里用动作和细节描写，生动而逼真地描写出诗人狂放不羁之情态。可见，长久郁积于诗人胸中之愁、闷、怨、恨是多么深重啊！

第三层（末二句）：写草书之后。

“吴笺蜀素不快人，付与高堂三丈壁”，描写诗人狂草之后的憾恨：吴地所产的名纸与蜀地所产的素帛，太显狭小，书写起来还不足以快人心意，只有在那高堂的三丈墙壁之上尽情挥扫，才能使人心情畅快。这里，又把诗人挥笔狂草之时的豪迈、狂放之情推进一步，达至高潮。

这首诗有两大突出特点：一是妙在立意。诗人借醉中草书来抒发杀敌报国之壮志和渴盼，虽未明示，但《题醉中所作草书卷后》中之“胸中磊落藏五兵”“如见万里烟尘清”和“逆虏运尽行当平”等诗句即可证明。二是妙在点睛。全诗以“狂”为诗眼，且贯串全诗：诗首之“倾家酿酒”、痛饮“万斛”是“狂”，诗中之“挥扫”“天借力”亦是“狂”，诗末之“槌床大叫”“付与高堂”更是“狂”。因为报国壮志、忧国忧民之情怀充溢诗人胸中，诗人怎能不“狂”？！

夜泊水村[①]

腰间羽箭久凋零[②]，太息燕然未勒铭[③]。
老子犹堪绝大漠[④]，诸君何至泣新亭[⑤]。
一身报国有万死[⑥]，双鬓向人无再青[⑦]。
记取江湖泊船处[⑧]，卧闻新雁落寒汀[⑨]。

注 释

① 夜泊水村：夜间把船停泊在临水的村庄旁边。

② 羽箭：箭尾插有羽毛之箭。出自唐杜甫《丹青引赠曹将军霸》诗："猛将腰间大羽箭。"凋零：指残破脱落。

③ 太息：叹息、叹气。燕然未勒铭：意即没有破贼立功。这里用东汉窦宪北击匈奴，登燕然山立石勒铭记功之事。《后汉书·窦融列传附窦宪列传》载，宪率部逐北单于，"遂登燕然山，去塞三千余里，刻石勒功，纪汉威德"。燕然，山名，在今蒙古境内。勒铭，刻上铭文。

④ 老子：意为老夫，此为陆游自称。绝：横穿。大漠：泛指北方边疆地区广阔的沙漠。

⑤ 诸君：指南宋缺乏恢复志气的当权者。泣新亭："新亭对泣"的典故。《世说新语·言语》："过江诸人，每至美日，辄相邀新亭，藉卉饮宴。周侯中坐而叹曰：'风景不殊，正自有山河之异。'皆相视流泪。唯王丞相愀然变色曰：'当共勠力王室，克复神州，何至作楚囚相对！'"新亭，又名劳劳亭，在今江苏南京南劳劳山上。

⑥ 万死：死一万次。意即不怕死。

⑦ 鬓：脸旁靠近耳朵的头发。无再青：头发白了不能再变黑。青，黑色。

⑧ 记取：记住，记着。江湖：此指隐居之地。

⑨ 新雁：指秋季刚从北方飞来的大雁。汀：水中或水边的平地。

题 解

这首七言律诗作于宋孝宗淳熙九年（1182）秋天。诗人时年五十八岁。当时诗人任祠禄朝奉大夫，主管成都府玉局观。这孤寂无聊的生活，与诗人所向往的、曾经亲历的“楼船夜月瓜洲渡，铁马秋风大散关”之戎马生涯，与诗人自幼就立下的“上马击狂胡，下马草军书”之爱国壮志，相去甚远，故而诗人写下此诗，抒写自己“此生谁料，心在天山，身老沧洲”（陆游《诉衷情》，大意：这一辈子谁曾料想到，志在抗金复国，结果年纪老了却退职闲居）之衰老弃置、杀敌报国之志成空的悲愤，亦表达对执政者懦弱苟且、不思恢复行径之强烈不满。情感悲慨，境界壮阔，有一种“老骥伏枥，志在千里；烈士暮年，壮心不已”之雄心壮志在。

赏 析

首联“腰间羽箭久凋零，太息燕然未勒铭”，诗人不事雕饰，直言壮志未酬之悲愤：我腰间佩带的羽箭因长期不用，而残破脱落，我只能长长地叹息：功业难就，怎能如古人一样，在那燕然山刻石记功！诗人以“羽箭久凋零”之形象的语言，表达自己罢归闲居、弃置已久之郁闷。尤其是“燕然未勒铭”五字，抒写出诗人壮志难酬、理想落空之愤懑不平，饱含着诗人“丈夫无成忽老大，箭羽凋零剑锋涩”的“英雄无用武之地”的万千怨恨。“太息”二字，极真实地写出诗人“时易失，志难成，鬓丝生”（陆游《诉衷情》）的深重叹恨，为全诗奠定了一种失意、悲愁和怨愤的感情基调。

颔联“老子犹堪绝大漠，诸君何至泣新亭”，抒写诗人奋发雄飞之壮怀，表达了诗人对那些不思收复、苟且偷安之达官贵人之痛斥：想我老夫犹能横越那茫茫大漠，诸位朝廷要员何至于“新亭对泣”，只知悲泣而无行动！上句以自身为例，表达国难当头，自当挺身而出为国效命之意。着一“犹”字，有一种不甘示弱、奋勇当先的“捐躯赴国难，视死忽如归”（三国魏 · 曹植《白马篇》）的为国献身精神。这亦是诗人一生的真实写照。诗人以“绝大漠”之典故（汉武帝表彰霍去病之语，见《史记 · 卫将军骠骑列传》），表达自己老当益壮、浩气在胸的报国心志，实在令人钦佩、感动。下句痛斥“诸君”，实则矛头直指南宋统治者，以“新亭对泣”之典故，表达出对居庙堂之高的权贵置国家山河破碎而不顾之孱弱、昏庸、丑恶行径的强烈不满。这一联，对比鲜明，诗人之赤胆忠心，显然可见。

颈联“一身报国有万死，双鬓向人无再青”，揭示诗人心中岁月无情和夙愿难遂之矛盾：我虽然有万死不辞、不怕牺牲的报国之志，却无奈双鬓已白，没有办法再重返年轻。诗人“双鬓多年作雪”，但“寸心至死如丹”。上句以“一”与“万”的强烈对比，极为鲜明地表达出诗人拳拳报国之心的赤诚如丹。铿锵有力，掷地有声，彰显了诗人“投死为国，以义灭身”的忠贞不渝的心志。下句以“双鬓”“无再青”之满鬓飞霜、壮年不再的喟叹，抒发心中年华虚掷、壮志难酬之悲愤与感伤。这一联，诗人直抒胸臆，乃是全诗的诗眼所在。

尾联“记取江湖泊船处，卧闻新雁落寒汀”，点示诗题，回写眼前景状：我应记住隐居之地的泊船之处，这里唯有一个孤寂的老翁，夜泊水村，在静夜里卧闻那寒汀之上刚刚到来的大雁的啼叫之声。这里，诗人写出了所处的现状与自己“一身报国”的尖锐矛盾。虽则自己“壮心未与年俱老”，但罢职归乡、卧闻雁唳的孤寂处境，令诗人只能“哀鸣思战斗，迥立向苍苍”（唐·杜甫《秦州杂诗》）！他在凄凉沦落的境地，“尚思为国戍轮台”，这正是本诗的主旨所在。

这首诗最显著的特色是揭示矛盾，彰显主旨。首联写罢归弃置和壮志未酬之矛盾，颔联又写诗人雄发壮怀与达官贵人懦怯孱弱之矛盾，颈联再写诗人报国热血与岁月蹉跎之矛盾，尾联回归现实，写诗人之现状与其抱负之矛盾，这重重矛盾，把诗人“位卑未敢忘忧国”的执着而强烈的爱国思想充分地体现了出来。

哀　北[1]

太行天下脊[2]，黄河出昆仑[3]。
山川形胜地，历世多名臣。
哀哉六十年[4]，左衽沦胡尘[5]。
抱负虽奇伟，没齿不得伸[6]。
老夫实好义[7]，北望常酸辛[8]。
何当拥黄旗[9]，径涉白马津[10]。
穷追殄犬羊[11]，旁招出凤麟[12]。
努力待传檄[13]，勿谓吴无人[14]。

注　释

① 北：这里指北方沦陷的中原等地。

② 太行：太行山，其南地绵延于今河南西北部、山西东部和河北西部一带。

③ 黄河出昆仑：因黄河源于昆仑山的一支巴颜喀拉山，故有此说。汉司马迁《史记·大宛列传》引《禹本纪》云："河出昆仑。"

④ 六十年：指中原沦陷六十年。自建炎元年（1127）北宋灭亡，北方沦陷于金人统治之下，至诗人写此诗的淳熙九年（1182）已有五十五年，诗人取其整数。

⑤ 左衽（rèn）：古时四方少数民族衣服的前襟向左掩，故称"左衽"。此处意谓沦陷地区的人民用金人的习俗。沦胡尘：中原沦陷于金人的残酷统治之下。

⑥ 没齿：牙齿脱落（年老），意谓一辈子。伸：此指施展。

⑦ 老夫：诗人自称。好义：有以天下为己任的责任感。

⑧ 北望：向北眺望沦陷区中原。酸辛：即"辛酸"，悲伤痛苦。

⑨ 拥黄旗：跟从主将出征。黄旗，古代军中用旗。

⑩ 白马津：在今河南滑县境内。津，渡口。

⑪ 殄（tiǎn）：消灭。犬羊：这里是对金人侵略者的蔑称。

⑫ 凤麟：凤凰和麒麟，比喻沦陷之地的爱国豪杰之士。

⑬ 传檄（xí）：此指宋军传布讨伐金人的军书。檄，古代军中用于征讨、晓谕的文书。

⑭ 吴：本指江东之地。泛指南宋统治的地区。

题 解

这首五言古诗是诗人陆游于宋孝宗淳熙九年（1182）九月在家乡山阴所作。诗人虽罢职回乡，但他始终念念不忘抗敌恢复之统一大业，时时牵挂于心，“心如老骥常千里”（陆游《赴成都泛舟自三泉至益昌谋以明年下三峡》），冲锋陷阵于抗金之前线。然而，诗人又“心如老马虽知路，身似鸣蛙不属官”（陆游《自述》，不属官：不被官府以至朝廷所理睬）。故而，在此诗中，诗人抒写出对北方地区沦陷近六十年尚未收复的痛切感受，表达了自己虽胸怀奇伟之抱负却到老亦无途施展之悲愤心情。

此诗最让我们感动的是，诗人虽则满怀伤感却并未沮丧、灰心，而是依然保持着对“王师北定中原日”（陆游《示儿》）、驱逐侵略者的高度热情和信心，表现出一种极为可贵的坚韧和奋发精神。

赏 析

这首诗可分为三层。

第一层（前四句）：总写中原沦陷区山河壮美，地灵人杰。

“太行天下脊，黄河出昆仑”，开篇二句，诗人描写沦陷于金人手中的中原地区之地理的雄奇壮丽：那绵延南北的太行山，自古以来就如祖国的脊梁，雄居天下；还有那“万里触山动”（唐·李白《西岳云台歌送丹丘子》）、“西来决昆仑”（唐·李白《公无渡河》）之祖国的母亲河黄河，养育了世世代代的祖国儿女。诗乍一开篇，就蕴含了诗人内心极为深重之愤懑：“江山如此多娇”，却落入金人之手！沦于金人铁蹄之下的中原人民惨遭蹂躏，处在水深火热之中。

“山川形胜地，历世多名臣”二句，紧承上句，再写金人侵占之中原地区的地灵人杰：这里山川壮美，地理形势十分优越；地有灵秀之气，故而英杰辈出，历代历世的名臣俊士层出不穷。这里，诗人又从“形胜地”和“多名臣”两个方面写出了沦陷区中原的地气和人气，表达出诗人的心头之痛。尤其下句，蕴含了诗人深厚的情感：因为这里有写出“通古今之变，成一家之言”（汉·班固《汉书·司马迁传》）、“史家之绝唱，无韵之离骚”之《史记》的司马迁，有历二十余年完成我国第一部纪传体断代史《汉书》的班固，还有“致君尧舜上，再使风俗淳”（唐·杜甫《奉赠韦左丞丈二十二韵》）之伟大的“诗圣”杜甫，更有终生主张“穷则独善其身，达则兼济天下”的“人民的诗人”白居易，等等，如此名臣、英才辈出的钟灵毓秀之地，岂能容忍敌寇之铁蹄践踏、蹂躏？！寥寥十字，满是义愤。

第二层（中八句）：叙写诗人的痛苦回忆。

“哀哉六十年，左衽沦胡尘”，写诗人痛心疾首之悲愤：让人哀伤的是，这里沦陷于金人的统治之下将近六十年。金人惨无人道，人民处在水深火热之中，就连衣食住行，竟都要依照金人之习俗。这里，诗人用具体的事实，写出了“遗民泪尽胡尘里”的痛苦不堪之回忆。

“抱负虽奇伟，没齿不得伸”，写诗人有志不得伸之愤懑：自己虽然抱负壮伟不凡，但已到老年却仍然不得施展。这是诗人一生之痛，也是诗人至死难以瞑目的——“死去元知万事空，但悲不见九州同。王师北定中原日，家祭无忘告乃翁。”

“老夫实好义，北望常酸辛”，抒写诗人心中之痛楚：我自幼就立下以天下为己任的爱国壮志，可是有志难伸，只能北望中原，常常感到悲伤。诗人幼时就立下“上马击狂胡，下马草军书”的报国壮志，然而屡遭贬黜，回归故乡。这真的是“此恨绵绵无绝期”（唐·白居易《长恨歌》）啊！

“何当拥黄旗，径涉白马津”，这是诗人朝思暮想之渴望：我日思夜想的是，什么时候能跟从主将出征北伐，挥戈杀敌，纵马直达白马津，收复失地？诗人“忧国”“平胡”的“壮士心”感人肺腑。

第三层（末四句）：写诗人之殷切希望。

“穷追殄犬羊，旁招出凤麟”，这是诗人最深厚而迫切之希望：有朝一日，我大宋军队穷追猛打如犬羊一般的金人侵略者，再加之沦陷之地的爱国志士愤然而起，共同打击入侵之敌，一定会消灭敌寇，收复失地，取得胜利。诗人壮心犹在，“鬓虽残，心未死”（陆游《夜游宫》）！

“努力待传檄，勿谓吴无人”，是诗人对北方沦陷区百姓的希望：你们要努力等待宋军传布讨伐金人的军书，千万不要认为南方没有收复失地之勇士！诗人虽已“没齿”，但壮心仍在，希望不泯。

这首诗最突出的特点是“壮心”感人。诗人虽然罢职乡居，但忧国忧民之情感更为浓烈，悲壮慷慨之心犹在，真正做到了鞠躬尽瘁，死而后已。

三江舟中大醉作[1]

志欲富天下[2]，一身常苦饥。
气可吞匈奴，束带向小儿[3]。
天公无由问[4]，世俗那得知[5]！
挥手散醉发，去隐云海涯[6]。
风息天镜平[7]，涛起雪山倾[8]。
轻帆入浩荡[9]，百怪不可名[10]。
虹竿秋月钩，巨鳌倘可求[11]。
灭迹从今逝[12]，回看隘九州[13]。

注　释

① 三江：说法有二，一说曹娥江、钱清江、浙江三江交汇之处，称为三江海口，在山阴县西北五十里。一说是浙江、浦阳江和曹娥江的交汇之处。

② 富天下：即“使天下人富裕”。“富”为使动用法。

③ “束带”句：这里用东晋诗人陶渊明“我不能为五斗米，折腰向乡里小儿”之弃职归隐的典故。

④ 天公：上天。无由：无从，没有门径或机会。

⑤ 世俗：世俗之人（庸俗、不高尚的人）。

⑥ 隐：隐居。云海涯：此指天涯海角。

⑦ 风息：风平浪静。

⑧ 涛起：即浪涛涌起。

⑨ 浩荡：此指广阔的江水。

⑩ 百怪：此指浩荡江水中的众多可怪之物。不可名：不知道名字。

⑪ 巨鳌（áo）：传说中的一种巨大的海龟。

⑫ 逝：此指隐居。

⑬ 隘九州：意谓觉得九州亦狭小局促。“隘”为意动用法。

题 解

这首五言古诗是陆游于宋孝宗淳熙九年（1182）九月在山阴老家所作。此前三月，诗人被授以祠禄朝奉大夫之职，主管成都府玉局观，实则依然赋闲。诗人继续以饮酒、出游之生涯，排遣理想空抛、壮志东流和功业无成之失意苦闷。这首《三江舟中大醉作》，便是诗人舟游三江饮酒大醉而作。诗人回首往昔，感慨眼下之遭际，激愤之情如火山般爆发，喷薄而出，问天无由，世俗不容，无奈之下只得浪迹天涯，可说把自己屡遭压抑、打击，有志难伸之困境写到极致，抒写出壮志无由实现、只得归隐江湖之强烈愤慨之情。

全诗气势澎湃，风格奇崛，悲愤慷慨之情和傲岸不平之气相交织，充溢着“志士凄凉闲处老，名花零落雨中看”之无限悲凄，读之感人肺腑，动人心魄。

赏 析

这首诗可分为前、后两大部分。

前一部分（前八句）：着重于忆往昔。

诗人乍一落笔，想到的便是自己的理想、抱负：“志欲富天下，一身常苦饥。”我的志向是天下之人都过上富裕、美好的生活，然而事与愿违，想到天下人受饥挨饿，我的心中万分悲苦。这里的“富天下”，就是诗人所说的“平胡壮士心”，即抗敌收复，统一全国，使人民都过上安康、幸福的生活。因为，诗人出生的第二年，正值金兵攻陷北宋都城汴京，他在襁褓之中随家人颠沛流离，故而一生都志在恢复。为此，亦屡遭罢黜，“一身常苦饥”！真可谓“弃我去者，昨日之日不可留”啊！“气可吞匈奴”四句，具体写出诗人一生之苦悲：我“壮岁从戎，曾是气吞残虏”；可谁知，却要穿戴整理官服，向那些庸俗之上级官吏折腰奉迎，被迫归乡。此种遭际，就是上天亦无从问起，那些世俗之人怎能知道我的苦衷？

这里，诗人运用对比手法，写出了理想与现实的矛盾，有着才不得用、志不得伸的万千酸辛。真可谓“乱我心者，今日之日多烦忧”啊!

“挥手散醉发，去隐云海涯”，写诗人迫不得已之蛰居山阴老家：我挥一挥手，在沉醉中披散头发，隐居在这天涯海角，过着“心在天山，身老沧洲”的悲苦无奈的生活。真可谓“停杯投箸不能食，拔剑四顾心茫然”（唐·李白《行路难》）啊!

后一部分（后八句）：着重于叙归隐。

诗人描写眼前之景：“风息天镜平，涛起雪山倾。”风住时，水面平稳明亮，就如那天然的镜子；浪涛涌起时，浪花飞溅，就如那雪山之倾倒。这里，诗人以景融情，表达“国仇未报壮士老，匣中宝剑夜有声”之愤懑不平，亦有着“诗仙”李白一样的“行路难，行路难，多歧路，今安在”（唐·李白《行路难》）的壮志难酬之悲怆和激愤!

“轻帆”四句，诗人借景抒情：我那轻扬的帆船进入那浩浩荡荡的激流之中，那广阔江水里不知道名字的众多可怪之物出现于船边。我真想以彩虹为钓竿，以秋月为钓钩，去钓那张牙舞爪之大鳌。这几句，诗人又写出“长风破浪会有时，直挂云帆济沧海”（唐·李白《行路难》）之冲破险阻、实现理想抱负的决心和信心。

然而，当诗人“灭迹从今逝，回看隘九州”之时，心潮澎湃：我隐藏行迹，离开市朝，过着无拘无束的隐居生活，这时再回头看这尘世，觉得整个九州大地都狭小局促。因为国家破碎，中原沦陷，国土怎能不“隘”呢！当诗人充满决心和信心之时，一想到国家破败之惨状和自己罢职乡居之现实，心中便顿生“欲渡黄河冰塞川，将登太行雪满山”（唐·李白《行路难》）的无尽痛苦。

这首诗饱含激情，意旨深厚。诗人通过忆昔叙今，既充分地显示了黑暗污浊之政治现实对诗人之宏大理想抱负的阻碍，反映出由此而引起的诗人内心之强烈的苦闷、愤郁和不平，同时又突出地表现出诗人之倔强、自信和对理想的执着追求，有一种力图从苦闷中奋起的强大的精神力量。此诗兼具现实主义和浪漫主义特色，确有李白诗的特点。可见，诗人无愧于“小太白”之誉称。

书　愤①

早岁那知世事艰②，中原北望气如山③。
楼船夜雪瓜洲渡④，铁马秋风大散关⑤。
塞上长城空自许⑥，镜中衰鬓已先斑⑦。
出师一表真名世⑧，千载谁堪伯仲间⑨。

注　释

① 书愤：书写自己的愤恨之情。

② 早岁：早年，年轻时候。那知：哪里知道。世事艰：此指抗金大业屡屡受阻，难以实现。

③ 中原北望：北望中原。气如山：志气坚定如山。

④ “楼船”句：此句写南宋在东南江防抵抗金兵进犯之事。宋高宗绍兴三十一年（1161）冬，金主完颜亮南侵并攻占扬州，之后又进逼瓜洲，准备从瓜洲渡江。宋将刘锜、虞允文率军予以坚决抵抗。结果金兵内讧，完颜亮为部下所杀，金兵溃退。到了宋孝宗隆兴二年（1164），陆游任镇江通判，看到了当年的战舰，并详细了解了张浚在此备战的情况。宋孝宗隆兴元年（1163），张浚以右丞相都督江淮诸路军马，亲率水兵乘楼船往来于建康、镇江之间。但不久兵败符离，收复中原之希望化为泡影。楼船，设有楼房的高大战船。瓜洲，在今江苏扬州南，运河流入长江之处，为当时的江防要地。

⑤ “铁马”句：此句写南宋当时在西地边关抗金之事。宋高宗绍兴三十一年（1161）秋，金兵进攻大散关，次年被吴璘击退。宋孝宗乾道八年（1172），陆游在四川宣抚使王炎幕中，王炎与陆游筹划进兵长安，曾强渡渭水，与金兵在大散关发生遭遇战。后王炎被调回临安，反攻计划未能实现。铁马，指披有铁甲的战马。大散关，在今陕西宝鸡西南的大散岭上，当时是宋金交界的军事要地。

⑥ 塞上长城：南朝刘宋名将檀道济，抵御北朝魏的侵略，曾自比万里长城。（见《南史·檀道济传》）唐代名将李勣也被唐太宗比为长城。空自许：不切合实际地自我标榜。此为作者自嘲的话。自许，

自我期许。

⑦ 衰鬓：年老而花白的头发。斑：花白。

⑧ 出师一表：指三国时诸葛亮的《出师表》。诸葛亮于蜀汉建兴五年（227）北伐曹魏时，呈给后主刘禅的表章，表达了自己“奖率三军，北定中原”“兴复汉室，还于旧都”之坚定决心。名世：名传后世。

⑨ 堪：可以，能够。伯仲间：相差不多，可以相提并论。伯仲，本来是兄弟间的次第，一般用来评论人物的等次。

题 解

这首七言律诗作于宋孝宗淳熙十三年（1186）春，此时是诗人陆游退居山阴家中第七年，他已是六十二岁的老人。从淳熙七年（1180）起，诗人挂着一个空衔（祠禄朝奉大夫，主管成都府玉局观）蛰居于故乡。直到写此诗时，才以朝奉大夫、权知严州事（军事长官）起用。年过花甲、壮心犹在的诗人在振奋之余，回首往事，深感困难重重，立功报国之抱负难以实现，心中无比激愤，于是写下这首兼有追怀往事和重新立誓报国之两重情感的光辉诗篇。

此诗前四句重在回忆往事，后四句重在抒发感慨。诗人通过今昔对比，以年轻时之立志收复失地的壮志豪情以及在前线的军旅生活做映衬，抒写出晚年壮志未酬、时光虚掷之愤慨，殷切期盼有如诸葛亮那样的英雄人物兴师北伐，完成祖国统一大业。全诗意境开阔，感情悲壮而沉郁，气势磅礴而气韵深厚，是诗人的七律名篇之一。

赏 析

诗人从回顾往事起笔：“早岁那知世事艰，中原北望气如山。”年轻之时我就立志北伐中原，收复失地，哪里想到竟然是如此的艰难。我常常北望那中原大地，热血沸腾，志气坚定如山。“早岁”二字，指诗人三十九岁（宋孝宗隆兴元年［1163］）在镇江府任通判及四十八岁（宋孝宗乾道八年［1172］）在南郑任王炎幕僚之时，诗人曾亲临抗金最前线。北望中原那金人铁蹄下的祖国大地，想到遭受践踏、蹂躏的中原人民，诗人怒火中烧，收复之豪情壮志更加坚定如山。“那知”二字，将诗人志在恢复而奸人当道、屡遭罢黜之郁愤蕴含其中。“气如山”三字，诗人以激愤的语言塑造出年少气盛、志在收复中原的志士形象，可谓气势如虹，壮如山岳。

诗之颔联，紧承首联，分叙两次值得纪念之经历：“楼船夜雪瓜洲渡，铁马秋风大散关。”我仍然记得在瓜洲渡痛击金兵之情景：雪夜里水战于瓜洲渡，楼船战舰疾驶，气势如虹；秋风中跨马纵横驰骋，锐不可当，收复了军事要地大散关，捷报频传。上句写隆兴元年抗敌之事——抗金名将张浚以右丞相都督江淮诸路军马，楼船横江，曾在瓜洲渡水战中打败金兵。下句写乾道八年，诗人为四川宣抚使王炎之幕僚，亦曾在大散关打败金兵，收复军事要地。这一联，诗人用极富特色之意象，以“楼船”“夜雪”及“铁马”“秋风”展现了开阔而壮盛之战场景象，用回忆之中的胜利说明：金人是可以战胜的，失地是可以收复的！

诗之颈联“塞上长城空自许，镜中衰鬓已先斑”，转而写诗人内心之无限悲愤：想当初，我自比万里长城，立志为国扫除边患，然而多年遭贬，“长城”只能是空自期许；如今镜中的我，垂垂老矣，鬓发如霜，北伐恢复皆成了空谈。这一联，是诗人深重之哀叹：自己一生虽一身许国，但权奸当道误国，抗战派屡遭打击排挤。抗金名将张浚在符离败于金人，次年即被罢免；抗战派王炎被调回临安，其宣抚使府中幕僚亦随之星散，北征又一次成为泡影。岁月不居，壮志未酬，而“鬓已先斑”，且又被斥逐回乡，“平生万里心，执戈王前驱”之报效国家的心愿完全失去了机会与可能，故而诗人愤从中来，难以抑制。

尾联“出师一表真名世，千载谁堪伯仲间”，诗人以典明志：《出师表》名垂万世，千百年来又有谁能与诸葛亮相提并论呢！这里，诗人用历史人物诸葛亮和南宋群臣相对比，言下之意为：试看今日那些执掌南宋大权的人物，有哪一个敢与孔明先生来比？又有哪一个有他那样的壮志？这一比，这一质问，使南宋昏君奸臣丑态毕露。一帮苟且偷安、蝇营狗苟之忘记祖宗、无耻混日之徒，在伟人诸葛亮面前怎敢直起腰、昂起头来！诗人以尖锐之对比，有力地抨击了投降派专权误国的罪行。同时，诗人以诸葛亮自勉，表达“鞠躬尽瘁”之心志。此志愿至老不移，当开禧二年（1206）韩侂胄起兵抗金之时，已是八十二岁高龄的诗人，还跃跃欲试，“耄年肝胆尚轮囷”（陆游《观邸报感怀》）！

这首诗对比鲜明、有力，情感丰富、深挚。全诗以今昔对比之手法，忆昔写今，充满深厚而诚挚的爱国激情。尤其是诗末之鲜明而极有力度的尖锐对比，揭露了投降派专权误国的滔天罪行，彰显了诗人“鞠躬尽瘁，死而后已”的崇高品质，具有感召后人之无穷的艺术魅力。

临安春雨初霁①

世味年来薄似纱②，谁令骑马客京华③。
小楼一夜听春雨，深巷明朝卖杏花④。
矮纸斜行闲作草⑤，晴窗细乳戏分茶⑥。
素衣莫起风尘叹⑦，犹及清明可到家⑧。

注 释

① 临安：今浙江杭州，当时为南宋都城。霁（jì）：雨后天晴。
② 世味：人情世态之炎凉。
③ 令：意为“使”。客京华：在京城客居。京华，乃为京城之美称。
④ 深巷：狭长的小巷。此句化用宋陈与义《怀天经智老因访之》诗之名句“杏花消息雨声中”。明朝：明天早晨。
⑤ 矮纸：短纸，小纸。斜行：倾斜的行列。作草：写草书。
⑥ 晴窗：明亮的窗户。细乳：此指沏茶时水面呈现的白色小泡沫。古人认为此乃茶中之精品。据《茶谱》所载，好茶叶沏后呈碧乳白或乳白色，水面浮着一层乳状物。
⑦ 素衣：白色的衣服。化用晋陆机《为顾彦先赠妇》之诗意：“京洛多风尘，素衣化为缁（黑色）。”这里诗人以“素衣”指代自己。风尘叹：因风尘而叹息。暗含不必担心京城的不良风气会污染自己的品质之意。
⑧ 犹及：还来得及。

题 解

这首七言律诗作于宋孝宗淳熙十三年（1186）。这年春天，诗人奉诏入京，又被起用为严州（治所在今浙江建德）知府。赴任之前，诗人先到临安去觐见皇帝。此诗便是在西湖边上的客栈里等待皇帝诏见时所作。

此诗清新、生动而蕴藉，有一种既厌倦仕途，又为了寻求报国之机会不得不来到京城的矛盾心理。尤其是中间两联融合清新闲逸之景与百无聊赖之情，颇有耐人咀嚼之韵。

赏　析

六年前，诗人因私自放粮赈灾被罢职还家。六年来，人虽则远离官场，但对于政治舞台上的倾轧变幻、钩心斗角，对于世态炎凉，有了更为深刻之体会。故而诗人乍一落笔，就从感叹世态人情开始："世味年来薄似纱，谁令骑马客京华。"近年来对官场生活真没有什么兴味，因为那滋味淡得就像薄纱；谁又让我骑着马来到京都做客为官，沾染这繁华呢？！上句从感悟至深处说起，以"薄似纱"这一浅显之比喻，来说明"世味"人情之"薄"，通俗明白，毫不掩饰自己的内心感受，更见出诗人是非分明、刚直不阿之性情。下句直接道出诗人宦海沉浮、壮志未酬、命途坎坷之悲叹，更可见出诗人无法言说的矛盾心理：自己"壮心未与年俱老"，"南思为国戍轮台"，本应勇于担当，实现抗敌恢复之壮志。然而诗人一想到"朱门沉沉按歌舞，厩马肥死弓断弦"之惨痛现实，厌弃宦场之情又油然而生。世情如此，做官又能怎样？！可见此诗确是诗人激情而作，极为真实地反映出诗人的心理活动。

颔联"小楼一夜听春雨，深巷明朝卖杏花"，描写诗人所见所闻之景致：昨夜我在小楼之上，整夜听到春雨淅淅沥沥。今天一早，我又听到有人在叫卖杏花。这一联，诗人巧妙化用宋诗人陈与义"杏花消息雨声中"的诗意，从听觉上写出了诗人一夜辗转反侧、彻夜未眠之情形。诗人以明媚的春光来反衬自己郁闷不安、愤懑不平之心情，以明快之字眼来表达郁闷、惆怅之情感，细腻而熨切，成为千古之名句。

那么，诗人一夜未眠又在做什呢？原来他在"矮纸斜行闲作草，晴窗细乳戏分茶"。夜间他铺开小纸，从容地斜写一行行草书，字字皆有章法；清晨，他于晴日窗前细细地煮水、沏茶、撇沫，试着品那名茶。颈联这两句，看似以闲极无聊之笔触，写出草书消遣、品茶解闷之情景，实则亦是反衬，用闲适、恬静的写字、喝茶来反衬诗人极不平静之内心。国家正处于生死存亡的关键时刻，而见一次皇帝却要在这客舍中一直等待！真可谓无聊之至、可悲之至！国家的前途、命运，不就毁在此种等待而无所作为之中吗？！诗人再也按捺不住心头之怨愤，挥笔写下结尾的两句——“素衣莫起风尘叹，犹及清明可到家。”尾联是诗人的激愤之言：不要叹息那京城的尘土弄脏我洁白的衣衫，我还来得及在清明节前回到镜湖边的山阴家里。这里诗人又巧妙化用晋人陆机“京洛多风尘，素衣化作缁”之诗意，既道出了闲居无聊、志不得伸之怨愤，又蕴含京中恶浊势力乌烟瘴气、久居为其玷污之感叹。如此的“人间天堂”——杭州城，竟然容不得诗人有所作为，诗人心头之悲之愤不难想见。诗人拜见过孝宗之后，三月由临安返回山阴，七月便按期赴严州任。

这首诗最突出的特点是反衬手法的运用。中间两联，一是用明媚之春色反衬诗人郁闷、惆怅之心情，一是以诗人心系国事彻夜难眠而以草书、品茶来排遣忧闷来反衬诗人心头之怨愤，深刻反映了诗人对官场生活之厌倦和有志难伸之悲愤。此与首联和尾联之直抒胸臆的喟叹，有异曲同工之妙。

醉歌

读书三万卷①，仕宦皆束阁②。
学剑四十年，虏血未染锷③。
不得为长虹，万丈扫寥廓④。
又不为疾风，六月送飞雹⑤。
战马死槽枥⑥，公卿守和约⑦。
穷边指淮淝⑧，异域视京雒⑨。
於乎此何心⑩，有酒吾忍酌⑪？
平生为衣食，敛版靴两脚⑫。
心虽了是非，口不给唯诺⑬。
如今老且病，鬓秃牙齿落。
仰天少吐气，饿死实差乐⑭。
壮心埋不朽，千载犹可作！

注　释

① “读书”句：化用唐杜甫“读书破万卷，下笔如有神”（《奉赠韦左丞丈二十二韵》）之意，反其意而用之。
② 仕宦：为官。束阁：“束之高阁”之省略，即闲置不用。
③ 虏血：金人之血。锷（è）：此指刀剑的刃。
④ 寥廓：广阔，空旷。此指广阔的天空。
⑤ 飞雹：飞洒的冰雹。
⑥ 槽枥：马槽。
⑦ 和约：此指宋孝宗隆兴二年（1164）宋与金人订立的“隆兴和议”。
⑧ 穷边：偏僻的边地。淮淝：淮水（今淮河）和淝水。淮水是南

宋和金东边的分界线，淝水源于今安徽合肥西，向东注入淮水。

⑨ 京雒（luò）：汴京和洛阳。雒，同“洛”。

⑩ 於（wū）乎：同“呜呼”。

⑪ 吾忍酌：意谓“我能忍心斟酒而饮吗？！”即“吾不忍酌”之意。酌，斟酒而饮。

⑫ 敛版：意即放正朝笏，以示恭敬。版，即笏，古代官员上朝时所拿的狭长板子，一般用象牙、玉或竹制成，用以记事备忘。靴两脚：两脚穿着靴子。

⑬ 唯诺：即唯唯诺诺，形容一味顺从别人。

⑭ 差乐：比较快乐。差，副词，稍微，略微。

题　解

这首五言古诗作于宋光宗绍熙元年（1190）夏，当时诗人陆游被劾罢官，归于山阴家乡。诗人在宋孝宗淳熙十五年（1188）知严州任上，任未满时便辞请归乡。次年正月除礼部郎中，后又兼膳部郎中、实录院检讨官。十一月被劾罢官，返归山阴。时年已六十六岁的诗人知道自己恐怕难有再实现报国理想之机会，于是作此诗以总结自己，抒发一生困厄、志不得伸之悲愤，表达对朝廷死守求和苟安政策的严厉谴责，融总结一生、抒写愤激与表明心志于一体，与“诗圣”杜甫之抒写抱负远大而又沉沦不遇的焦灼苦闷、感慨愤懑之名作《醉时歌》有异曲同工之妙。

此诗语言畅达，不事雕饰，却情感深挚，抒写屡遭压抑、埋没的愤激之情，表达至死亦不失壮志的心声，具有强大的感染力和震撼力。

赏　析

这首诗可分为三个部分：

第一部分（前八句）：重在抒写一生困厄、志不得伸之遭际。

诗人乍一落笔，便从自己“本意在元元”之“读书”说起：“读书三万卷，仕宦皆束阁。”“诗圣”是“读书破万卷，下笔如有神”（唐・杜甫《奉赠韦左丞丈二十二韵》)，才华横溢，写就“诗史”；而诗人是读了“三万卷”之多的书，才学满腹，为官时却得不到施展。那“三万卷”之书皆被弃置不用，真乃可悲啊！想当初，诗人亦如友人师伯浑一样：“伯浑醉书，纸穷墨燥，如春龙奋蛰，奇鬼搏人，何其壮也！”而如今，却被劾罢官，垂垂老矣，何其悲也！“皆束阁”三字，将诗人之万千怨愤蕴含其中。

诗人深谙“文能附众，武能威敌”（汉·司马迁《史记·司马穰苴列传》）之理，幼时便立下“上马击狂胡，下马草军书”的爱国壮志，然而“学剑四十年，虏血未染锷”——学武练剑四十年，金人之血却未染上我的刀剑之刃。诗人着一“未”字，满含怨愤之气。当然，这是诗人的愤激之辞（诗人曾亲自参加过瓜洲渡和大散关战斗），表达诗人志不得伸之郁闷。

接着，诗人用“不得”四句，表达他心中之怨怼：我不能像万丈长虹那样，扫除那天空之阴云；我又不能如迅猛的六月疾风一般，飞洒下满天冰雹。这里的“长虹”“疾风”和“飞雹”，不仅是力量和意志的象征，更是一种强烈的愿望，是诗人意在收复之壮志的体现，蕴含了“志士凄凉闲处老”“匣中宝剑夜有声”之万千愤懑不平。

第二部分（中间十句）：重在写出壮志难酬之原因。

“战马”四句，抒写苟安求和投降政策造成的惨痛之状。志在千里的战马硬生生地老死在马槽边，这都是南宋朝廷与金人订立的议和条约造成的恶果啊！看看吧，淮水、淝水竟成了荒僻的边境，汴京、洛阳竟被视为异国之地！诗人用“死”“守”“指”“视”等动词，表达了对卖国求和、苟且偷安的南宋朝廷的强烈之愤恨和不满。写至于此，诗人定然是“头发上指，目眦尽裂”（汉·司马迁《史记·项羽本纪》)。

想到这里，诗人写道：“於乎此何心，有酒吾忍酌？”呜呼，这是何等不良之居心啊，我哪里还忍心斟酒而饮呢？如此的卖国投降之丑恶行径，令诗人咬牙切齿、恨之入骨！

“平生”四句，是诗人对自己的反思：我平生为了衣食，只好屈心抑志地去做官，心中尽管明了孰是孰非，但口头上却连声不迭地随声附和、唯诺称是。诗人痛心疾首，反思深刻。诗人这种严于解剖自己的做法，是很值得我们今人敬仰和学习的。

第三部分（末尾六句）：重在描写诗人如今之景况及心志。

“如今”四句，写诗人眼前之景况：如今我年老多病，两鬓斑白，早已秃顶，加之牙齿掉落，真的是老朽不堪啊！我年老气衰，还不如饿死比较快乐！诗人如此动情之叙写，实则蕴含着他“国仇未报壮士老”的万千怨恨。

诗末二句“壮心埋不朽，千载犹可作”，是诗人卒章之明志。我死后肉身虽会埋葬，壮心却能不朽，千年百代依然可见。这里，充分彰显了一位伟大的爱国诗人“报国之心，死而后已”（宋·苏轼《杭州召还乞郡状》）的崇高品质和不朽精神。

这首诗以诗明志，感人至深。诗人抒写一生遭际及壮志未酬之原因，尤为难能可贵的是，诗人极深刻地反思自己、解剖自己，表达了忠贞不渝、壮心永在的爱国之志，确有感天动地的艺术魅力。

夜归偶怀故人独孤景略①

买醉村场半夜归②，西山落月照柴扉③。
刘琨死后无奇士④，独听荒鸡泪满衣⑤。

注 释

① 独孤景略：名策，字景略，是陆游在蜀中时结识的一位奇伟不凡的年轻人。陆游曾在多首诗中提及他，如淳熙九年（1182）就有《独孤生策字景略河中人工文善射喜击剑一世奇士也有自峡中来者言其死于忠涪间感涕赋诗》一诗。

② 买醉村场：在山阴附近的村庄酒肆买了很多酒菜，喝得大醉。

③ 柴扉（fēi）：柴门。

④ 刘琨（kūn）：字越石，晋代中山魏昌（今河北定县）人，与范阳祖逖俱以雄豪著名。西晋末年都督并、冀、幽等州军事，讨伐刘聪、石勒，兵败投奔幽州刺史段匹磾，后为段所杀。

⑤ 听荒鸡：典出刘琨、祖逖"闻鸡起舞"。荒鸡，鸡夜半啼叫不是时候，称之为"荒"。

题 解

这首七言绝句作于宋光宗绍熙元年（1190）秋，此时诗人陆游因被劾罢官已闲居于故乡山阴。诗人在乡村闲居的寂寥之夜，再次想起前几年去世的"奇士"独孤景略，不由得悲泪横流，伤悼失去了一位志同道合的挚友，表达了对友人真挚哀婉的思念之情。同时，诗人以失意潦倒、借酒浇愁的自我形象，表达了对自身失意困顿景况之感喟。

此诗语言朴实，情意深挚，先景后情，意境凄悲，寄意深远，在感怀挚友的同时，亦将痛惜自身遭际的忧国之情深蕴诗中。

赏析

诗之开篇，直截了当，从诗人买酒饮醉而归写起：“买醉村场半夜归。”我从乡村酒肆买得酒菜，喝醉酒半夜归来。七字之中，信息量不小：一是“买”，非人请也；二是“村场”，本村或他村酒肆，点明了地点；三是“醉”，可见诗人是独斟独饮，直到“醉”罢，其饮酒吃菜之间，情感活动复杂，情绪波动较大；四是“半夜”，可见用时之长，罢酒之时已是深夜，点明了时间；五是“归”，显然是回家，其夜半人静之时踽踽独行之情景不难想见。一个六十六岁的老人，“村场”买酒、饮醉半夜而归之场景，是多么令人伤感啊！充满了“丈夫无成忽老大，箭羽凋零剑锋涩”的壮志难酬之无尽的悲愤。

次句“西山落月照柴扉”，写诗人孑然独归之时所见之景：只见那西山的落月，给柴门上洒满了银辉。这一句，信息量亦不小：“西山落月”是诗人所见之景，既点明了两个景点（“西山”和“落月”），又暗示了两者的位置（自然是“月”在上，“山”在下），这是其一；着一“照”字，说明天空晴朗，月色正好，这是其二；“柴扉”二字，点出地点，说明诗人也已到家——一代忠臣良将竟然居于柴门之中，这是其三。而这之中，还有着诗人复杂的心理和情感活动。这一句，真乃“一切景语皆情语”也。

三、四句：“刘琨死后无奇士，独听荒鸡泪满衣。”写诗人醉眼蒙胧之中打开柴门之时，听到荒野鸡鸣之声时的思想活动和神情动态。独开柴门，忽然听得荒野的鸡鸣之声，我忽然想到了像“闻鸡起舞”之刘琨一样的独孤景略，他死后怕再没有如他一般的志士出世，只留下我独自听这荒野鸡鸣，任衣裳沾满我潸然而下的泪水。这两句，手法巧妙，信息量更大：第一，点明了诗题，“夜归”“偶怀故人独孤景略”，皆落在了实处。第二，既是“偶怀”，那就必然有触动之物或人，这里的“物”显然是“荒鸡”。第三，由“荒鸡”而想到“闻鸡起舞”之“刘琨”，由刘琨自然想到如刘琨一般的友人独孤景略，想到他“白袍如雪宝刀横”“凭风羽箭作鸱鸣”和“一樽共讲平戎策”（陆游《猎罢夜饮示独孤生》）之射猎英姿和抗金报国之壮怀。第四，由挚友独孤景略之去世想到了自己，一生忧国忧民，怀抱恢复中原之志，“灭胡心未休”；敢于直谏，为民请命。然而，如今壮志未遂却被罢职归乡，“志士凄凉闲处老”，想到这里，诗人愤懑异常，悲“泪满衣”是真情的流露！

这首诗最为显著的特点是构思精妙，信息量极大。诗人由买酒饮醉而归家之所见所闻、所思所感而结构全篇，寥寥二十八字，竟蕴含了这么多的信息，言此及彼，波澜甚阔。

叹　俗

风俗陵夷日可怜①，乞墦钳市亦欣然②。
看渠皮底元无血③，那识虞卿鲁仲连④。

注　释

① 陵夷：意为衰颓、衰败。可怜：此处意为哀怜、哀叹。

② 乞墦（fán）：典出《孟子·离娄下》，其中记载：齐人有一妻一妾者，其每次出门皆饱食酒肉而归，并向其妻妾炫耀一块吃饭的都是富贵之人。后来其妻妾偷偷跟着他出门，结果发现其所到之处竟没有一个人停下来和他谈话，原来他是到城外的墓地向人们乞讨祭祀剩余的酒肉而食。其妻妾感到羞耻，便在庭中相顾而泣。此指乞讨祭墓之物以食。墦，坟墓。钳市：指以铁制刑具束颈游街，是古代的一种刑罚。

③ 渠：代词，你、他或你们、他们之意。元：原来、本来。

④ 虞卿：战国时的游说之士。据汉司马迁《史记·虞卿列传》记载，虞卿见重于赵孝成王，封为上卿，后至赵相。鲁仲连：战国时齐国人。据《史记·鲁仲连列传》记载：赵孝成王时，秦国在长平之战中破赵国四十余万，又东围赵都邯郸，诸侯救兵畏秦不敢前进。魏王使客将军辛垣衍到邯郸劝说赵王和平原君尊秦王为帝。鲁仲连适游邯郸，当面和辛垣衍辩论，使他"不敢复言帝秦"。秦将听说此事，为之退兵五十里。邯郸之围解除后，平原君欲封鲁仲连，他辞让再三，终不肯受。

题　解

这首七言绝句作于宋光宗绍熙三年（1192），此时诗人陆游被劾罢官归于山阴家乡。此诗运用多则典故，严厉痛斥那些既无高洁之气节，又无英伟之血性的苟且势利之徒，实则正是南宋主和苟安之士的丑恶行径之写照。诗人借典论理，以古喻今，表达了对投降卖国者的极大愤恨。

诗人面对“乾坤含疮痍”之现实，心如油煎刀绞，情难抑制，“忧虞何时毕”（唐·杜甫《北征》）！故而，全诗语言犀利，气势凌然，令苟且怯懦者心惊、汗颜，让奇伟高远、忧国忧民之士，拍手称快。全诗具有极为鲜明而浓重的感情色彩，是诗人忧国忧民血性的真性情之体现。

赏 析

诗人被劾罢职归乡，六十八岁的他满腔悲愤，“国仇未报壮士老”，但那“欲倾天上河汉水，净洗关中胡虏尘”（陆游《夏夜大醉醒后有感》）之壮心永在，故而他眼见衰微之国势，提笔便写下“风俗陵夷日可怜”七字：如今国势衰微，世风衰颓不堪，这情形让人一天也看不下去，令人哀怜、哀叹。诗人面对国土沦丧、百姓蒙难之现实，看到不思收复、歌舞升平之颓废景象，心急如焚，怒火中烧，悲愤不已。这一句，充分体现出诗人“双鬓多年作雪，寸心至死如丹”的忠贞不渝的爱国心志。

“乞墦钳市亦欣然”，这一句诗人用两个典故表达心中的愤懑之情：那些苟且偷生、卖国求安之辈就如墦间乞食的那个齐人一般，恬不知耻，以耻为荣；亦如滥施淫威的刘戊一样，把忠诚志士“钳于市”而后快。诗人以“亦欣然”三字，写出齐人之无耻和刘戊之残暴，这不正是喻指苟且偷安之主和投降者和烧杀抢掠、占我中原之侵略者吗？这里，诗人用反面的例子来表达亲者痛、仇者快之义愤。苟且偷安没有出路，侵略者亦不会心慈手软！我们的诗人可说用心良苦，滴滴“忧国孤臣泪”、拳拳“平胡壮士心”感天地、泣鬼神！

“看渠皮底元无血，那识虞卿鲁仲连。”诗的后两句，是诗人义正辞严之痛斥：看看这些苟且势利、凶恶残暴之徒的真实面目吧！他们原本就是没有血性的可恶之辈，他们哪里还能识别、重用像虞卿、鲁仲连这样的正义之士呢！这里，诗人又以正面的例子，表达“厄穷苏武餐毡久，忧愤张巡嚼齿空”（陆游《书愤二首》其一）之耿耿爱国之心，真可谓光照日月、天地可鉴。

这首诗最为突出的特点是用典恰切，笔力雄健。全诗二十八字，选用正、反两方面恰当而确切之典故，以强健而有力的笔触，表现出对国家、民族的每饭不忘、终生难释之深厚情感，气壮山河，感天动地！

秋夜将晓出篱门迎凉有感（其二）①

三万里河东入海②，五千仞岳上摩天③。
遗民泪尽胡尘里④，南望王师又一年⑤。

注　释

① 将晓：天将要亮。篱门：此指用竹子或树枝编成的门。迎凉：出门感到一阵凉风。

② 三万里：此为夸张之语，极写黄河之长。河：黄河。

③ 五千仞岳：据《山海经·西山经》载："又西六十里，曰太华之山，削成而四方，其高五千仞。"此以指西岳华山。黄河、华山皆在金人占领区，泛指沦陷地区。仞，古代计算长度的一种单位，七尺八尺为一仞。摩天：直抵青天。形容华山之高。摩，接触、摩擦或触碰接近之意。

④ 遗民：此指被金占领地区的宋朝百姓。泪尽：眼泪流干。形容非常悲惨、痛苦。胡尘：此指金人之入侵和统治。胡，古代对北方和西部民族的泛称。

⑤ 南望：远眺南方。王师：指南宋军队。

题　解

这首七言绝句是诗人陆游宋光宗绍熙三年（1192），即再遭罢黜归山阴故里的第四年所作。诗人即便"食且不继"，病魔缠身，但他依然心存国家、壮心不已。在一个初秋的夜晚，暑气仍然颇重，天气依然是那样的闷热。天之闷热与"胡尘"未灭的煎熬，使他难以安睡。于是，在"将晓"之际，他步出篱门，心头怆然，遂成诗二首。此为第二首。

此诗通过对北方沦陷地区之壮伟河山及失地人民悲泪流

尽、苦苦盼望宋军到来之画面的描写，表达了对南宋朝廷不思收复、辜负失地人民热望的强烈愤慨和痛恨。

赏 析

在暑气颇重的初秋之夜，罹病在身的六十八岁的诗人，夜不能寐。仰望天空，只见“迢迢天汉西南落”，耳畔“喔喔邻鸡一再鸣”（陆游《秋夜将晓出篱门迎凉有感》其一）。他踉踉跄跄出得篱门，顿感一阵凉风袭来，不觉心中怆然：“壮志病来消欲尽！”（同前）他郁闷异常，眺望北方，想那沦入金人铁蹄之下的中原大地——“三万里河东入海，五千仞岳上摩天。”我们的诗人遥想：那三万里之长的黄河，奔腾、咆哮着向东流入大海，那五千仞之高的西岳华山，耸入云雾，直摩青天。诗人乍一落笔，气势非凡，气象绝非一般。“入”“摩”二字，化静为动，写出了母亲河黄河和“五岳”之一的华山的雄伟壮丽，虎虎而有生气。诗人以拟人、夸张和化静为动之手法，给我们展现了一幅一横一纵代表北方形胜之画面，将一种“大好河山，陷于敌军”的无比愤慨含于其中。诗人笔下之“黄河”“华山”，似乎是携仇含愤，倾泻而下，赫然触天，真个是“万里烟尘，眺望（原诗是‘回首’）中原泪满巾”（宋·朱敦儒《采桑子》）啊！

“遗民泪尽胡尘里”，第三句饱含着诗人的无限苦悲和酸辛：中原人民在金人的铁蹄践踏、蹂躏之下，悲泪已经流尽，他们正处在水深火热之中。“泪尽”二字，将六十多年来沦陷区人民饱受苦难、受尽欺凌和压榨的痛苦写了出来。我们似乎看到泪流满面、翘首企盼收复大军到来的“遗民”之殷切眼神，即便金人马蹄扬起的灰尘，也难以遮断他们苦苦企盼之视线！这里，诗人以“胡尘”作为“遗民泪尽”之背景，在“侵略”和“苦难”之对比中，更蕴含了深重之仇恨，诗人之情感愈加沉重而沉痛！

“南望王师又一年”，诗末这一句，诗人极写北地“遗民”渴盼苦等之心情。他们眺望南方，渴盼王师北伐，盼了一年又一年。诗人先勾画出沦陷区人民渴盼王师北伐的画面，犹如即将枯死之禾苗盼望甘霖一般的令人牵肠挂肚、潸然泪下！着一“又”字，明写“遗民”年年渴盼年年失望之痛楚，实则写出了诗人内心之失望和痛楚！然而，醉生梦死的南宋统治者，“暖风熏得游人醉，直把杭州作汴州”（宋·林升《题临安邸》）！他们早已把大好河山、国仇家恨抛之九霄云外，早把“遗民”以及他们之苦难，忘得干干净净！诗人为民呼号，为民呐喊，急切地企盼南宋当权者能以国家利益、“遗民”痛苦为重，激起恢复之志，复国救民。然而，令诗人可恨的是，直到临终之前，还是只能哀叹“但悲不见九州同”！

这首诗手法妙，意旨深。寥寥二十八字，诗人运用了想象、夸张、拟人、对比及化静为动等多种手法，尤是以“遗民泪尽胡尘里”和“南望王师又一年”两幅令人落泪泣血之画面，把诗人希望、失望而终不绝望的执着而强烈的爱国热情表现了出来。

九月一日夜读诗稿有感走笔作歌①

我昔学诗未有得，残余未免从人乞②。
力孱气馁心自知③，妄取虚名有惭色④。
四十从戎驻南郑⑤，酣宴军中夜连日⑥。
打球筑场一千步⑦，阅马列厩三万匹⑧。
华灯纵博声满楼⑨，宝钗艳舞光照席⑩。
琵琶弦急冰雹乱⑪，羯鼓手匀风雨疾⑫。
诗家三昧忽见前⑬，屈贾在眼元历历⑭。
天机云锦用在我⑮，剪裁妙处非刀尺⑯。
世间才杰固不乏，秋毫未合天地隔⑰。
放翁老死何足论⑱，广陵散绝还堪惜⑲。

注　释

① 走笔：纵笔疾书之意。
② “残余”句：就像向人乞讨，仅得些残剩之物。
③ 力孱：力量薄弱。孱，弱。馁（něi）：空虚，丧气。
④ 惭色：愧色，因心有不安而流露出惭愧之表情。
⑤ 四十：此指陆游驻南郑的宋孝宗乾道八年（1172），时年四十八岁，“四十”是取其整数。从戎：从军。南郑：汉中，今属陕西。
⑥ 夜连日：夜以继日。
⑦ 打球筑场：此指筑建球场玩蹴鞠游戏。
⑧ 阅马：检阅军马。列厩：指军营中一列又一列的马厩。厩，马棚。
⑨ 华灯：指华美而明亮之灯。纵博：指纵情地进行博戏。博戏是古时的一种赌博游戏，名樗蒱，分为枭、卢、雉、犊、塞五彩，“枭”为其最高彩，“卢”其次，“雉”又次之。
⑩ 宝钗艳舞：形容席间舞女们衣饰华贵，舞姿优美。

⑪ 弦急：此指琵琶声之响亮。冰雹乱：此处形容弦声并显示弹者非一人。

⑫ 羯（jié）鼓：匈奴羯族的一种鼓，形状与腰鼓相近。手匀：这里是说鼓手击鼓手法熟练。风雨疾：形容鼓之声音快如疾风急雨，亦显示击鼓者并非一人。

⑬ 诗家三昧：指作诗的诀窍。三昧，本为佛家用语，用来比喻精义和秘诀。忽见前：忽然明白，如在眼前。

⑭ 屈贾：此指战国时诗人屈原和西汉著名辞赋家贾谊。元：通“原”，原来，本来。历历：很清楚、极分明的样子。

⑮ 天机云锦：本是古代神话传说中织女所用的织机及所织之锦缎，此处比喻作诗时的才思和辞藻。用在我：即为我所用。

⑯ 非刀尺：不是人工，而是天成。

⑰ 秋毫：秋天鸟兽所长之细毛。后用来比喻细微的东西。天地隔：差别极大，有如天地相隔。

⑱ 放翁：陆游的号。

⑲ 广陵散：此为古代的琴曲名。三国时魏国的嵇康善为此曲，传说为异人所授。后嵇康被司马昭杀害，临刑之时索琴弹奏此曲，弹毕叹曰：“广陵散于今绝矣！”（见《世说新语·雅量》）后以之称技艺之失传。诗人以之比喻“诗家三昧”。

题　解

这首七言古诗作于宋光宗绍熙三年（1192）秋，此时诗人陆游奉祠居于家乡山阴。诗人于九月一日夜，读自编之《剑南诗稿》有感而作此诗。这部诗稿是诗人于宋孝宗淳熙十四年（1187）所编，虽则编成已有时日，但诗人想到自己诗歌创作的经历和体验，感悟颇深，于是写下这首长篇诗论之诗。

此诗回顾了自己诗歌创作的过程：早年受江西诗派（宋文学流派，以杜甫为祖，以黄庭坚、陈师道、陈与义为三宗的“一祖三宗”之流派）诗风（注重技巧）之影响，后来的南郑军旅生活大大开阔了他的胸怀和眼界，激发了创作激情，获得了创作源泉和动力。诗人以艺术的笔触总结了自己诗歌创作发展的经验。诗歌创作之要诀不在技巧、辞藻，不在模拟前人，而在于自身真切而丰富的人生经历和浓烈而充沛的创作激情。此诗是以诗之形式阐明生活与创作关系之极有说服力的佳作。

赏 析

这首回顾创作历程、总结创作经验的诗作，是分为三层来写的。

第一层（前四句）：着重写从军南郑之前的诗歌。

起首二句“我昔学诗未有得，残余未免从人乞”，叙写早年学诗之情形：我早年学诗没有真切的体验和心得，不得其精髓，不免从前辈大家那里拾得些零碎来润饰自己的诗作，就像向人乞讨，仅得些残剩之物而已。首句不加雕饰，直陈自己早年诗作之不足：未有自得之妙，一味陈袭他人，没有形成自己独有之风格。可见诗人严于解剖自己，极有自知之明。次句说明原因，“乞”人“残余”，即只从别人的创作中讨生活，“但欲工藻绘”（陆游《示子遹》），只注重于学习前人之辞藻。取材于别人，且技巧亦来自别人。可见，诗人对自己要求是很严格的，总结是中肯、到位，且不留情面的。

三、四两句“力孱气馁心自知，妄取虚名有惭色”，是诗人对早年诗作之总结：我的诗作笔力孱弱，内容浮浅，气势萎靡，这些我心里明白，徒得虚名，倍觉惭愧。这两句当然是诗人的自谦之辞（因为诗人少时就喜读王维、岑参之诗，才气横溢，有“小太白”之誉称），为下文写诗风之转变蓄势。

这一层，诗人叙中有议，语言中肯。

第二层（中间十二句）：着重写从军南郑后诗境、诗风之转变。此为全诗之重点。

“四十从戎驻南郑，酣宴军中夜连日”，这两句承上启下，总领下文：到了四十八岁，我随军驻守于南郑，曾经在军中夜以继日、酣畅安适地尽情欢宴。这里，诗人转入对不到一年之南郑王炎宣抚使幕僚从戎生活之回忆，以“夜连日”之“酣宴”的带有夸张的意味来开启。大概那“苜蓿连云马蹄健，杨柳夹道车声高”之南郑前线草丰马壮、车声隆隆之景及“将军坛上冷云低，丞相祠前春日暮”（陆游《山南行》。将军坛：在今陕西南郑南，相传是刘邦拜韩信为大将时所建。丞相祠：纪念三国时蜀国丞相诸葛亮的祠庙，在今陕西勉县东）之瞻仰情景历历如在眼前吧！

“打球”一联描写校场、球场之广阔和阅马时兵马之众多：那修筑的用来打球、习武的球场，长达一千步；那检阅的军马高大威猛，排列于马厩之中，竟有三万匹。诗人以“一千步”“三万匹”之具体数量，极写白日讲武、阅兵之声势盛大。

“华灯”一联转写晚上：华美的灯光格外明亮，博弈、歌舞之地喝彩声灌满了整座楼中；美女艳绝，歌舞欢娱，流光溢彩辉映着盛大的庆功宴席。诗人用“华灯”和“光照席”“声满楼”以写场面，用“宝钗艳舞”以写人物，两者相互映照，极为壮丽。

“琵琶”一联写鼓、乐之声：琵琶弹起那局促的乐声，就如那冰雹撞击乱飞；羯鼓敲响那猛烈的鼓点，就如那急风暴雨在空中回旋。这里，诗人以“弦急”和“手匀”分别写出琵琶声之响亮和鼓手击打之娴熟。“冰雹乱”和“风雨疾”亦显示了弹者、击者人数之多，这就从侧面写出了场面之大、人员之多和鼓乐声声震耳的盛大场景。

以上六句以夸饰之手法，描写军中生活，并且旦暮相兼，演武与娱乐同写，这样就使得笔下之场景更加壮丽，更加震撼人心，这样就为本层最后四句诗歌创作体会的总结做了很好的铺垫，使得结论顺理成章：南郑的军旅生活使我突然领悟到作诗之要领，屈原、贾谊这些杰出文人作品之妙处清清楚楚地展现眼前。因为他们领悟到了诗家之三昧，故而作起诗来各种华美的辞彩便可任意驱遣，剪裁巧妙而恰当，似为天成。这里，诗人以自己的切身体会得出了“生活是创作的源泉”这一“诗家三昧”。正如伟大的史学家、文学家、思想家司马迁所说：“文王拘而演《周易》；仲尼厄而作《春秋》；屈原放逐，乃赋《离骚》；左丘失明，厥有《国语》；孙子膑脚，兵法修列；不韦迁蜀，世传《吕览》；韩非囚秦，《说难》《孤愤》。《诗》三百篇，大抵圣贤发愤之所为作也。”（《报任少卿书》。这段话说明圣贤在困厄中著述有成。）

第三层（末尾四句）：以议论和抒情收束全诗，感叹自己的经验未必为他人所理解、接受。

“世间”二句，直接议论：世间有才华的杰出之士很多，但是如果领悟不透这“诗家三昧”，他们的诗即使失之毫厘，也会差之千里。这里，诗人大力肯定和推崇自己的诗歌创作之经验体会，语意诚恳。

“放翁”二句，直接抒情：我陆放翁总会老死，可那又算得了什么？要是诗学的真谛像《广陵散》那样失传，那才是最最可惜的！诗人以深沉的情感，表达文学创作中生活、社会实践之重要性，语意更为诚挚。

这首诗最突出的特点是以诗说诗，写法实在。诗人以诗的形式，通过自己实实在在的诗歌创作之实践，得出了社会、生活实践乃是诗歌创作源泉之“诗家三昧”，真实真切，令人信服。

十一月四日风雨大作（其二）

僵卧孤村不自哀①，尚思为国戍轮台②。
夜阑卧听风吹雨③，铁马冰河入梦来④。

注 释

① 僵卧孤村：意谓衰老困顿地住在偏僻的乡村。僵卧，直挺挺地躺着。孤村，孤寂而荒凉的村庄。不自哀：不为自己哀伤。

② 尚思：尚且想着，尚且想到。戍（shù）轮台：戍守边疆之意。戍，守卫。轮台，西汉之时有轮台国，在今新疆轮台一带。唐贞观时在庭州置轮台县，治所在今新疆乌鲁木齐境内。此以轮台代指边关。

③ 夜阑（lán）：夜深。阑，接近结束，将尽。风吹雨：风雨交加，与题目中的“风雨大作”相呼应。这亦是当时南宋王朝处于风雨飘摇之中的形象写照，故而诗人直到深夜尚难入睡。

④ 铁马冰河：军队渡过冰冻的黄河北征。铁马，披着铁甲的战马。冰河，指北方冰封的河流。

题 解

这首七言绝句作于宋光宗绍熙三年（1192）十一月四日。诗人陆游自宋孝宗淳熙十六年（1189）被劾罢官后，一直闲居于山阴老家。时年六十八岁的诗人，虽则年迈，但“壮心未与年俱老”，爱国情怀丝毫未减，一颗“平胡壮士心”依然滚烫炽热，日思夜想报效国家、收复国土，有着“欲倾天上河汉水，净洗关中胡虏尘”的强烈愿望，然而在现实中已很难实现，于是，在一个“风雨大作”的深夜，诗人触景而生情，由情而生梦，以“梦”来实现自己金戈铁马、收复中原之愿望。

我们的眼前，出现的就是这样一个感人的场景：在一个风雨交加之夜，一位已届衰老迟暮之年的老人，在僵卧孤村的凄凉处境中，胸中跳动的却是一颗“尚思为国戍轮台”的昂然壮心，其品质之忠贞、精神之坚毅令人动容。

赏 析

这是一个“风雨大作”的深夜。一场风雨骤然而起：“风卷江湖雨暗村，四山声作海涛翻。”（陆游《十一月四日风雨大作》其一）就在这一夜，风雨震响了六十八岁老诗人的心弦。虽则他于四年前以“嘲弄风月”之罪名被弹劾罢官，归隐于山阴三山之故居，然而“身在沧洲”“心在天山”，“老骥伏枥，志在千里，烈士暮年，壮心不已”。强烈的报国之情永远在他的心头燃烧，于是他写下刚劲有力的两句诗——“僵卧孤村不自哀，尚思为国戍轮台。”我直挺挺地躺在孤寂荒凉的乡村之中，没有为自己的处境感到悲哀，心里还想着报效国家，收复失地，守卫边防。诗人幼时就立下“上马击狂胡，下马草军书”之爱国壮志，然而“时运不齐，命途多舛”的诗人，却多次遭到罢黜。此次罢职之后，境遇更加艰难：祠禄时有中断，“薪米”亦“偶”有“不继”，生活艰难，时常“卧病”。但他仍然吟唱出“尚思为国戍轮台”的高亢之音，这充分袒露了他“老当益壮，宁移白首之心？穷且益坚，不坠青云之志”（唐·王勃《滕王阁序》。大意：无论年老气衰还是穷困窘迫，都毫不消沉，反而壮志弥坚，积极奋发）的坚强心志。在“卧”而“僵”之形体衰朽之时，处在“风雨大作”的“孤村”之中，处境如此艰难，而诗人仍然“不自哀”！这显示出他多么崇高的气节和情操啊！因为，在诗人心中，唯有祖国，唯有人民——“杜门忧国复忧民”。“老病虽惫甚，壮气复有余！”（陆游《夜读兵书》）这里，诗人以“僵卧孤村”来反衬“不自哀”之壮心，且这壮心便是“尚思为国戍轮台”！诗人年近古稀、卧病“孤村”，心里全然没有自己，只有一颗马革裹尸之“平胡壮士心”！诗人之拳拳的忧国忧民之心，是何等感人、动人和撼人！

此时此刻，在这“风如拔山怒，雨如决河倾”（陆游《大风雨中作》）的“风雨大作”之夜，诗人“夜阑卧听风吹雨，铁马冰河入梦来”：深夜躺在床上，听着急风吹雨之声，睡梦中好像自己骑着战马，领兵跨过冰河，在北方的战场上驰骋。诗人触景生情，由自然界之“风吹雨”，想到处在风雨飘摇之中的国家，想到自己“壮岁从戎，曾是气吞残虏”的军旅生活。他听着，想着，在辗转反侧中，幻代出一个特殊之梦境——“铁马冰河”！尤其是“入梦来”三字，反映了政治现实之可悲。诗人一生志在报国，却屡遭排挤打击，而朝廷中的苟且求和、投降卖国者正在断送恢复之大业——“诸公可叹善谋身，误国当时岂一秦！”虽然诗人对“诸君傅粉涂脂”（宋·陈人杰《沁园春》）极为不满，但他那颗坚定不移的恢复之心永远不变！“铁马冰河”、恢复国家是如诗人一样的爱国志士之心声，亦是我们中华民族之正气！

这首诗最为突出的特点是手法精妙，言简意深。诗人采用写实、反衬等多种手法，构成了一个气魄恢宏、具有极强艺术概括力的阔大意境，凝聚了诗人感人、动人、撼人的强烈的爱国主义激情，是“一语胜人千百”（清·赵翼《瓯北诗话》）之千古绝唱。

落梅（其一）

雪虐风饕愈凛然①，花中气节最高坚②。
过时自合飘零去③，耻向东君更乞怜④。

注 释

① 雪虐风饕（tāo）：指风雪猖狂之情景。这里化用唐韩愈《祭河南张员外文》："岁弊寒凶，雪虐风饕。" 唐无名氏《古梅》："火虐风饕水渍根。" 虐，虐待、残害。饕，贪婪凶残地欺凌。凛然：严肃不可侵犯的样子。

② 高坚：高洁坚强。

③ 自合：本应该，理应当。飘零：指花叶等凋谢脱落。

④ 东君：神话传说中的太阳神。这里用来借喻朝廷。

题 解

这首七言绝句是诗人陆游《落梅》两首诗中的第一首，于宋光宗绍熙三年（1192）冬在山阴故乡所作。此时，六十八岁的诗人已被弹劾罢职归乡三年。诗人通过梅花在风雪的肆虐中凛然挺立、毫不畏惧的令人肃然起敬之形象，赞美了其坚强英伟、高洁不屈之气节。同时，又通过梅花花期过时之自身枯萎飘零却淡然处之及耻于向太阳神乞求阳光以延长生命之描写，表现了其淡泊名利、不同流合污的高洁品性。

此诗语言自然、明了、晓畅，似脱口而出，却又不乏形象之生动，诗意之深刻，其形其神如在眼前，令人怦然心动。

赏析

诗人一生爱梅，对梅情有独钟，写过多首咏梅的诗词，如“何方可化身千亿，一树梅花一放翁”，如“正是花中巢许辈，人间富贵不关渠”，如“无意苦争春，一任群芳妒。零落成泥碾作尘，只有香如故”，等等。此诗也不例外，诗人首先展现在我们眼前的是梅花与暴力顽强抗争、不向时俗低头屈服的傲风斗雪之高洁形象：“雪虐风饕愈凛然，花中气节最高坚。”风雪暴虐，愈加显出梅花的正气凛然；百花之中，就数梅花的风骨最为高洁坚强。诗人巧妙化用唐代文学家、大诗人韩愈的“岁弊寒凶，雪虐风饕”和唐代无名氏“火虐风饕水渍根”的诗意，高度地赞颂了梅花与“虐雪”“饕风”顽强抗争的傲骨和节操。“愈凛然”三字，突出了梅花在风、雪肆虐的恶劣环境下永不低头的高傲不屈的品性。诗人着一“最”字，体现出对梅花的推崇和赞赏。

诗的后两句“过时自合飘零去，耻向东君更乞怜”，诗人列举出“花中气节最高坚”之实证：冰消雪融，她心甘情愿地自甘凋谢飘落。她以向太阳乞求恩怜为耻辱。上句从梅花飘零陨落的角度来写，着重赞美她坚贞高洁之品性：她之凋谢、凋败和凋落，是自觉、自愿的，有秋菊一般的“露湿秋香满池岸，由来不羡瓦松高”（唐·郑谷《菊》）之高洁，更有“向来冰雪凝严地，力斡春回竟是谁”（陆游《落梅》其二）之“俏也不争春，只把春来报”的无私奉献却不居功的高贵品质。下句以具体的事实来证明梅花坚贞不屈的高洁品性：她宁愿“零落成泥碾作尘”，也绝不趋时附势，向谁摇尾乞怜。这就告诉我们：做人要光明磊落、一身正气，做一条顶天立地的硬汉子，绝不做阴招害人、阿谀奉迎的软骨头！正如人们常说的那样：“宁肯站着死，绝不跪着生！”

这首诗最为显著的特点是以梅寄志。此诗明为写梅，实则是诗人一生坚持抗金复国主张而屡受打击、排挤的自喻之作。诗人通过对梅花坚强不屈、不向时势低头屈服的高洁品格的赞美，表现了诗人品格孤高、绝不与争宠邀媚、阿谀逢迎之徒为伍的高尚品格和不畏谗毁打击、坚贞自守的铮铮傲骨。

忧　国

恩许还山已六年①，誓凭耕稼饯华颠②。
养心虽若冰将释③，忧国犹虞火未然④。
议论孰能忘忌讳⑤？人材正要越拘挛⑥。
群公亦采刍荛否⑦？贞观开元在目前⑧。

注　释

① 恩许还山：指陆游于宋孝宗淳熙十六年（1189）被劾罢官，还故乡山阴，至诗人写此诗时近六年。

② 饯华颠：养老。饯，本意为设酒宴送行，此处为养活之意。华颠，白头。

③ 养心：涵养心志，修养性情。冰将释：这里是说心中的滞碍如冰融化，消除殆尽。化用《老子》“涣兮若冰之将释”语。

④ 虞：担心。火未然：这里比喻祸乱即将爆发。然，同“燃”。

⑤ 议论：这里指议论国事。孰：谁，哪个。忌讳：原指避讳某些言语或举动，这里是说要广开言路，让人人关心、议论国家大事。

⑥ 人材：人才。越拘挛：打破限制、束缚，任用、选用人才。拘挛，指限制、束缚。

⑦ 群公：此指朝廷执政者。刍荛（chú ráo）：割草打柴之人。这里指普通百姓对国事的意见，是诗人之谦辞。

⑧ 贞观开元：贞观为唐太宗李世民的年号，开元是唐玄宗李隆基前期的年号，这两个时期是历史上著名的太平盛世，史称“贞观之治”和“开元盛世”。

题　解

这首七言律诗作于宋光宗绍熙五年（1194）八月，年已古稀的诗人陆游已罢职居家近五年。然而在山阴家乡耕稼闲居、修身养性的生活，丝毫也消减不了伟大诗人的爱国赤心，他“位卑未敢忘忧国”（陆游《病起书怀》），“忧国唯知重”（宋·陈公辅《李伯纪丞相挽诗》其一），“一心忧国不忧家”（宋·赵万年《偶成》）。每每念及国事，顿然之间便情怀激烈、忧心如焚。诗人因劾罢职归家六年来，无时无刻不在忧国忧民，无时无刻不在期盼国家振兴、收复失地，无时无刻不在渴望人民安居乐业、生活幸福。这首诗就抒写出诗人报国之激情和国家中兴之期盼，言真意挚，感人肺腑。

赏　析

当诗人写下“忧国”二字的诗题，即刻悲泪横流，真的是“忧国孤臣泪”啊！因为诗人胸中的“平胡壮士心”依然是那么炽热。他对镜而看，虽见“镜里流年两鬓残”，但他知道自己“寸心自许尚如丹”（陆游《书愤二首》其二）。他情不自禁地回忆起罢职归家的生活：“恩许还山已六年，誓凭耕稼饯华颠。”诗人自淳熙十六年（1189）被人弹劾而罢职，得到皇帝恩许而回到山阴老家，现在已近六年了。六年来，诗人曾发誓要凭自己之躬耕来养活自己，直到白头终老家园。首联上句，直接叙事，不事修饰。诗人以“恩许”二字，以示对君王之尊崇，尽管诗人当初被人诬告。“还山”二字，直叙归回家乡山阴之事。首联下句，表达诗人因劾而归时的心情：要凭靠自己的劳动——“微雨”“锄瓜”（陆游《小园四首》其一）、“坡头”“荷锄”（陆游《蔬圃绝句》其二），自己动手，丰衣足食，安度晚年。

然而，“归园田居”的生活，并不如诗人初归时所想的那样，因为诗人知道：“养心虽若冰将释，忧国犹虞火未然。”涵养心志、修养性情虽然说可以使心中的滞碍如冰融化、消除殆尽，然而那忧国忧民之情，却犹如担心祸乱即将爆发一样，一时一刻都未能停息。颔联上句，化用《老子》“涣兮若冰之将释”之意，肯定了“养心”之作用：修身养性固然可以消除人心中之“块垒”，然而对于一个“万死”不辞、“一身报国”的爱国诗人来说，他怎能忘得了国家和人民之忧患！“未洗中原恨，谁消永日闲！”（宋·岳珂《鹤林寺》）“吏则日饱鲜，谁悯民艰食！”（宋·王迈《简同年刁时中俊卿诗并序》）国之灾难、民之苦难永远是诗人的心头之痛！这里，诗人用了两个比喻句，表达自己的心志，突出地表现了他执着而强烈的爱国、爱民之情怀！其忠于国家、忠于人民之心，令人肃然起敬！

忧国忧民之情使诗人心急如焚，于是他进言献策：“议论孰能忘忌讳？人材正要越拘挛。”希望朝廷广开言路，放开来让人议论国事，只要利国利民，就直言所欲，无所忌讳；任用人才更当不拘常规，打破条条框框，按才而用。颈联所提出的这两条建议，抓住国之根本：一是人心，二是人才，可说极有远见，不仅在当时当世是治国之良策，而且在今天亦是治国之根本。由此可见，我们的诗人有超越时代之眼光，此言确为远见卓识。

诗人仍不放心，还要进一步举例说明：“群公亦采刍荛否？贞观开元在目前。”朝中的执政大人们，你们是否也曾经采纳过普通老百姓对国事的意见？因为他们的意见是利国利民之忠言，“贞观之治”和“开元盛世”就是我们眼前实实在在的例子。诗人在尾联不但提出了意见、建议，而且还举例证明。其言凿凿，其心如丹！诗人那“位卑未敢忘忧国”之忠心赤胆显然可见。

这首诗最突出的特点是情真意挚，直抒胸臆。诗人眼看国难当头、人民受苦之现状，心急如焚，“难禁满目中原泪”（宋·戴复古《盱眙北望》），“杜门忧国复忧民”，直诉衷肠，进言献策，情感极其深厚、极其强烈，其忧国之心、爱民之情，真切而动人。

大风雨中作

风如拔山怒[1]，雨如决河倾[2]。
屋漏不可支，窗户俱有声。
乌鸢堕地死[3]，鸡犬噤不鸣[4]。
老病无避处，起坐徒叹惊[5]。
三年稼如云[6]，一旦败垂成[7]。
夫岂或使之[8]，忧乃及躬耕[9]。
邻曲无人色[10]，妇子泪纵横[11]。
且抽架上书，洪范推五行[12]。

注　释

① 拔山怒：风有如势欲拔山般的怒号。
② 决河倾：意即大雨倾泻如江河决堤。
③ 乌鸢（yuān）：乌鸦、老鹰。
④ 噤（jìn）：闭口不作声。
⑤ 徒：只，仅仅。
⑥ 稼如云：指庄稼多得像云一样。
⑦ 败：败毁，毁坏。垂成：指即将成熟。垂，将近、将要。
⑧ 夫：句首助词，无实义。岂：岂有。或：有人。使之：差遣自己，派遣自己。
⑨ 忧：担心、忧虑。躬耕：此指以耕种为生的农民。
⑩ 邻曲：邻里，邻居。无人色：形容邻居极度惊恐。
⑪ 妇子：此指妇女和孩子。泪纵横：泪流满面。
⑫ 洪范推五行："洪"是大的意思，"范"有法则之意。《尚书》中就有《洪范》一篇，记载了上帝赐给大禹的九种治理天下的法则。其中有一条就是"五行"，即水、火、金、土、木五种物质。

题　解

这首五言古诗作于宋光宗绍熙五年（1194）八月，是诗人陆游于山阴家中所写。诗题下原有注："甲寅八月二十三日夜。"说明了写作的具体时间。当时，一场特大的风雨将快要成熟的庄稼毁于一旦，诗人眼见如此惨状，深深地为邻里百姓遭受的灾难而忧虑难安，彻夜难眠，甚至研究起《洪范》和"五行"，力图帮助百姓免除灾难之忧。

此诗写得极为真实。诗人以同情和忧虑的笔触，如实地记录了风雨肆虐、百姓遭灾的情形，表现了他深挚的爱民情怀。从此诗之中，我们可以窥见诗人那颗与"诗圣"杜甫一样的"穷年忧黎元，叹息肠内热"之与万民同哀乐之热烈衷肠。

赏　析

这是一首描写诗人现场耳闻目睹"大风雨"之夜给百姓带来特大灾难之情景的忧民之作，可分为三个层次。

第一层（首六句）：描写"风""怒""雨""倾"之肆虐情景。

"风如拔山怒，雨如决河倾。"开篇两句，诗人以夸张、比喻等手法，写出"风"暴"雨"骤之情状：那狂暴的大风气势十分凶猛，意欲拔山般地怒号着；那急骤的大雨从天而降，就如河流决堤一般遍地横流。"拔山怒"和"决河倾"六字，以形象的夸张、生动的比喻和极其贴切的拟人，有形有色有神地将暴风骤雨展现在读者面前，令人惊恐，让人不安。尤其是"拔""决"二字，极见气势，使人闻之变颜、见之改色。"怒""倾"二字，神、形兼具，一神态一动态，顿然让人失颜失色。诗人用字可谓精妙而传神。

接着，"屋漏"四句又以侧面之描写来烘托"风雨"之"大"：我的房屋漏雨不止，处在风雨飘摇之中，眼看着就要难以支撑；门、窗之中，风声雨声交织一起，皆发出唬人的声响。乌鸦和老鹰竟然被风雨拍打，跌落于地，即刻死去；家中的鸡和犬噤若寒蝉，吓得不敢鸣叫。这里，诗人以侧面烘托与诗首二句的正面描写相结合，突出了"风雨"之"大"。这六句与"诗圣"之"八月秋高风怒号，卷我屋上三重茅”“南村群童欺我老无力，忍能对面为盗贼。公然抱茅入竹去，唇焦口燥呼不得，归来倚杖自叹息”（唐・杜甫《茅屋为秋风所破歌》）手法相同，形神俱足。

第二层（中间八句）：抒写诗人对受灾百姓之担忧。

“老病”四句，直写诗人起坐不宁之情形：自己年老多病，没有避雨之处，坐立不安，只是惊叹不已：三年来，庄稼多得就像云一样，谁能料想在即将成熟的时候，毁于一旦，功败垂成！这里，诗人由自身想到受灾之百姓，体现出他深厚的爱民情怀。诗人的一生，是热爱人民、同情人民疾苦，为人民的富裕安康奋斗的一生。他入仕后身体力行，竭尽全力为人民排忧解难。即使自己身退闲居之时，在“大风雨”之中，他首先想到的也不是个人的安危，而是百姓的疾苦！

“夫岂”四句，写诗人忧心如焚、为百姓担忧及邻里一家痛苦不堪之情状：不用有人差遣，我便替耕种的百姓担心、忧虑；我看到邻里一家人面无人色、极度惊恐，母亲和孩子相抱而泣，悲泪纵横。这里，诗人描写出眼前邻里一家人的悲痛不堪的情形，把无比的同情人民、热爱人民，以人民的苦乐为苦乐的高尚爱民情怀抒写出来。我们稍稍改动一下宋爱国诗人郑思肖的诗句，表达对爱国诗人陆游的无限崇敬之情：“大风雨中（原诗是‘数间茅屋’）空饶舌，说杀放翁（原诗是‘少陵’）忧国心！”（《杜子美〈茅屋为秋风所破歌〉图》）

第三层（末尾二句）：描写诗人“先天下之忧而忧”（宋・范仲淹《岳阳楼记》）的伟大情怀。

“且抽架上书，洪范推五行。”且让我查看查看书籍，看看能否从《尚书・洪范》中去推测天时运行的规律，为受灾的百姓分忧解难。这两句，虽不及“诗圣”之“安得广厦千万间，大庇天下寒士俱欢颜，风雨不动安如山！呜呼！何时眼前突兀见此屋，吾庐独破受冻死亦足！”（唐・杜甫《茅屋为秋风所破歌》）的舍己为人、至死不悔的伟大精神那样感人，但同样有着极为高尚的爱民情怀！

这首诗最为显著的特点是情真意切，感人至深。诗人笔下的每一字句，都蕴含着“杜门忧国复忧民”之高尚情怀。

新　春

老境三年病①，新元十日阴②。
疏篱枯蔓缀③，坏壁绿苔侵。
忧国孤臣泪④，平胡壮士心⑤。
吾非儿女辈⑥，肯赋白头吟⑦？

注　释

① 老境：老年，暮年。
② 新元：庆元元年。这一年是宋宁宗即位刚改的年号，故而诗人称之为"新元"。
③ 枯蔓：干枯的藤蔓。缀：此为缠绕之意。
④ 孤臣：与下句之"壮士"皆为作者自称。
⑤ 胡：这里指金人侵略者。
⑥ 儿女辈：意即儿女情长之辈。
⑦ 白头吟：汉乐府诗，传说是司马相如妻卓文君所作。《西京杂记》载："相如将聘茂陵人女为妾，卓文君作《白头吟》以自绝，相如乃止。"此处借指那些感伤年老白头的诗篇。

题　解

这首五言律诗是陆游于宋宁宗庆元元年（1195）正月在家乡山阴所作。已过古稀之年的诗人隐居山阴已第七年。然而，"壮日自期如孟博，残年但欲慕初平"（陆游《枕上作》）的诗人，抚今追昔，虽则暮年多病、退居困顿，但却无法消减他忧国之忠心和杀敌之壮志。诗人所怀之感慨，绝非一般人的一己得失之叹，而是忧国忧民的壮士之悲叹，故而诗中情感虽悲郁，却充溢着雄壮有力之气。

赏 析

罢黜归乡已经七年的诗人，“镜里流年两鬓残，寸心自许尚如丹”。然而，在“新春偷向柳梢归”（宋·张耒《春日》）的时候，我们的诗人境况还是令人担忧的：“老境三年病，新元十日阴。”三年来一直是病魔缠身，病奄奄的；在这新皇帝即位的庆元元年，新春时节的十多天里，天一直是阴沉沉的。首联，诗人用“老境”与“新元”、“三年”与“十日”、“病”与“阴”一一相对，形成鲜明对比，突现了诗人内心及身体与“新元”“新春”极不协调之因素，隐隐透露出诗人胸中之悲痛、忧郁。这一联，对仗工整，感情沉抑。

“疏篱枯蔓缀，坏壁绿苔侵。”颔联紧承首联，描写阴天里的所见之景：只见那荒疏的篱笆上，有那干枯的藤蔓缠绕着；毁坏的墙壁之上，全被那绿苔侵占着。这里，诗人用眼前之“疏篱枯蔓”和“坏壁绿苔”颓落、颓败和颓废之景，形成了与“新元”“新春”极不协调的对比，更加衬托出诗人心中之悲苦，显然有一种“志士凄凉闲处老，名花零落雨中看”的感伤。

“忧国孤臣泪，平胡壮士心。”颈联转而抒写诗人的愤懑不平之情：我为国家和人民而担忧，一想到国家沦陷、山河破碎、人民受苦受难的情景，悲痛之泪就潸然而下。那颗幼时就有的扫平敌寇的壮士之心，再也难以平静。这一联，诗人直抒胸臆，点明诗旨，袒露心迹。诗人用精工之对仗，表现出一颗执着而强烈的拳拳爱国之心，从而成为千古名句。

至此，诗人仍然深情难抑，进一步表达难以驱遣之苦衷：“吾非儿女辈，肯赋白头吟？”我本就不是儿女情长之辈，从小就树立了报国壮志；如今虽然暮年多病，但一想到国破民难？怎么肯吟那《白头吟》之类感伤年老的诗句呢？！上句忆昔：诗人年幼之时就树立了“上马击狂胡，下马草军书”的爱国壮志，心中只有抗敌收复，只有国家和人民！他在临终之前写下的“王师北定中原日，家祭无忘告乃翁”之诗句就是明证。下句抒怀，表达诗人“双鬓多年作雪，寸心至死如丹”的忠贞不渝的爱国爱民之情怀。

这首诗最显著的特点有二：一是巧设题眼。诗的颈联抒情写志，以表胸怀，实是本诗之题眼。二是对仗工整，对比鲜明。全诗除尾联外，全都对仗，且形成了多层次、多角度的对比，袒露了诗人“老当益壮，宁移白首之心？穷且益坚，不坠青云之志”的报国爱民之心迹。

农 家 叹

有山皆种麦，有水皆种粳①。
牛领疮见骨②，叱叱犹夜耕③。
竭力事本业④，所愿乐太平。
门前谁剥啄⑤？县吏征租声⑥。
一身入县庭，日夜穷笞搒⑦。
人孰不惮死⑧？自计无由生⑨。
还家欲具说⑩，恐伤父母情。
老人傥得食⑪，妻子鸿毛轻⑫。

注 释

① 粳（jīng）：粳米，水稻的一种。
② “牛领”句：意谓牛的颈部被磨破成疮，露出骨头。牛领，即牛的颈部。疮，伤口。
③ 叱（chì）叱：大声呵斥耕牛的声音。
④ 竭力：尽力。事：从事。本业：此指农耕之事，中国古代以农业为本业。
⑤ 剥啄：敲门声。唐代诗人韩愈有诗：“剥剥啄啄，有客至门。”（《剥啄行》）
⑥ 县吏：县衙的官吏。
⑦ 穷：此指受尽……之苦。笞搒（chī péng）：此指鞭打、杖击。
⑧ 惮（dàn）：害怕，惧怕。
⑨ 自计：自己估计，自己考虑。
⑩ 具说：全都详细诉说。
⑪ 老人：此指父母。傥（tǎng）：通“倘”，倘若。
⑫ 妻子：妻子和儿女。鸿毛轻：如鸿毛一般轻。语出汉司马迁《报任少卿书》：“人固有一死，死有重于泰山，或轻于鸿毛。”

题 解

这首五言古诗创作于宋宁宗庆元元年（1195）暮春，当时诗人已七十一岁，居于山阴老家。陆游继承唐代诗人杜甫、白居易等写作“新乐府”诗之传统，全诗描写了一个农民悲惨的遭遇：他受尽辛苦竭力耕作，四处开荒种地，夜以继日，不知劳累，但是依然交不起官府繁重的租税，后来竟被县吏捉进县庭，横遭鞭打，几乎丧命。穷困至极之时，他只能先让父母有饭吃，妻子儿女已无法顾及。此诗真实地反映了人民的疾苦，揭露了社会的弊病，表达了对农民的深切同情。

这首诗用语平实，刻画真切，全诗纯以叙事的方式，通过具体的事实和细节，将诗人对官府严酷剥削和官吏残忍欺压百姓的罪恶行径的揭露、批判及无比的愤慨之意深蕴其中。

赏 析

这首诗可分为三层。

第一层（前六句）：着重写农民辛勤劳作、只盼太平的超低生活要求。

“有山皆种麦，有水皆种粳。”开头两句，诗人从空间角度叙写农民耕种之辛苦：所有的山坡、沟坎都种上了麦子，所有的水田都种上了稻子。这里，诗人连用两个“皆”字，写出了农民之辛苦、勤劳。他们只能靠“山”吃山，靠“水”吃水，依靠自己的辛勤劳作，来维持起码的生活。因为朴实、憨厚的农民哪一个不懂得“耕不力则不得谷”（三国魏·桓范《世要论》）、“衣食当须纪，力耕不吾欺”（晋·陶潜《移居二首》其一）的道理！

“牛领疮见骨，叱叱犹夜耕”两句，从时间的角度进一步叙写农民耕种之艰难不易。唉，长年累月的耕种，收获是多么的辛劳啊，牛儿磨烂了颈脖，露出那嶙嶙瘦骨；农人还在不停地吆喝着它，晚上也不得歇息，连夜把土地耕种。这里，从牛之日夜耕种以致磨烂“牛领”成疮“见骨”之凄惨情状，可见出农民生活之惨痛。牛本是农民的宝贝，是农民获得收获的重要生产资料，农民百般疼爱、呵护尚且不够，何以如此残忍地伤害呢？联系本诗末句“妻子鸿毛轻”可知，在严酷、苛杂的赋税的重压之下，父子、夫妇尚且难以相保，更何况一头牲畜！由此可见当时农民生存惨状之一斑。

“竭力事本业，所愿乐太平”两句，道出了农民之心愿：农民们用尽心力在田地上耕作，只想能过上平安、安稳的日子，便心满意足、乐陶陶了。这里，诗人进一步写出了农民的勤劳、朴实、善良和本分。他们从事着“天下之本，务莫大焉”（汉·司马迁《史记·孝文本纪》）的异常辛苦之劳作，可他们的要求却是如此之低！这里的“太平”显然非太平盛世之“太平”，而只是满足口腹之需、家人健康和乐而已。

第二层（中间六句）：着重写农民遭受催租拷打之惨不忍睹之情形。

“门前谁剥啄，县吏征租声”两句，写县吏催租之情景：门前是谁在急急地把门敲打，唉，原来又是县吏来征收租税，一声声恶言恶语，凶神恶煞。这里，诗人用满含怨愤之“剥啄”和“征租声”的贬义之词语，表达出诗人对官府残暴、腐败之痛恨和对人民遭受迫害、苦难之同情。诗人一生同情人民疾苦，热爱百姓纯朴善良之品质，为人民的富裕安康奔走、呐喊。早在他出仕之前，送老师曾几入朝的诗中就写道：“民瘼公所知，愿言写肝膈。向来酷吏横，至今有遗螫。”“白著民碎魄。”（陆游《送曾学士赴行在》）

“一身入县庭，日夜穷笞搒”，这两句描写农民被抓进县衙遭受严刑拷打之情状。他被抓进县府衙门之后，日日夜夜遭受无休止的严刑拷打，县吏用尽酷刑，他皮开肉绽、痛苦不堪。诗人以极为同情之笔触，揭露了统治者的罪恶，表现出诗人深厚的爱民情怀。

“人孰不惮死，自计无由生”两句，描写农民的心理活动。普天下的种田人，又有谁不怕被打死？他暗自思忖，自己恐怕性命难保。这里，写出了农民之无助的可怜、可悲，亦反衬出县吏之蛮横的可憎、可恨。

第三层（末尾二句）：着重写农民心中所承受的巨大悲愤和无奈。

“还家欲具说，恐伤父母情”两句，写农民被放还之状况。他放还家中，想向家人一一诉说受刑情状，又怕刺伤双亲的心肠。这里，诗人以农民的心理活动，写出了他内心所承受的极大痛苦，更加反衬出官吏之可恶。

“老人傥得食，妻子鸿毛轻”，诗末二句，写出农民无奈之心理。唉！要是让父母吃饱，妻子儿女就要挨饿，他们的生命就如鸿毛一样轻。这里写出了他极度愤懑、悲苦之无奈。作为人子、人夫、人父的农人，只能尽人子之责，而舍弃人夫、人父之职，是多么可悲、可叹！由此可见，诗人揭露、批判之力度是多么深刻，对人民之同情、关爱又是多么深切！

这首诗最突出的特点是叙事具体、真实。全诗通过对一个农民的悲惨遭际之叙写，以翔实而具体的事实揭露和批判了封建酷吏之残暴、凶狠，将笔触直指最高统治者。可说是字字血、声声泪，哀痛欲绝，诗人之至诚的爱民之心显然可见。这是一首极具人民性的佳作。

小舟游近村，舍舟步归（其四）

斜阳古柳赵家庄，负鼓盲翁正作场①。
死后是非谁管得，满村听说蔡中郎②。

注　释

① 负鼓盲翁：指背着鼓说唱鼓词的盲人说书者。作场：即艺人圈地演出。古代说唱故事、表演曲艺皆可称之为作场。

② 蔡中郎：东汉蔡邕，字伯喈，陈留圉（今河南杞县南）人。中平六年（189）汉灵帝卒，董卓领兵入京，因蔡邕名高，强征之，第二年拜左中郎将，故而后人称其“蔡中郎”。民间流传的戏曲说唱，将他说成是一个背亲弃妻的负心汉。

题　解

这首七言绝句是诗人陆游于宋宁宗庆元元年（1195）在老家山阴所作。此诗是四首诗中的第四首，叙述了诗人游览之时路经赵家庄，看到村中说书人说唱蔡中郎故事之情景。一位学识渊博、人品正直之雅士、著名学者，在说书人的心中竟成了一个不孝不义之人！听众只管沉浸于生动的故事之中，而不深究故事与主人公之真实生平是否相符。故而诗人发出了引人深思的颇有哲理性的看法——“死后是非谁管得”。同时，这首诗亦生动地展示了南宋乡村生活的一个侧面，是探究南宋说唱艺术之发展及蔡中郎故事之流传的较有价值的史料。

赏 析

这是宋宁宗庆元元年（1195）的春天，诗人隐居家乡山阴第七年了。这一天，七旬有一的他，兴致颇浓，游赏了“自成村”之有“桃源”风味的“数家茅屋”（陆游同题诗其一），又“借得渔船溯小溪”，观赏了“也胜京尘没马蹄”之“莫言萧条甚”的“村落”（陆游同题诗其二），还“东阡南陌且闲游”，领赏了“折得黄花插满头”“不识如何唤作愁”之“先生醉”（陆游同题诗其三）。这不，他乘着醉意，又来到了另一个景点：“斜阳古柳赵家庄，负鼓盲翁正作场。”夕阳西下，在赵家庄的古柳树下，只见一个背着扁鼓的盲人老翁正在为村民们圈地说书。这里，诗人先交代了时间（“斜阳”）、地点（“古柳赵家庄”）。尤其是“古柳”二字，使读者眼前即刻出现一棵古老苍劲之百年柳树，这就为“盲翁”之说唱设置了一个极好之场景。然后描绘出民间艺人——“负鼓盲翁”之形象。“正作场”三字，以白描的手法，写出“盲翁”正在说唱之场景。言少而意丰，给人以无限的想象空间，寥寥七字，容纳的信息确是不少。

诗之后二句，涉及“负鼓盲翁”说唱之内容，而这内容却是从诗人的议论中看出来的：“死后是非谁管得，满村听说蔡中郎。”人死之后的是非对错谁又管得了呢？满村人都记得的，只是《蔡中郎》这样的戏文故事。“死后”一句是诗人之议论感慨，包含了他颇为复杂之感情：大概有“死去元知万事空，但悲不见九州同”之不忘初心、坚贞不渝的爱国情怀，亦有“死去何所道，托体同山阿”（晋·陶渊明《拟挽歌辞三首》其三）之达观，但更多的是“死后是非”任人评说，只要无愧“初心”，“心如老骥常千里”念念不忘相国和人民就问心无愧！别人要怎么说，任由他去！诗之末句“满村”既是表现民间艺术之效果，又是诗人所举之例证：说唱故事中的蔡伯喈与东汉蔡邕是不甚相干的。

这首诗妙用白描，即景抒情。全诗二十八字，却写得既有诗情画意之神韵，又有言简意赅之隽永。全诗除了第三句纯属议论抒情之外，其余三句皆是白描手法，用不事雕饰、不加烘托之最朴实、最简练之笔墨，抓住所描写的对象“赵家庄”“古柳”之下“正作场”使得“满村听说蔡中郎”的说书艺人“负鼓盲翁”来写，使得位于中间的第三句之议论抒情自然而然，既突现了诗旨，又有了言外之远致，确属短小精美、富有神韵之佳作。

枕上偶成

放臣不复望修门①，身寄江头黄叶村②。
酒渴喜闻疏雨滴③，梦回愁对一灯昏④。
河潼形胜宁终弃⑤？周汉规模要细论⑥。
自恨不如云际雁⑦，南来犹得过中原。

注 释

① 放臣：流放、放逐之臣。爱国诗人屈原在楚怀王时遭到疏远，流寓汉北，楚顷襄王时又被放逐至江南。陆游此时罢职闲居故里，故以屈原自况。修门：楚国郢都的城门。屈原《招魂》："魂兮归来，入修门些。"些，语气词。

② "身寄"句：意谓自己退居乡村。此句化用北宋文学家苏轼《书李世南所画秋景》诗"家在江南黄叶村"句意。

③ 酒渴：指久不得饮酒。疏雨：疏落的雨点。

④ 梦回：一觉醒来。

⑤ 河潼形胜：河潼即指黄河和潼关。潼关在今陕西潼关，地势险要，加之北有黄河天险，是出入关中之咽喉，故称之"形胜"。

⑥ 周汉规模：周朝、汉朝的政治中心都在长安、洛阳一带的关中、中原地区。细论：细细研究、磋商。

⑦ 云际：云边。化用宋杨万里"却是归鸿不能语，一年一度到江南"(《初入淮河四绝句》其一)之诗意。

题 解

这首七言律诗作于宋宁宗庆元元年（1195）的冬天，陆游隐居于家乡山阴。宋孝宗淳熙十六年（1189）冬，南宋朝廷以"嘲咏风月"之罪名，罢了陆游的官，诗人面对这种无稽之谗言和无理之处置，愤然离开临安，回到故居山阴。诗人为官多年，“仕宦遍四方，每出归愈贫”（陆游《杂兴十首以贫坚志士节病长高人情为韵》），并未为自己积攒家财，反倒以“安贫乐道”之遗训来宽慰自己。然而，他之心境并不宁静：“一身不自恤，忧国涕纵横。”烦碎繁杂私事可以不放于心上，可国事怎能不时时刻刻萦绕于心呢？！此诗便是此种心境之写照。全诗表达了诗人虽遭黜身退，但心中却念念不忘收复关中、中原失地的执着而强烈的爱国情怀。

此诗有感而发，情真意切，在联想深远、跌宕多姿之中，似断实连，一气贯之，把诗人报国无门的悲怜之情抒写得感人至深。

赏 析

诗人隐居山阴已第七年了，虽则“双鬓多年作雪”，但“寸心至死如丹”，“位卑未敢忘忧国”！在这寒冬时节，他眼望关中、中原失地的方向，不由得一股愤然不平之气涌上心头：“放臣不复望修门，身寄江头黄叶村。”我这被斥逐之老头，真的如屈原一样，不再存重回都城之希望，只能托身寄住在这江边满是黄叶的村庄。首联突兀而起，直抒心曲。因为诗人当年遭人诬陷被劾离开京城之时，就曾写“束书出东门，挥手谢国人。笑指身上衣，不复染京尘”（陆游《赠洞微山人》）的诗句，表达了不再仕宦之决心。既然他痛下了决心“不复望修门”，那么此身又将何去何从呢？这“不复望”三字之中，定然有着诗人难以言说之百味杂陈的复杂心理活动。想当年，诗人“一闻战鼓意气生，犹能为国平燕赵”，即使“一身报国有万死”，诗人也在所不惜！可如今，却托身在这故乡之“黄叶村”！其难以抑制的忧愤之情溢于纸上。“黄叶村”三字，既点示出诗人遭劾归乡之处境，又暗示了诗人写此诗的时间，给全诗笼罩上一层“黄叶西风”（宋·贺铸《罗敷歌》）、“青山暮暮朝朝”（唐·刘长卿《蛇浦桥下重送严维》）之悲凉气氛。

“酒渴喜闻疏雨滴，梦回愁对一灯昏。”颔联两句描绘冬天雨夜之情景：我多么渴望喝酒，却欣喜地听到疏疏落落的雨点声；一觉梦醒，常常就是这样满怀忧愁地对着一盏昏暗的灯光。这里，诗人以情景交融的手法，写出他心头之孤寂和愁闷：长时间没有喝酒，竟如同渴之思水一般，故而听到“疏雨”声声，犹如听到那把壶沥酒之声，故而诗人言之“喜闻”。这实则是一种反衬手法——哪里有什么“喜”呢？有的只有罢黜之后的“悲”，只有恢复无望的“泪”！真可谓“酒从归（原诗是‘别’）后疏，泪向愁中尽”（宋·朱淑真《生查子》）啊！因为在这“国仇未报壮士老，匣中宝剑夜有声”的冬夜，无酒消愁，只能在睡梦之中驰骋想象，一展夙愿。然而，梦醒之后，依旧是孤灯为伴，愁结难解。这里，诗人着一“愁”字，既是心绪之直写，又为导入下联做了很好的铺垫。

“河潼形胜宁终弃？周汉规模要细论。”颈联诗人具体地写出愁情之所在：难道要永久地放弃黄河、潼关那样的险固、优越之地吗？要知道周汉两代都是以黄河和潼关为根基，而逐鹿中原、统一海内的。上句以强烈的反诘语气，表达出诗人心中之无比愤慨。下句以古喻今，再次表达出诗人“会看金鼓从天下，却用关中作本根”的抗敌主张。这一联，诗人以精于历史、谙悉国事和极强之驾驭语言的功力，高屋建瓴而又委婉、恳切地击中时弊，立意不同凡响，颇为高远。

诗之尾联，诗人宕开一笔，由抗敌转说自身：“自恨不如云际雁，南来犹得过中原。”我怨恨自己还不如那高入云天的鸿雁，它在南飞之时还可以经过中原大地的故国家乡！诗人悲愤异常，愤懑难平。大雁尚可北归，而自己何时才能看到北伐成功、中原收复呢？诗人即景抒情，在强烈的人与“雁”的对比中，抒写出不忘国难、抗敌收复的爱国壮志和豪情，且与首联之“身寄江头黄叶村”暗相照应，不仅圆满地收束了全诗，而且把诗人念念不忘、铭刻于心的报国之情抒写出来，同时还饱含了一种报效无门、收复无望的悲怆之情，可说是意味深长、感人极深。

这首诗手法恰切，诗旨深厚。诗人先叙再议，诗末借景抒情，抒写爱国之豪情壮志，表现出诗人刚正不阿、赤诚奉国之高尚情操。

感事（其一）

鸡犬相闻三万里①，迁都岂不有关中②？
广陵南幸雄图尽③，泪眼山河夕照红④。

注　释

① 鸡犬相闻：鸡鸣狗叫的声音彼此都能听得见。语出《老子》十八章："邻国相望，鸡犬之声相闻，民至老死不相往来。"晋陶渊明《桃花源记》："阡陌交通，鸡犬相闻。"

② 关中：今陕西中部渭河流域一带地区。

③ 广陵南幸：广陵即今之江苏扬州。靖康之难发生之后，宋高宗赵构于建炎元年（1127）五月在南京应天府（今河南商丘）即位，十月，置北方大批忠义的抗金民众于不顾，南幸扬州，之后就再也没有北归。

④ 泪眼：指诗人在遥望夕阳西照下的北方山河之时感伤而落泪。

题　解

这首七言绝句是诗人陆游《感事》四首诗中的第一首，是宋宁宗庆元二年（1196）春在山阴故居所作。

此诗将揭露批判的矛头直指南宋最高统治者宋高宗，痛斥他不迁都关中，而是南逃扬州，没有半点中兴宋朝的宏图大志，竟然坐视北方大好山河沦落于金人之手。诗人愤慨万分，激愤之情难以遏制，表现出他刚直果敢之品性和执着而强烈的爱国之壮怀。

赏析

诗人乍一落笔，便直截了当地提出自己的观点："鸡犬相闻三万里，迁都岂不有关中？"关中地域辽阔，安定富庶，村村相连，鸡犬相闻，是迁都的好去处。诗人先以"鸡犬相闻"一词写出关中村镇相连、人口众多之特点，又以"三万里"补充说明关中幅员之辽阔，紧接着以反问句直接陈述观点。这与诗人在《山南行》一诗中所提出的观点是一致的："地近函秦气俗豪，秋千蹴鞠分朋曹。""国家四纪失中原，师出江淮未易吞。""会看金鼓从天下，却用关中作本根。"因为财力、民心和地利皆可用，故而以关中为根据地来收复失地是可行的。

其实，诗人在《感事》（其二）中还有两条尖锐的批评：一是"堂堂韩岳两骁将，驾驭可使复中原"（大意：如果重用有志节、有气魄的抗金名将韩世忠和岳飞，可使中原失地收复）；二是"庙谋尚出王导下，顾用金陵为北门！"（在军事上要重用良将，在政治上不能建都金陵。）这亦是诗人提出以关中为根据地收复失地之理论基础。

后二句抒写诗人的悲愤之情："广陵南幸雄图尽，泪眼山河夕照红。"宋高宗初到扬州之后，收复中原、中兴宋朝的雄图大志便消失了。此时，我遥望夕阳西照之下的北方山河之时，情不自禁地感伤而落泪。前句忆昔，诗人秉性刚直，以国家和人民利益为重，敢于直接斥责皇帝，不惧落下大不敬之罪名。后句写景，景中融情，将"忧国孤臣泪"尽情抛洒，袒露出一颗坚定不移的"平胡壮士心"！

这首诗的最大特点是敢怒敢言。诗人以国家、人民为重，不顾个人生死得失，直接斥责最高统治者宋高宗，这充分彰显了诗人之胆气、豪气和正气。这亦是诗人"位卑未敢忘忧国"之爱国忠心的体现。

陇 头 水①

陇头十月天雨霜②，壮士夜挽绿沉枪③。
卧闻陇水思故乡，三更起坐泪数行。
我语壮士勉自疆④，男儿堕地志四方⑤。
裹尸马革固其常⑥，岂若妇女不下堂⑦？
生逢和亲最可伤⑧，岁辇金絮输胡羌⑨。
夜视太白收光芒⑩，报国欲死无战场！

注 释

① 陇头水：古乐府曲名，为横吹曲辞之一。陇头，地名，即陇山，在今陕西陇县西北。《陇头水》多写游子漂泊在外的痛苦心情。

② 雨（yù）霜：下霜。雨，动词，下。

③ 绿沉枪：一种宝枪。其“以调绿漆之，其色深沉，如漆调雌黄之类”（宋·姚宽《西溪丛语》）。唐杜甫诗云：“雨抛金锁甲，苔卧绿沉枪。”（《重过何氏五首》）

④ 勉：勉力，努力。疆（qiáng）：通“强”。

⑤ 堕地：落地。此指一生下来。

⑥ 裹尸马革：用马皮将尸体包起来。形容英雄战死沙场的决心和无畏气概。典出《后汉书·马援列传》：“方今匈奴、乌桓尚扰北边，欲自请击之。男儿要当死于边野，以马革裹尸还葬耳，何能卧床上在儿女子手中邪！”

⑦ 岂若：怎么可以像那样。妇女不下堂：典出《春秋穀梁传·襄公三十年》：“妇人之义，傅母不在，宵不下堂。”

⑧ 和亲：这里借指议和。

⑨ “岁辇”句：宋高宗绍兴十一年（1141）与金人订立“绍兴和议”，约定每年向金进奉银二十五万两，绢二十五万匹。孝宗隆兴二年（1164）又与金人订立“隆兴和议”，给金人的岁贡减为每年银二十万两，绢二十万匹。辇（niǎn），用车载。金絮，指银和绢。胡羌，代指金人。

⑩ 太白：金星。这里用古代太白当出不出、不当入而入、天下收兵之说，表示南宋妥协求和的形势。

题 解

这首七言古诗是诗人陆游于宋宁宗庆元二年（1196）冬在山阴老家所作，七十二岁的诗人退居山阴已第八年。诗人一生力主抗战、恢复国家，虽然备受打击，但爱国之情、报国信念至死不渝。此诗正表现了诗人这种强烈的舍身报国之热切愿望和深沉的报国无门之悲愤情怀，通过战士忍受边地严寒和思乡之苦戍边，虽有杀敌之志，却无征战机会之描写，表达了诗人对南宋朝廷求和卖国投降政策的愤慨和批判。此诗与诗人后期之名作《示儿》等所表露的情感是完全一致的。

这首诗妙用欲扬先抑的误会反衬手法，跌宕有致地塑造出戍边战士的高大形象，使诗旨更为鲜明、突出，批判、痛斥的力度更加增强。

赏 析

这首诗可分为三层。

第一层（首四句）：抒写戍边壮士难以驱遣之乡愁。

“陇头十月天雨霜，壮士夜挽绿沉枪。”开篇二句，诗人先从对守边将士的误解写起：地处西北边陲前线的要塞陇头，地高天寒，环境十分恶劣，每到十月就降落严霜。在这样严寒的气候之中，边防战士手握那绿沉枪，严阵以待。上句重在写边地早寒，点明了地点（“陇头”）、时间（“十月”）和气候（“天雨霜”）。下句重在写戍边将士，点示人物（“壮士”）和事件（“夜挽绿沉枪”）：边防将士深夜未眠，手握宝枪，严阵以待。这里，诗人暗用杜甫“雨抛金锁甲，苔卧绿沉枪”（《重过何氏五首》）之诗意，将“枪甲皆器之犀利者，不以功名为务，故雨抛苔卧也”（宋·郭知达《九家集注杜诗》卷十八）之意含于其中，写出戍边将士亦有“诗圣”之牢骚。

“卧闻陇水思故乡，三更起坐泪数行。”三、四句抒写战士之乡愁：他们手握宝枪、卧于边陲之地，听到那呜声幽咽的陇头流水之声，顿然生发思乡之情。三更时分，他们由卧而起，坐望故乡方向，流下数行愁思之泪。这里，诗人化用“陇头流水，鸣声幽咽。遥望秦川，肝肠断绝”（晋·杂歌谣辞《陇头歌》）之意，写出征人对故乡之思念及由此而引发的愁绪，暗含了诗人对戍边战士厌战思乡之愁思的误解。由此可见，诗之前四句乃为“抑”。

第二层（中间四句）：由误解而写诗人对戍边战士之劝勉。

“我语壮士勉自疆，男儿堕地志四方”二句，是诗人对边士的劝勉：我要对守边壮士以劝导勉励——自古男儿当自强，男子汉大丈夫生下来就应有四方之志。这两句，紧承上句，诗人从大处着笔，指出为了国家民族，“壮士”应割舍那故乡之思、家人之念，自强不息，志在四方。用语恳切，情挚意长。

“裹尸马革固其常，岂若妇女不下堂？”这两句是诗人以豪语激奋戍边将士：作为守边将士，理应英勇作战，献身国家，马革裹尸本来就是应有的决心和气概，怎么可以像留恋家庭小天地的女子一般呢！这里，上句是正面激励，下句是反面劝诫，且以反诘的强烈语气表达了诗人对守边将士的勉励和期望。借典达意，贴切而有力。

由此可见，诗之中四句乃为“扬”。

第三层（末尾四句）：以战士之口吻作答，点明诗旨。

“生逢和亲最可伤，岁辇金絮输胡羌”两句，写戍边将士的回答：我们虽有保家卫国的四方之志，然而生不逢时，偏偏遇上了南宋王朝的“和亲”政策，年年都要用车装载大量的金银、丝绢，送到金人手中。此景此情，怎能不令人万分悲伤！这两句，诗人借用战士之口吻，抒发了对南宋投降派屈膝辱国、耻事敌寇的卖国行径的无比愤恨之情。这其中的“岁辇金絮输胡羌”一句，更是用铁的事实——“绍兴和议”和“隆兴和议”，来揭露投降卖国者的丑恶嘴脸，言之凿凿，痛心疾首。

“夜视太白收光芒，报国欲死无战场”，诗末这两句，既承上再对诗人之劝勉作答，又点明诗首将士抚枪难眠、悲戚忧伤之原因：我夜观天象，发现太白金星顿然间失去光芒，就像今日的南宋朝廷一样，无意北伐，卖国求和；我们这些“夜挽绿沉枪”的战士，想杀敌收复、为国捐躯，也没有杀敌报国之战场了！这四句，诗人“扬”到了极点，痛斥南宋朝廷之卖国行径，抒发戍边将士报国无门的愤懑情怀，在我们面前树立起戍边将士风骨伟岸的高大英雄形象。

这首诗除了巧用欲扬先抑的误会反衬法之外，还有两大特点：一是虚实结合。诗之第一层和第三层是实写，第二层是虚写：写“报国”“无战场”是实写，亦是本诗之主旨；表劝慰之意是虚写，以引发“报国”“无战场”之感慨。全诗以虚实相结合之手法，逐层深入地抒写出诗人深沉而强烈的情感。二是用韵极有特色。全诗句句押韵，一韵到底，形成一种如江潮汹涌澎湃、倾泻而出的势不可挡之情感，确有振聋发聩、震撼人心的艺术力量。

书愤二首（其一）①

白发萧萧卧泽中②，只凭天地鉴孤忠③。
厄穷苏武餐毡久④，忧愤张巡嚼齿空⑤。
细雨春芜上林苑⑥，颓垣夜月洛阳宫⑦。
壮心未与年俱老，死去犹能作鬼雄⑧。

注　释

① 书愤：抒写自己的愤恨之情。

② 萧萧：此指头发稀疏的样子。卧泽中：因陆游所住的三山别业，南为鉴湖，北为大泽（今之蜻蜓湖），故有此说。

③ 鉴：照。孤忠：忠心耿耿而得不到支持。

④ 厄穷：穷困，艰难。苏武：《汉书·苏建传附苏武传》曾有记载：苏武（？—前60），字子卿，西汉杜陵（今陕西西安东南）人。天汉元年（前100）奉命出使匈奴，被扣留十九年，受尽苦难，始元六年（前81）才被遣回朝。餐毡（zhān）：典出《汉书·苏建传附苏武传》："天雨雪，武卧啮雪与旃毛咽之，数日不死。"

⑤ 张巡：张巡（709—757），唐邓州南阳（今属河南）人。安史之乱时，与许远共守睢阳（今河南商丘），内无粮草，外无援兵，坚守数月，城破被害。

⑥ 春芜（wú）：春草。芜，丛生之草。上林苑：秦时宫苑名，在陕西西安。泛指皇家园林。

⑦ 颓垣（yuán）：此指倒塌残破的宫墙。洛阳宫：指汉时东都洛阳的宫殿。当时在沦陷区。

⑧ 鬼雄：鬼中豪杰。典出《楚辞·九歌·国殇》："身既死兮神以灵，子魂魄兮为鬼雄。"

题 解

爱国诗人陆游以“书愤”为题的诗有多首，这首诗是他七十三岁时在山阴故乡所作的《书愤二首》的第一首，写于宋宁宗庆元三年（1197）春天。此年开春之后，隐居故乡已进入第九个年头的诗人，杀敌报国的情思不断涌上心间，一连写下了《书志》《雪夜感旧》《残梦》等诗篇，以抒郁积于胸中之悲愤。

这首七言律诗，以雄健之笔力，创造出壮阔之意境，抒发了诗人胸怀报国壮志和一片爱国忠心却不被人理解的愤懑之情，表现出诗人虽身处衰老困厄之境却心系国家命运而至死不渝的坚贞品质。

赏 析

诗人陆游曾在《澹斋居士诗序》一文中写道：“盖人之情，悲愤积于中而无言，始发为诗。不然，无诗矣。”《书愤二首》，正是悲愤填膺之“塞上长城空自许”“国仇未报壮士老”“但悲不见九州同”情感的真实表露。

此诗乍一开篇，便从诗人所处之境说起：“白发萧萧卧泽中，只凭天地鉴孤忠。”我这白发稀疏的老头，年迈力衰，幽居于镜湖之旁，远离朝廷，只有那公正的天地能洞察我报国无门之忠肝义胆。诗人深感光阴如梭、时不我待，自己“镜里流年两鬓残”，但是，“寸心自许尚如丹”！诗人之炽热的爱国忠心只有天地可鉴！

想到自己的处境，诗人不由得想到了古人：“厄穷苏武餐毡久，忧愤张巡嚼齿空。”遭难的苏武熬住了数十年吞毡咽雪的风霜之苦；忧愤的张巡，面对叛贼恨得把牙齿咬碎嚼光。这里，诗人抚今追昔，想起了名垂千古的英雄豪杰：苏武厄于匈奴十九年，餐毡吞雪、受尽苦难而爱国忠心不泯；安史之乱中，张巡死守睢阳数月，被俘后怒斥叛贼，骂声不止，最后嚼齿吞牙，壮烈献身。诗人耿耿“孤忠”，堪与苏武、张巡比肩而立。这一联，既补足了首联之意，又表达了诗人“寸心至死如丹”的爱国心志。

诗人身在故乡山阴，此时却心骛八极、展开了想象的翅膀，想象长安、洛阳等地昔日皇家宫殿、园林之荒废和残败：“细雨春芜上林苑，颓垣夜月洛阳宫。”

那丝丝的春雨飘洒在上林苑的乱草之上；那清冷的夜月，照见了洛阳宫的断砖破墙。这里，诗人用“细雨”写出心绪的万般不宁，有一种“细雨湿流光，芳草年年与恨长”（五代南唐·冯延巳《南乡子》）的“志士凄凉闲处老”的悲愤和感伤——恢复无望是诗人心中永远的痛！“颓垣”二字，又将一种“关河自古无穷事，谁料如今袖手看”（陆游《书愤二首》其二）之当年壮志凌云、如今却袖手旁观的悲痛苍凉之情融于其中。

尾联“壮心未与年俱老，死去犹能作鬼雄”，诗人直抒胸臆，点明主旨：我之壮心，并没有同年岁一起衰老消亡；纵然死去，我也能做鬼中之豪杰。这里，诗人情绪激昂，感情悲壮，充分体现出“亘古男儿一放翁”（清·梁启超《读陆放翁集》）的英雄本色。诗人巧妙化用爱国诗人屈原之“身既死兮神以灵，子魂魄兮为鬼雄”（《楚辞·九歌·国殇》）之诗意，表达自己至死不渝的爱国爱民之心。

这首诗笔力雄健，气壮山河，充分显示了诗人忧国忧民的赤胆忠心。诗人“忠愤所结，志至气从”（清·潘德舆《养一斋诗话》卷五），爱国爱民之心尽融诗中。“此种诗是放翁不可磨灭处”（清·纪昀《瀛奎律髓刊误》），一定会光照后人，千古不朽。

雪夜感旧

江月亭前桦烛香[①]，龙门阁上驮声长[②]。
乱山古驿经三折[③]，小市孤城宿两当[④]。
晚岁犹思事鞍马[⑤]，当时那信老耕桑[⑥]？
绿沉金锁俱尘委[⑦]，雪洒寒灯泪数行。

注 释

① 江月亭：古亭名，在小益（今四川广元）道中。桦烛：用桦树皮制成的蜡烛。

② 龙门阁：在今广元北。陆游《梦行益昌道中》诗有："龙门阁畔千寻壁，江月亭前十里堤。"驮声：运输马队的马铃声音。

③ 三折：地名，三折铺。陆游曾于宋孝宗乾道八年（1172）正月离夔州，取道万州，过梁山军、邻水、岳池、广安，入利州，三月抵达南郑，当时有《饭三折铺，铺在乱山中》一诗，是离开夔州后所作的第一首诗，三折铺当在夔州至梁山（今重庆梁平）途中。

④ 两当：今甘肃两当。

⑤ 事鞍马：指从军杀敌。

⑥ 老耕桑：终老于耕田、蚕桑等农事生活。

⑦ 绿沉金锁：语出唐杜甫《重过何氏五首》其四："雨抛金锁甲，苔卧绿沉枪。""绿沉"即绿沉枪。"金锁"指金锁甲，用金线穿缧之锁子甲。这里以"绿沉金锁"代指从军打仗的生涯。

题 解

这首七言律诗作于宋宁宗庆元三年（1197）的冬天。七十有三的诗人陆游，已被劾归乡八年了。在一个"雪洒寒灯"之夜，他抚今追昔，思绪纷飞，于是写下这首诗。

此诗前半追忆，后半写今。诗人追忆在抗敌前线南郑任四川宣抚使司时的军中生活，事真景切，激情满怀。诗人抒写老年潦倒失意之现状，悲从心头起，愤自胆边生，悲愤难抑，黯然神伤。在强烈的今昔对比之中，袒露出诗人英雄无用武之地的强烈的悲愤之情。

赏 析

这首诗题为“雪夜感旧”，重点是“感旧”（即忆昔），故而先从忆昔写起：“江月亭前桦烛香，龙门阁上驮声长。”那年赴南郑之时，江月亭的桦烛散发出阵阵的油脂之香；龙门阁栈道上的骡马传送出悠长的铃铛的声响。首联，诗人巧用地名相对的手法，写出奔赴抗战前线之情景，对仗精工，似为两个特写镜头——“江月亭”“桦烛”和“龙门阁”“驮声”。分别着一“香”字和“长”字，暗示了诗人的心情，显然有着“横戈上马嗟心在，穿堑环城笑虏孱”之胆气和豪气。让我们在馨“香”的“桦烛”和悠“长”的“驮声”之中，感受到诗人“轻装万里行，水邮山驿不论程”（陆游《忆昔》）的豪情壮志。

颔联紧承上联，再写奔赴前线途中之情形：“乱山古驿经三折，小市孤城宿两当。”我们曾经过那乱山之中的古驿三折，又曾投宿在孤城小县的甘肃两当。这里，诗人改变句式，将地名居于句尾，变首联之偏重绘景而为偏重叙事。对仗精美，亦是两个特写镜头——“三折山驿图”和“两当夜宿图”。诗人分别着一“经”字和“宿”字，既说明了昼行夜宿之行军特点，又以景融事，突出路途之遥远、艰辛，更加反衬出诗人豪情满怀、意气风发的抗敌收复之心态。让人感受到一种“壮志饥餐胡虏肉，笑谈渴饮匈奴血”之气吞山河、气贯长虹的英雄之气。

颈联“晚岁犹思事鞍马，当时那信老耕桑”，诗人由忆“旧”转而写“今”：我如今虽然年老，但还想上马杀敌冲向沙场。想当年在南郑大散关从军之时，怎会想到我终老于田桑？这一联，对仗工稳，亦是两幅特写镜头——“晚岁”“耕桑”图和“壮年”“鞍马”图。诗人以“犹思”和“那信”二词，不仅表现了诗人当年“楼船夜月瓜洲渡，铁马秋风大散关”的壮伟图景，而且从“老耕桑”的处境中强调了诗人“壮心未与年俱老”（陆游《书愤》）之抗敌收复的难以消退之志。尤其是“那信”二字，满含悲愤，更加突出了诗人执着而强烈的爱国之心：“会看金鼓从天下，却用关中作本根。”“王师入秦驻一月，传檄足定河南北。”（陆游《晓叹》）只要以南郑为基地，向关中进军，再加上中原人民的配合、支持，北伐的胜利是指日可待的！谁能相信竟然会有“竟为农父死，白首负功名”（陆游《初冬感怀二首》）的今天呢？！

想到这里，诗人黯然神伤：“绿沉金锁俱尘委，雪洒寒灯泪数行。”那长久不用的绿沉枪、金锁甲都积满了尘土灰沙。我对着雪洒昏灯的寒夜，仰天长叹，泪落一行又一行。诗之尾联，还是两个特写镜头——“绿沉金锁委地图”和“雪洒寒灯泪流图”。诗人壮心仍在，孤灯独坐，回首往事，禁不住“许国虽坚，朝天无路”之“万里凄凉”（陆游《沁园春·三荣横溪阁小宴》）啊！

这首诗思路清晰，手法精妙。本诗先忆“旧”，再写“今”，前者轻快流畅，后者沉郁悲慨，读之了然于心。其次，全诗由八个“特写镜头”组成，“蒙太奇”手法（镜头组接）运用极为成功。再次，全诗除尾联外，其余三联皆对仗精美，极好地抒写出诗人矢志不渝的爱国之情。

沈园二首（其一）①

城上斜阳画角哀②，沈园非复旧池台③。
伤心桥下春波绿④，曾是惊鸿照影来⑤。

注 释

① 沈园：宋代著名园林，在今浙江绍兴城区。

② 城：指会稽城。斜阳：偏西的太阳。画角：指雕饰有花纹的号角，其声凄厉哀怨。

③ 池台：指池阁亭台。

④ 桥：沈园中的桥。清徐承烈《听雨轩笔记》载："（禹迹）寺在东郭门内半里许……寺门之东有桥，俗名罗汉桥，桥额横勒'春波'二字。"

⑤ 惊鸿：典出三国魏曹植《洛神赋》："翩若惊鸿，婉若游龙。"比喻美人体态之轻盈。此以洛神宓妃比喻唐琬。

题 解

这首七言绝句创作于宋宁宗庆元五年（1199）春，此时七十五岁的诗人陆游归隐山阴故乡已进入第十一年了。他重游沈园之时，为怀念其原配夫人唐琬而创作了两首悼亡诗，这是第一首。陆游初娶唐氏为妻，夫妇感情极深，沈园是他们经常游览之地，亦是他们深挚感情之见证。然而唐氏却不为陆游之母所喜，迫于陆游母亲的反对，两人最终分离，唐氏改嫁赵士程。大约到绍兴二十五年（1155）春，二人在沈园偶遇，唐氏遣致酒肴，陆游怆然而赋《钗头凤》一词题于壁间。唐氏回家之后，亦以《钗头凤》一首相和，将凄惨哀怨、真挚强烈之情感融于词中，不久郁郁成疾，含恨而死。这样，沈园又是他们两人不幸遭遇的见证者。

此诗以西挂之斜阳、低沉悲凉之角声及物是人非之池台，映衬出耄耋老者茕茕孑立于沈园之形象，营造出一种凄楚、凄凉、孤凄之意境，表达了诗人深蕴内心的哀伤凄绝之情及对唐氏的无限之哀思。

赏　析

诗人曾有“老夫壮气横九州”之自许，又有“亘古男儿一放翁”之美誉，既有“上马击狂胡，下马草军书”之豪气冲天大丈夫的铮铮铁骨，又有“东风恶，欢情薄”“山盟虽在，锦书难托”（陆游《钗头凤》）之情意绵绵的儿女情长。这不，他又来到了曾经见证他与唐琬深挚爱情和不幸遭遇的沈园。

此时，“城上斜阳画角哀”，诗人身处沈园，只见会稽城上斜阳惨淡，给沈园涂抹上一层悲凉的色彩。而那城墙之上传来的画角之声，仿佛也在诉说着深深的哀痛。诗人以“斜阳”之视觉形象和“画角哀”之听觉形象，更增“香消梦断四十年”（陆游《沈园二首》其二）的悲哀之痛。诗人着一“哀”字，以“景语”写情。诗人内心悲哀，在听到“角声”之时，亦感到那角声亦是凄恻、悲哀的。诗人以哀景写哀情，亦是双重之哀痛！寥寥七字，却酿造了一个有声有色的悲凉意境，给全诗蒙上一种悲凄的色彩。

诗人泪眼蒙胧，抹泪看去，“沈园非复旧池台”“沈园柳老不吹绵”（陆游同题诗其二）：沈园已经不是原来的池阁亭台，连园中的老柳树在风中也吹不起纷飞的柳絮了。这里，诗人又寄情于沈园的“老柳”身上，抒写悲哀之情：诗人二十岁时与唐琬结婚，三年之后母逼休妻；三十一岁时，与唐琬夫妇偶然相遇于沈园；不久唐琬郁郁成疾而死。诗人六十八岁时（即宋光宗绍熙三年［1192］）所写的《禹迹寺南有沈氏小园》小序中说：“四十年前（实则三十八年），尝题小阕壁间，偶复一到，而园已易主，刻小阕于石，读之怅然。”那时“坏壁醉题尘漠漠”之沈园，如今已过七年，三易其主，面目全非。而这里又是他与唐琬离异后唯一的相见之处，亦是永难忘怀的永诀之所，故而沈园中“不吹绵”之老柳亦是他们爱情悲剧的见证者，难怪诗人要泪眼模糊了！

然而诗人并不就此作罢，他要在这里竭力寻找出曾经的回忆，终于看到了“伤心桥下春波绿”：令人伤心的桥下春水依然像那时一样碧绿。于是，那时的情景“曾是惊鸿照影来”又出现眼前。在这里，曾见她那倩影如惊鸿飘然而来。四十四年前，唐琬“翩若惊鸿”飘然出现于他的眼前，她之温柔、凄楚，令他抒写出“东风恶，欢情薄”之愤懑，“一怀愁绪，几年离索”之悲哀，以及“错！错！错！”之悔恨。唐琬回家之后，传给诗人之和词，亦发出了“世情薄，人情恶”之控诉，“人成各，今非昨，病魂常似秋千索”之哀怨，“怕人寻问，咽泪装欢，瞒！瞒！瞒！”之难以解脱的痛苦。

这首诗旨意深刻。诗人通过倾诉刻骨铭心、一辈子也难以排遣的哀伤，以眼前之景象与昔日惨然诀别之情景的强烈对比，控诉了封建家长制的罪恶，让我们看到了封建社会的黑暗面。

喜雨歌

不雨珠，不雨玉①，六月得雨真雨粟②。
十年水旱食半菽③，民伐桑柘卖黄犊④。
去年小稔已食足⑤，今年当得厌酒肉⑥。
斯民醉饱定复哭，几人不见今年熟⑦！

注 释

① 雨珠、雨玉：天上下珠、天上下玉。雨，动词，意为“下”。
② 雨粟：意即下雨庄稼丰收。雨，同前为动词。
③ 水旱：水灾和旱灾。半菽（shū）：掺入一半豆、一半菜的粗劣饭食。菽，豆类之总称。典出东汉班固《汉书·项籍传》：“今岁饥民贫，卒食半菽，军无见粮。”
④ 桑柘：桑树和柘树，其叶可以养蚕。卖黄犊：百姓因生活贫困，不得不卖掉耕田用的黄牛犊来换取粮食。
⑤ 小稔（rěn）：庄稼收成稍好。稔，指庄稼成熟。
⑥ 厌：饱食。
⑦ 熟：指有收成，丰收。

题 解

这首古体诗是诗人陆游于宋宁宗庆元五年（1199）夏天在故乡山阴所作。他被劾退居山阴以来，亲睹绍兴一带连续不断的水旱灾害给当地百姓所造成的苦难，常常以诗词歌赋对当地百姓表示同情和忧心，比如在庆元元年（1195）所作的《镜湖》一诗中，就曾写下“水旱适继作，斗米几千钱”（适继：恰恰连续出现。）的诗句。诗人写此诗的这两年，风调雨顺，粮食喜获丰收，他又以此诗来表达老百姓能吃上饱饭的欢欣鼓舞之情。

此诗语言朴实而不乏色彩，以写实的笔触抚今追昔，描写老百姓的忧和喜，充分体现出诗人“身为野老已无责，路有流民终动心”之深挚的爱民情怀。

赏 析

诗人陆游具有热爱百姓的善良品质，他一生同情人民疾苦，为人民之乐而乐，为人民之忧而忧。无论入仕还是被劾身退闲居，他都在为人民的幸福、安康鼓与呼。他深谙“雨顺风调百谷登，民不饥寒为上瑞”之理，故而当天降喜雨之时，他欣喜若狂，喜不自胜：“不雨珠，不雨玉，六月得雨真雨粟。”老天爷你不用下宝珠，也不用下美玉，这六月的及时雨，哪里是雨呀，分明下的是粮食，是农业的丰收！诗人以民歌的句式和语言，表达出心底的无比喜悦，袒露那“但得众生皆得饱，不辞羸病卧残阳”的爱民忧民之心迹。

面对眼前之喜雨，诗人憧憬丰收之时，不禁回想起农人之苦难：“十年水旱食半菽，民伐桑柘卖黄犊。”十年来，不是水灾就是旱灾，农民难以饱食，只得吃那大半是野菜、少半是豆子的粗劣饭食，勉勉强强填饱肚子。即使这样的日子也难以为继，他们不得不忍痛砍掉养蚕的桑树、柘树当柴烧，不得不忍痛卖掉耕田的黄牛犊来换取粮食。这里，诗人以同情的笔触真实地反映出老百姓因灾受难的艰难选择和痛苦生活。“食半菽”和“伐桑柘”“卖黄犊”的描写，充分体现出诗人“心中为念农桑苦，耳里如闻饥冻声”（唐·白居易《新制绫袄成感而有咏》）之爱民忧民之情怀。

诗人又想到了灾后之情形：“去年小稔已食足，今年当得厌酒肉。”去年的庄稼收成稍好，老百姓已能吃饱肚子；今年又落喜雨，丰收在望，老百姓理当能饱食酒肉。诗人着一“已”字，可见出诗人心中些许的欣喜；着一“厌”字，又可见出诗人心中更大的喜悦；诗人真的是以百姓之忧而忧，以百姓之乐而乐，心中唯有百姓，心中唯有人民。在他的心里，“去民之疾，如除腹心之疾！”（宋·苏辙《上皇帝书》）人民的安康、幸福，就是他的最大心愿。

诗人在喜悦的渴盼之中，又心生忧戚：“斯民醉饱定复哭，几人不见今年熟！”老百姓在酒醉饭饱之时，一定会再次哭泣，因为他们痛苦不堪的是：多年的水旱灾害连续不断，已使很多人冻饿而死，他们已经看不到今年的丰收了。这里，诗人以极为真切、令人泪落的细节描写，表达了诗人“乐以天下，忧以天下”(《孟子·梁惠王下》)的“以百姓心为心”(《老子》)、“忧济在元元”(唐·陈子昂《感遇三十八首》其十九。元元：老百姓。)的忧国忧民的高尚情怀。

这首诗叙写真实，旨意深厚。诗人由一场“喜雨”而生发情感，真实而又真切地回忆过去、描写今天，以“食半菽”“伐桑柘”“卖黄犊”及“厌酒肉”“醉饱”“复哭”等极伤悲、伤感和伤怀的细节刻画，表现了老百姓的苦难和忧戚，袒露了诗人“穷年忧黎元，叹息肠内热”的爱民忧民之心迹。

冬夜读书示子聿（其三）①

古人学问无遗力②，少壮工夫老始成③。
纸上得来终觉浅④，绝知此事要躬行⑤。

注 释

① 示：训示，指示。子聿（yù）：又作子遹，陆游的第七子（即最小的儿子），字怀祖，后曾官溧阳令、知严州。

② 学问：学习和请教，也就是读书学习的意思。无遗力：用出全部力量，没有一点保留。也就是不遗余力、竭尽全力。遗，保留，留存。

③ 少壮：青少年时代。工夫：指做事所耗费的精力和时间。始：才。

④ 纸上：书本上。古人的知识主要记载在书本上。终：到底，毕竟。觉：觉得。浅：即浅薄、肤浅。

⑤ 绝知：深入、透彻地了解、理解。此事：这里指学问。躬行：亲自实践，亲身经历。

题 解

这首诗作于宋宁宗庆元五年（1199）冬天，是诗人陆游在山阴家乡为小儿子陆聿传授学习的经验、方法而写的。诗作共有八首，本诗是第三首。

这首七言绝句是教子诗。全诗以精短的二十八字，讲出了一个极为深刻的富有实践性的学习经验：学习古人的书本知识要和自己的亲身实践相结合，才能得到深刻的认识。这亦是诗人一生实践之总结：他曾在《九月一日夜读诗稿有感走笔作歌》一诗中，谈到自己早年学诗不得其精髓，只从别人那里乞讨到一些残剩之物，后来经历了南郑的军旅生活，方领悟到了“诗家三昧”——生活是创作之源泉。在《示子遹》中，又中肯地告诉子遹："汝果欲学诗，工夫在诗外。"（大意：你果真要学习作诗，必须在诗以外的各方面多下功夫。）这是诗人从一生的读书作诗的经历、体验中，总结出的宝贵经验，充分体现了知行合一、重视生活实践的思想。尤其是在书本知识与社会生活实践的关系上，特别强调了实践之重要性。这是极符合辩证唯物主义的"实践出真知"的思想观点的：只有通过"躬行"，才能把书本知识变成实际可行的知识，才能充分发挥所学知识对实践的重要指导作用。

赏　析

诗人开篇，直入正题："古人学问无遗力。"古人学习知识是不遗余力地向前人学习的。诗人先从"学问"二字着眼谈起，可见对"学问"之重视。正如古人所说："有弗学，学之弗能，弗措也；有弗问，问之弗知，弗措也。"（《礼记·中庸》。大意：不学则已，学就要学会；不问则已，问就要问明白，否则决不罢休。）"玉不琢不成器，人不学不知道。"（《礼记·学记》）"常玉不琢，不成文章；君子不学，不成其德。"（汉·班固《汉书·董仲舒传》）"人有知学，则有力矣。"（汉·王充《论衡·效力篇》。知：同"智"。）故而，古人便"头悬梁，锥刺股"地下苦功学习。"无遗力"正是对古人刻苦学习的形象总结。因为"不学自知，不问自晓，古今行事，未之有也"（汉·王充《论衡·实知篇》）。

接着，诗人语重心长地告诫儿子："少壮工夫老始成。"终身为充实自己而求知学习，往往是从年轻时开始努力，到了老年，方才取得成功。"少壮工夫"四字，意在告诫儿子："少壮不努力，老大徒伤悲！"（汉·乐府古辞《长歌行》）"少壮真当努力，年一过往，何可攀援！"（晋·陈寿《三国志·魏书·王粲传》），只有紧紧抓住"少壮"的美好时光，才能老有所成。正如古人所言："少而好学，如日出之阳；壮而好学，如日中之光；老而好学，如炳烛之明。"（汉·刘向《说苑·建本》）亦如明代著名文学家、书画家徐渭所撰写的一副对联所说的那样："好读书不好读书，好读书不好读书。"（大意：在读书的大好时光不喜欢读书，而到了喜欢读书的时候又失去了读书的大好时光。）由此可见，诗人对儿子之告诫，可谓情意深重。

诗之后二句，诗人道出了做学问的真谛：“纸上得来终觉浅，绝知此事要躬行。”从书本上得到的知识终归是浮浅的，未能理解知识的真谛；要真正理解书中的深刻道理，必须亲身去实践，方能学有所成。这里，诗人从书本知识和社会实践之关系着笔，特别强调了实践的重要性：孜孜不倦、持之以恒地苦学知识，固然重要，但“躬行”更为重要。这是因为：“士虽有学，而行为本焉。”（《墨子·修身》）“学而不能行，谓之病。”（《庄子·让王》。意为：学到了知识却不能实行，反而有害。）只有在实践中磨炼自己，具有良好的道德修行，才能有所作为。一个既有渊博的知识，又有丰富的实践经验的人，才是真正有学问的人。这里的“躬行”，既指学习过程中之“口到、手到、心到”，又指获取知识之后要通过自己的亲身实践化为己有、转为己用。正如古人所说的那样：“博学之，审阅之，慎思之，明辨之，笃行之。”（《礼记·中庸》）我们的诗人一生就是如此，生命不息，爱国爱民、忧国忧民不止。他就是儿子的榜样，就是今人之楷模。

这首诗最为显著的特点是质直情至。诗人以一颗执着而强烈的爱国之丹心，教育儿子，希望儿子珍惜时光，努力学习，知行合一，报效国家。其朴质正直的忧国忧民之至诚之情，皆融于全诗二十八字之中，感人至深。对于我们今天的教育来说，也具有重要而深远的意义。

东　村①

雨霁山争出②，泥干路渐通。
稍从牛屋后③，却过鹳巢东④。
决决沙沟水⑤，翻翻麦野风⑥。
欲归还小立⑦，为爱夕阳红。

注　释

① 东村：诗人故乡山阴附近的一个村庄。
② 雨霁：雨过天晴。
③ 牛屋：牛棚。南朝宋文学家刘义庆《世说新语》载：褚公迁太尉记室参军，投钱塘亭住。时吴兴沈县令，送客出亭，吏驱公移牛屋下。沈问："牛屋下何人？"褚曰："河南褚季野。"远近久承公名。令大遽，于牛屋下修刺，鞭挞亭吏。
④ 鹳（guàn）：一种大鸟，形似鹤、鹭，巢于高树之上。
⑤ 决决：此指流水之声。
⑥ 翻翻：翻动的样子。这里形容风吹麦田时之麦浪。唐李商隐《蝶》："叶叶复翻翻，斜桥对侧门。芦花惟有白，柳絮可能温。"
⑦ 小立：伫立片刻。

题　解

这首五言律诗作于宋宁宗庆元六年（1200）的春天。陆游退居山阴家乡已第十二年了，这是雨后初晴的一天，他从三山到附近的东村悠然闲游。一路之上，只见那从云雾之中争相显露的座座远山，脚踏的泥泞渐干的蜿蜒的村间小路，还有那惹眼的在风中翩翩起舞的麦浪，天边那红艳艳的太阳，这一幕幕生机盎然、扑面而来之清新画面，令诗人怦然心动，驻足忘返。诗人用渗透情感的笔墨，去捕捉形象，给我们描绘出一幅淳朴、宁静、温馨之乡间雨后初晴图景，透露出诗人闲适自得之心境和对人生、生活之热爱，亦有一种壮志未酬之愤懑。

此诗语言通俗晓畅而不乏生动，看似纪实亦不乏情感，形象鲜明而不乏特色。读之，景色如画，犹在目前。

赏 析

诗人被劾归乡已第十二年了，尽管“心如老骥常千里”，但是，在“心如老马虽知路，身似鸣蛙不属官”的境遇之中，“报国无门空自怨，济时有策从谁吐”（宋·吴潜《满江红》）？！故而，诗人只能徘徊在山阴家乡的山水、田野之中，来排遣心中的郁闷。这不，他闲步那“茂林风送幽禽语，坏壁苔侵醉墨痕”（陆游《西村》。大意：西村周围树木茂密，不见啼鸟，却听得见鸟鸣之声；当年所游之处，如今已是坏壁颓垣，自己当年醉书于上的诗句，也已斑斑驳驳，布满青苔）之“乱山深处小桃源”（同前）“西村”之后，又向“东村”走去。

此时，“雨霁山争出，泥干路渐通。”雨过天晴，只见那远处隐隐约约的山峰，竞争先恐后地显露出来；脚下的泥泞小路也渐渐地被阳光晒干，又可以畅然通行了。诗人用“雨霁”“泥干”等字眼描绘出雨后的秀美景色。尤其是着一“争”字，妙以拟人手法，化静为动，将“雨霁”之时，云雾散去，众山争相显露之景活现于我们眼前。真可谓“着一‘争’字而境界全出”啊！

诗人信步而行，已近东村：“稍从牛屋后，却过鹳巢东。”只一小会儿，便走到一个牛棚的后面，却已过了那棵枝上有鹳巢的高树，来到了东村的东边。这一联，紧承首联，既交代了入东村之路径，又描绘了所见之景。尤其是“牛屋”二字，既是实景，又巧融典故，将诗人“志士凄凉闲处老，名花零落雨中看”的壮志难酬、报国无望之悲愤蕴含其中。

诗人环看村舍、田野，又是另一番景象：“决决沙沟水，翻翻麦野风。”沙沟里，那清澈的流水，水声泠泠；田野中，那满目的麦子，青浪翩翩。诗人没有如颔联中所写的那样信步而行，而是停下了脚步，在水声中眼观麦田。诗人用工稳的对仗，写出了耳闻目睹的田舍风光。虽不似“山重水复疑无路，柳暗花明又一村”那般之惊羡，却亦透露出诗人对乡居生活之热爱和此刻闲适、自得之心境。

田舍风光，令诗人不愿离去：“欲归还小立，为爱夕阳红。”心里想着要回去了，可就是挪不动脚步，仍然要伫立片刻；因为那红艳艳的夕阳，是那样美好，让人顿生喜爱之情。尾联这两句，诗人以细节描写，来直抒胸臆：诗人以爱自然界中的“夕阳红”，来表达“老骥伏枥，志在千里；烈士暮年，壮心不已”之心迹，仍存“老去情怀，犹作天涯想”（宋·叶梦得《点绛唇》）之企盼。

这首诗白描和细描手法运用极为成功。诗的前两联纯用白描手法，既写所见之景，又叙闲游路线，文字精练而简洁。诗的后两联以细描手法，既写出耳闻目睹之田舍风光，又勾勒出微小而又具体的典型细节，抒写出诗人之情怀，含蓄而隽永。

追感往事（其五）

诸公可叹善谋身①，误国当时岂一秦②。
不望夷吾出江左③，新亭对泣亦无人④。

注 释

① 诸公：这里指南宋统治集团主张议和的投降派人士，如秦桧、黄潜善、王伯彦等。

② 一秦：一个秦桧。秦桧是南宋前期权奸，求和卖国派的主要人物。

③ 夷吾：管仲，字夷吾，春秋时人，辅佐齐桓公称霸诸侯。江左：江东，指长江中下游地区。原指三国时的吴国和东晋，诗中代指南宋。

④ 新亭对泣：典出《世说新语·言语》："过江诸人，每至美日，辄相邀新亭，借卉饮宴。周侯（周顗）中坐而叹曰：'风景不殊，正自有山河之异！'"此为以典喻指南宋执政者安于现状，不思恢复中原。

题 解

这首七言绝句是陆游《追感往事》组诗五首中的第五首。作于宋宁宗嘉泰元年（1201）。七十七岁的诗人已因劾归隐故乡山阴第十三个春秋了。诗人面对"和戎诏下十五年，将军不战空临边。朱门沉沉按歌舞，厩马肥死弓断弦"之可悲局面，义愤填膺，不仅揭穿了以秦桧为首的投降派当权误国、卖国求荣的庐山真面目，也痛斥了整个昏庸腐败的南宋统治集团。此诗语言犀利，情感激烈，气势凌厉，尽显诗人忠贞、忠勇和忠烈之骨鲠之气。

赏 析

诗人面对“庙堂无策可平戎”（宋·陈与义《伤春》）的南宋统治集团，愤懑异常：“诸公可叹善谋身，误国当时岂一秦。”南宋主和派这些人都是苟且偷安、善为个人谋取私利的蝇营狗苟之辈，耽误国家中兴大业的并不只有秦桧一个。首句以“可叹”二字出之，虽敬称“诸公”，但缀以“善谋身”三字，就将一种“国人不齿”的强烈讽刺、批判之意蕴含其中——哪里是什么“诸公”，分明是一伙恬不知耻、卖国求荣的败类和渣滓！次句中的“误国”二字，击中其要害。“岂一秦”三字，含意深刻：首先，直指奸臣秦桧，卖国求和，罪恶滔天，他是南宋前期权奸，求和卖国派之主要人物。在宋高宗当政期间，两度拜相，把持朝政达一十九年。为相之时，独揽朝政，大力主张求和卖国之策，且极力排除主张抗金的官员将领，极力压制抗战舆论，尤其是在绍兴十一年（1141），解除抗金名将韩世忠、岳飞的兵权，后又以“莫须有”之罪名将岳飞杀害，与金朝订立了屈辱之“绍兴和议”，成为千古罪人，以“无辜”“白铁”“铸”就的“佞臣”永远跪在岳王墓前！其次，亦痛斥整个昏庸的南宋统治集团：“楚虽三户能亡秦，岂有堂堂中国空无人！”

“不望夷吾出江左，新亭对泣亦无人！”诗的后二句再进一层，以典抒情：南宋王朝不仅没有像管仲这样可以使国家强盛中兴的贤臣，就连像东晋王导、周顗那样为国家命运忧虑的大臣也没有。这里，诗人用辅佐齐桓公称霸诸侯之管仲，以及东晋时为国家局势忧虑落泪之王导、周顗的典故，借古讽今，悲叹南宋小朝廷文武百官竟然毫无国家民族之观念，面对国破家亡之惨象无动于衷，真可谓厚颜无耻！诗人义正词严之谴责，慷慨激昂，忠义之情，令人肃然起敬！

这首诗有两个显著特点：一是用典。诗人用管仲、王导等人的典故，反衬南宋朝廷奸臣当道之现实。二是层进对比。全诗采用由一般（“诸公”）到特殊（“秦桧”）、由历史到现实的层层递进和对比，抨击朝中之投降卖国者，抒发对国事之忧愤，表达了诗人强烈而执着的忧国忧民、渴盼报国之情怀。

追忆征西幕中旧事（其一）①

大散关头北望秦②，自期谈笑扫胡尘③。
收身死向农桑社④，何止明明两世人⑤！

注　释

① 征西幕中：指诗人陆游四十八岁时，应四川宣抚使王炎之辟入南郑使司，权干办公事兼检法官。

② 大散关：在今陕西宝鸡南的大散岭上，是西北宋金两军对峙的最前线。秦：这里指关中地区。古时属秦地。

③ 自期：自我期许。扫胡尘：意即平定金人侵略者。胡尘，胡地的尘沙，此代指金兵。

④ 收身：意即身退，退居。农桑社：农村之意。农桑，农耕与蚕桑。社，是古代基层的行政单位。

⑤ 何止：岂止。明明：分明。两世人：处于两个世界的人，形容两者差异很大。

题　解

《追忆征西幕中旧事》四首是爱国诗人隐退山阴故乡时所作，作于宋宁宗嘉泰元年（1201）冬天。这是其中的第一首。此时年已七十七岁的诗人，回忆起他四十八岁时应四川宣抚使王炎之征召入南郑军中任职之情形：当时诗人身着戎装，横戈跃马，亲临西南前线，巡边慰民，侦察敌情，进献破敌良策，志在恢复中原，充满壮志豪情和爱国热忱。这首诗深情地回忆在南郑军中之时，诗人登上大散关眺望关中大地、胸怀平胡壮志、意气风发之情形，与诗人如今身处农桑、虚度余年之衰颓形象，形成巨大反差，从而表达出心中报国无望的极度愤懑和悲慨之情。

赏 析

这首诗是《追忆征西幕中旧事》组诗四首中的第一首。由诗题可知，是诗人因劾退居山阴家乡十二年时，对近三十年前南郑军旅生活之回忆。以“旧事”二字总冠之，可见是诗人最值得回忆的、记忆犹新的难忘往事。

作为第一首，当是诗人感慨最深的。故首二句便直入正题，给读者描绘了诗人登关眺望之时的胸怀壮阔、意气高昂的形象：“大散关头北望秦，自期谈笑扫胡尘。”诗人至今还记得自己在大散关前向北眺望失地之情景：那时我自信满满，恨不得能在谈笑之间把强敌扫除干净。诗人以“大散关”起首，显然有着“楼船夜月瓜洲渡，铁马秋风大散关”之志在收复的雄心在！“北望秦”三字，既有着“一闻战鼓意气生，犹能为国平燕赵”的壮志豪情，又有着“忧国孤臣泪”之对“泪尽胡尘里”的“遗民”的忧民忧国之深情。“自期”一句，更充溢着“壮志饥餐胡虏肉，笑谈渴饮匈奴血”的英雄之志和英雄之气，表达了诗人对入侵匈奴的无比痛恨和对收复必胜的乐观心情。

诗的后二句，诗人又回到了眼前：“收身死向农桑社，何止明明两世人！”谁又能料到，我最终竟然要在这田园里了此一生！唉，今昔的我判若两世，却又何止是两世之人！这是诗人面对自己“白发萧萧卧泽中，只凭天地鉴孤忠”的处境，只能生发“夜视太白收光芒，报国欲死无战场”之无尽痛悔！

这首诗对比鲜明而强烈。前二句忆昔，展现了诗人“大散关”“北望”之中，痛恨敌寇、收复有望的自信满满的英雄形象和英雄之气。后二句写今，表达了诗人“身死”“农桑”之判若两世又何止两世之人的无尽痛悔。这样，在今昔的对比之中，更加突出地表现出诗人壮志难酬之愤慨。

读　史

民间斗米两三钱①，万里耕桑罢戍边②。
常使屏风写无逸③，应无烽火照甘泉④。

注　释

① “民间”句：唐玄宗开元天宝年间，人民生活富足，当时的米价便宜到每斗两三钱。据《旧唐书·玄宗本纪上》记载：“（开元十三年）时累岁丰稔，东都米斗十钱，青、齐米斗五钱。”又《玄宗本纪下》记载：“其时频岁丰稔，京师米斛不满二百，天下乂安，虽行万里不持兵刃。”

② 戍边：这里指重兵戍守。

③ 屏风写无逸：《无逸》原是《尚书·周书》之中的一篇，据《史记·鲁周公世家》记载，当是周公恐周成王长大后有所淫逸，故而作此文及《多士》篇以诫之。

④ 烽火照甘泉：这里是说战火烧到京城的宫殿中，指唐玄宗时爆发的安史之乱。烽火，古代报告敌情的信号。甘泉，即甘泉宫。本是秦代宫殿，此处借指唐宫殿。

题　解

这首七言绝句作于宋宁宗嘉泰元年（1201）冬天。七十七岁的诗人想到偏安一隅的南宋朝廷不思恢复中原、国家日衰之局面，便以诗咏怀唐玄宗之事：开元时的唐玄宗，励精图治，常以《尚书·无逸》篇自警自戒，形成人民富足、国家安定之“开元盛世”的繁荣局面。诗人又对照唐玄宗后期，安史之乱爆发，人民遭难、玄宗仓皇奔蜀之惨剧，得出了帝王唯有保持勤勉奋发之心，不耽于逸乐，方能使国家长治久安之结论，意在借古讽今，警示南宋最高统治者以唐玄宗为戒，做图强奋发、励精图治之明君。

赏　析

诗一开篇，便直抒唐玄宗“开元盛世”国泰民安的社会景象：“民间斗米两三钱，万里耕桑罢戍边。”唐玄宗开元天宝年间，唐朝达到鼎盛时期，青、齐等地的米价低至三钱一斗。当时国家富强，天下太平，万里边疆成了耕种蚕桑之地，自然就不再以重兵戍守。这里，诗人列举出米价低廉、人民富足和边疆和平、耕种无虞两个典型事例，充分说明了“治国有常，而利民为本”（汉·刘安《淮南子·氾论训》）和“国家治，则四邻贺”（汉·董仲舒《春秋繁露·楚庄王》）的道理。这两句，就如两个特写镜头一般，展现了“人民安居图”和“边疆和平图”，以简括的文字和画面，表达出诗人期盼国家强大、人民富足的美好愿望。

诗之后二句：“常使屏风写无逸，应无烽火照甘泉。”以典言事，表达诗人的观点：唐开元年间，丞相宋璟亲书《尚书·无逸》一篇，并以图示之献于唐玄宗，玄宗置之内殿，出入时常常观看，且将图示道理记在心间，还经常感叹古人至言、后代莫及，故而任贤戒欲，心归平和淡泊，从而使国强民富，开创了“开元盛世”的繁荣新局面。可谁料想到了开元末年，“无逸图”朽坏（当然此只是表象，关键是唐玄宗忘掉初心，荒淫误国），不得已只好以山水图代之，于是玄宗失去了座右之箴规，故而导致“安史之乱”爆发，长安被攻陷。诗人认为，如果唐玄宗不忘初心，时刻牢记《尚书·无逸》之语，励精图治，以人民和国家利益为重，就不会导致安史之乱的发生，长安亦不至于失守。如此推理，大唐之繁盛、“开元盛世”之延续就是理所当然的了。诗人用“应无”二字既表达出一种遗憾，又暗含一种警告：南宋当权者当以国事民生为重，不忘恢复国家，关心百姓疾苦，强国富民，早日实现国家统一。尤其是王公大臣，不可贪图享乐。否则，就会重蹈“烽火照甘泉”之覆辙！诗人言之凿凿，语重而心长。

这首诗以典言事，借古讽今。诗人以“读史”为题，借唐玄宗之“开元盛世”言治国要旨，以“安史之乱”作为南宋朝廷之“前车之鉴”，警示南宋当权者以之为戒，做奋发图强、有所作为之君臣。

书事（其二）

关中父老望王师①，想见壶浆满路时②。
寂寞西溪衰草里③，断碑犹有少陵诗④。

注　释

① 关中父老：指关中沦陷区的百姓。王师：指宋朝的军队。
② 壶浆满路：指关中沦陷区的百姓携带酒食、挤满道路、迎接宋军的场面。壶浆，百姓所携带的慰安宋军的酒食。
③ 西溪：即郑县（今陕西华县），唐时为华州治所。陆游在“寂寞”这两句下自注曰：“华州西溪，即老杜所谓郑县亭子者。”
④ 断碑：残存的石壁。少陵诗：唐代大诗人杜甫的诗。杜甫于乾元元年（758）六月由左拾遗贬为华州司功参军，赴华州经郑县亭子时作《题郑县亭子》一诗，《全唐书》在此诗题下有杜甫自注：“郑县游春亭在西溪上，一名西溪亭。”

题　解

这首诗是陆游所写的《书事》组诗四首中的第二首，是诗人于宋宁宗嘉泰四年（1204）所作。此时陆游退居故乡山阴已十五年，年已八旬的诗人仍然企盼“王师北定中原日”，故而此诗就描绘了想象中关中父老携酒带食满路迎候南宋军队之场景，以及西溪河畔沦陷之后衰草遍地、书有杜甫诗作的碑块残损散乱之荒凉景象。诗人以精短的二十八字的小诗，想象和描写了沦陷区人民渴盼恢复的望眼欲穿而兴高采烈、箪食壶浆之夹道欢迎的场景，强烈地表达了诗人对收复失地的美好愿望和热切诉求。其表达之深婉顿挫，其含蕴之深厚丰富，其情感之沉郁厚重，皆颇有“诗圣”沉郁顿挫之诗风。

赏 析

关中自古以来，因其地势险要，沃野千里，不仅使其具有重要的军事经济意义，而且还具有极高的政治意义，而使大汉和盛唐皆定都关中而拥有天下。当关中被金兵攻占之后，南宋的诸多有识之士无不扼腕叹息，纷纷投身到抗敌收复的行动之中，亦写下了大量抗敌复国的爱国诗篇。爱国诗人陆游亦不例外，他的这首以“书事”为题的七言绝句，就是其中具有代表性的作品。

“关中父老望王师，想见壶浆满路时。”诗人乍一开篇，就从失地关中写起，想象关中沦陷区的百姓欢迎宋军之场景：关中的父老兄弟期盼王师归来，驱逐金兵，还我河山，他们真是望穿秋水啊！倘若真的有那一天，定会重现岳飞收复朱仙镇之场面，百姓会兴高采烈，夹道欢迎，他们会携带酒食，挤满道路，迎接北归的王师。这里，诗人先以“关中父老”起笔，可见诗人之深厚的爱民情怀。诗人一生为人民的富裕安康而不懈奋斗，把人民的忧患、痛苦挂在心上。他曾写下“遗民泪尽胡尘里，南望王师又一年”的诗句，表达对沦陷区人民的无限关切之情。这里的“父老望王师”，亦是如此的情深义重，把沦陷区人民的“泪尽”之悲化为想象中的“壶浆满路”！诗人在现实之中看不到朝夕期盼的“王师北进”之景象，只能在虚拟的想象中来完成这一“家祭无忘告乃翁”之期盼。由此可见，诗人内心的忧国、忧民之心该有多深、多厚啊！而当诗人写下“壶浆满路”四字之时，定然是满眼噙泪、悲愤异常！

“寂寞西溪衰草里，断碑犹有少陵诗。”诗之后二句，诗人想象被金人践踏、蹂躏之下的郑县西溪一带沦陷后的荒凉景象：寂寞萧索的西溪大地，草木凋零，一片荒凉萧瑟之景象；在这寥寥凄楚之景中，突然凸现出一块残存的石碑，因为年代久远，那碑上的字迹有些模糊，但仔细辨认之后，仍然可以看出碑上刻的是杜甫的诗句。诗人虽未明说诗句之内容，我们可以推想，那上面定然是“剑外忽传收蓟北，初闻涕泪满衣裳”（唐·杜甫《闻官军收河南河北》）之喜极而泣，定然是“感时花溅泪，恨别鸟惊心”（唐·杜甫《春望》）之悲恨填膺，亦定然是“出师未捷身先死，长使英雄泪满襟”（唐·杜甫《蜀相》）之憾恨终生……总之，那上面有悲有恨，有希望有梦想，有“中原北望气如山”之旷达豪迈，有“铁马秋风大散关”之欣喜激动，亦有“三秦父老应惆怅，不见王师出散关”之失望落寞……诗人百感交集，心头涌上无尽之遗憾、悲哀和愤懑！

这首诗巧用想象，蕴意深厚。诗人把朝思暮想、日夜渴盼的国家强大、统一天下之愿望，以想象的画面出之，蕴含着诗人深厚的爱国爱民、忧国忧民的真挚而深厚的情感。

过邻家①

初寒偏著苦吟身②，情话时时过近邻③。
嘉穟连云无水旱④，齐民转壑自酸辛⑤。
室庐封镝多逋户⑥，市邑萧条少醉人⑦。
甑未生尘羹有糁⑧，吾曹切勿怨常贫。

注 释

① 过：拜访。

② 苦吟：这里有苦苦吟咏、搜寻诗思之意，也有吟咏穷困苦难生活之意。唐代诗人贾岛作诗以苦吟而著称于世。

③ 情话：指心里话，出自真心的话。

④ 嘉穟（suì）连云：形容庄稼又好又多，一望无际，远接云端。穟，同“穗”。水旱：即水灾和旱灾。

⑤ 齐民：平民。转壑：转死沟壑，指人民没有吃的，辗转流离，饿死于沟壑。

⑥ 封镝（jué）：封门之意。镝是有舌的门环。逋（bū）户：逃亡的人家。逋，逃亡。

⑦ 市邑：市场，集市。

⑧ 甑（zèng）：古代蒸食物用的器具，这里泛指各种饮具。糁（shēn）：指和羹的米屑。

题 解

这首七言律诗作于宋宁宗嘉泰四年（1204）的秋天，此时诗人因劾归隐山阴故乡已十五年了。诗人耳闻目睹农民“仓廪无宿储，徭役犹未已”（唐·韦应物《观田家》）、“四海无闲田，农夫犹饿死”（唐·李绅《古风二首》其一）的残酷现实，写下了这首饱含辛酸和血泪的诗。

此诗描写了农民悲惨的生活状况：他们在丰收之年却生活难以为继，不得不逃离家乡，结果饿死于沟壑。诗人用这一惨不忍睹的场景，对南宋统治者严酷剥削农民的罪恶行径，予以无情地揭露，其斥责、批判之情溢于言表。

赏 析

诗人一生热爱人民，同情人民的疾苦，立志为人民的富裕安康奋斗一生。早在出仕之前，他就曾在送老师曾几入朝的诗中劝勉道："民瘼公所知，愿言写肝膈。"入仕之后，更是身体力行，倾尽全力为百姓排忧解难，曾多次赈灾救民，他被劾归乡亦是因为私自开仓放粮赈济灾民。即使身退闲居之后，他也从未忘记对百姓苦难的关心，这不，请看他笔下所写："初寒偏著苦吟身，情话时时过近邻。"天气初寒之时，诗人借着苦苦吟咏、搜寻诗思的机会，时不时地去邻居家中与邻人拉拉家常，说说心里话。因为诗人心里清楚："暴虐之吏，过于水旱远矣！"（宋·高弁《望岁》）眼前的事实正是如此："嘉穟连云无水旱，齐民转壑自酸辛。"这几年，没有发生过水灾旱灾，庄稼又好又多，一望无际，远接云端，年年丰收。然而，平民百姓却没有吃的，只得背井离乡，辗转流离，讨食要饭，结果有不少人饿死于沟壑，这种痛苦和辛酸又有谁人知道呢？！诗人在与邻人的掏心掏肺之中，明了了事实真相，写下了这"转壑""酸辛"之文字，表达出对"暴殄天物，害虐烝民"的南宋统治者极大的愤恨。

看看村舍和集市，诗人的心中更加"酸辛"："室庐封镝多逋户，市邑萧条少醉人。"村舍之中，几户人家，家家大门紧锁，人们大都去外乡逃难；集市之上，一片寂寥冷落景象，哪里还有什么醉酒之人呢？！这里，诗人用"室庐封镝"和"市邑萧条"两个画面，真实地反映出当时"寒馁道涂，毙踣沟壑"（唐·韩愈《御史台上论天旱人饥状》，写当时京畿一带发生旱灾而征税不辍、民不聊生的惨状）之社会现实，诗人那赤诚的忧国忧民之心显然可见。

诗人转而想到了自己："甑未生尘羹有糁，吾曹切勿怨常贫。"我家里尚且揭得开祸，还能吃上粥，做饭的用具没有弃置不用，亦未蒙上尘土。与那些流亡饿死的人家相比，我算得上是幸运多了，不应抱怨常常遭受饥贫。这里，诗人推己及人，自慰自责，表现出诗人“读书本意在元元”的爱民情怀。

这首诗叙写真实，旨意深刻。诗人翔实而具体地叙写了自己耳闻目睹的农民之悲惨生活状况，通过拜访邻人、呈现“酸辛”、关注民舍和市场等多方面的情节或细节，无情地揭露了南宋统治者不思收复、残酷盘剥农民的罪行，是一篇具有高度人民性的作品。

贫甚戏作绝句（其六）[1]

行遍天涯等断蓬[2]，作诗博得一生穷[3]。
可怜老境萧萧梦[4]，常在荒山破驿中[5]。

注　释

① 贫甚：贫穷困苦到了极点。
② 天涯：天边，指极其遥远的地方。等：等同。断蓬：指被风吹断飘转的蓬草。
③ 博得：换取，取得。穷：指穷愁潦倒，即境遇困苦，生活无着，精神颓丧。
④ 老境：老年的境况。萧萧：指萧索凄凉的样子。
⑤ 驿：驿站，古代供行人在旅途上往来休息的处所。

题　解

这首七言绝句是陆游所作的《贫甚戏作绝句》八首之中的第六首。这八首诗作于宋宁宗开禧元年（1205）秋天，此时诗人仍隐居于山阴老家。尽管诗人“倚阑莫怪多时立，为爱孤云尽日闲”（陆游《孤云》），“宠辱元知不足惊，退居兀兀饯余生”（陆游《书喜》其一），但是一想到自己从小就立下的“上马击狂胡，下马草军书”之爱国壮志，就痛悔、愤懑不已。在这首诗中，诗人以简洁的文字概括了自己四处飘零、穷困潦倒的一生：游宦天涯，功业却一无所成，只是一个穷困潦倒的诗人，甚至在晚年的梦境里，亦常常是流离漂泊、凄凉孤寂的画面。全诗充溢着“此生谁料，心在天山，身老沧洲”的愤激之情。

赏 析

这是诗人因被弹劾而罢职归乡的第十七个年头了。这一天，诗人“籴米归迟午未炊，家人窃闵乃翁饥”（陆游《贫甚戏作绝句》其八）。但诗人忍饥“弄笔东窗下”（同前），写下了如下两句诗：“行遍天涯等断蓬，作诗博得一生穷。”我一生天涯飘零，走遍祖国大地，就如同那被风吹断而飘转的蓬草一般。即使如此，我也特别爱好作诗，经我自己删削整理的诗就有九千多首，然而得到的却是一生的穷愁潦倒，有志难伸，痛苦不堪！这里，诗人先用“断蓬”的比喻，极恰切而又形象地概括了自己的一生。这“断蓬”飘荡之处，有“早岁那知世事艰，中原北望气如山”的壮志满满，亦有“楼船夜月瓜洲渡，铁马秋风大散关”的旗开得胜，更有“国仇未报壮士老，匣中宝剑夜有声”的愤懑不已。然后，诗人又用一个“穷”字直抒胸臆。一生力主抗战收复，虽屡遭打击，但报国信念至死不渝。尽管“穷”困潦倒、“穷”愁不堪而处在“穷”乡僻壤之地，但是始终惦念着“王师北定中原日”……

然而，当诗人从回想中醒悟过来时，已是泪痕满面，他不由得提笔又写下后二句：“可怜老境萧萧梦，常在荒山破驿中。”可怜我老来做梦，尽都是些往年在荒山破驿中漂泊羁旅的萧索图景。“荒山破驿”四字，高度概括了诗人一生漂泊流离之过往。在这“老境”中，有“乱飘红叶满戎衣”之“定军山下路”（陆游《怀旧》其三），也有“梦回愁对一灯昏”之“身寄江头黄叶村”，还有“梦断香消四十年”之“不吹绵”的“沈园柳老”，更有“卷地潮声到枕边”之“千年未息灵胥怒”（陆游《夏秋之交小舟早夜往来湖中绝句》其十二。灵胥：即伍子胥，名员，楚人。其父伍奢为楚平王太子建的太傅，楚平王因听信费无忌谗言，杀害伍奢及伍子胥兄伍尚。伍子胥逃亡到吴国，帮助吴王阖闾大败楚军，攻破楚都郢。阖闾死后，其子夫差为吴王。夫差不听从伍子胥的直言，答应越王勾践的求和，并将伍子胥赐死）……一桩桩，一件件，一幕幕呈现于诗人眼前，令他悲愤不已！

这首诗手法巧妙。前二句巧用比喻手法，以“断蓬”形象而又恰切地概括了诗人的一生。后二句妙用梦境，以“梦”写实，语短意长，写尽诗人一生之悲愁、愤恨。

客从城中来

客从城中来[①]，相视惨不悦[②]。
引杯抚长剑[③]，慨叹胡未灭[④]。
我亦为悲愤，共论到明发[⑤]。
向来酣斗时[⑥]，人情愿少歇[⑦]。
及今数十秋，复谓须岁月[⑧]。
诸将尔何心[⑨]，安坐望旄节[⑩]！

注　释

① 客从城中来：汉乐府诗《饮马长城窟行》中有“客从远方来，遗我双鲤鱼”的句子，这里模仿其形式。

② 惨不悦：悲伤而不喜悦。

③ 引杯：举杯。此为把酒之意。

④ 胡：指金人侵略者。

⑤ 明发：天放亮。

⑥ 酣斗：这里指战事、战争。

⑦ 人情：这里是“人之常情”之意。少歇：稍微歇息。

⑧ “及今”二句：这是陆游针对开禧元年兴起的北伐之事而言。这年执政的韩侂胄出于“立盖世功名以自固”的目的，兴起“恢复之议”。当时很多人反对对金人用兵，例如史弥远在奏疏中称：“若夫事关国体、宗庙社稷，所系甚重，讵可举数千万人之命轻于一掷乎？……所遣抚谕之臣，止令按历边陲，招集逋寇，戒饬将士，固守封圻。毋惑浮言以挠吾之规，毋贪小利以滋敌之衅，使民力愈宽，国势愈壮，迟之岁月，以俟大举，实宗社无疆之福。”（《宋史·史弥远传》）须，等待。

⑨ 诸将：此指那些反对北伐的将领大臣。尔：你们。

⑩ 旄（máo）节：古代使臣或主将所持的信物。

题 解

这首五言古诗写于宋宁宗开禧元年（1205）闰八月，此时八十一岁的诗人退居故乡山阴已十六年了。此诗模仿汉乐府诗《饮马长城窟行》的形式，通过与一位城中来客之交谈，引发对苟且求和之辈的强烈斥责，表达了诗人坚定不移的抗金主张。

此诗以议论为主，直抒胸臆，忠愤之情贯注全篇，表现了一位忠贞不渝的爱国诗人人老志坚、爱国热情丝毫不减而时时关注国事之可贵精神。

赏 析

这首诗可分为两大部分。

第一部分（前六句）：着重叙写与城中来客相见、相谈的情景。

“客从城中来，相视惨不悦。”开篇两句开门见山，直接描写诗人与城中来客相见之情形：客人是从都城中来的，我们相见之后，都是满脸的悲伤，没有一点喜悦。上句直接叙事，用语简明，就如口语一般。下句描写相见情景，言少意丰，一笔双写：“相视”“惨”和“不悦”极精练而有层次地写出了相见时的动作（握手相看）和表情。尤其是“惨”和“不悦”这三字，蕴含着诗人和客人那深重的忧国忧民之情。

“引杯抚长剑，慨叹胡未灭。”这两句写诗人设家宴为客人接风洗尘之情景：宴席之上，客人把酒抚剑情绪激动，慷慨激昂。他长吁短叹，慨叹不已：“有人反对出兵北伐，可恶的金人侵略者还未能消灭！”这里，诗人用“引”和“抚”的动作表现了客人“壮志饥餐胡虏肉，笑谈渴饮匈奴血”之雄心壮志和“要挽银河仙浪，西北洗胡沙”之坚定决心。诗人明写客人，暗含自己——诗人定然与客人一样，同仇敌忾，义愤填膺！

“我亦为悲愤，共论到明发。”这两句，诗人又转换角度，以自己为着眼点来写：我也为有人反对出兵北伐而极为悲愤，抒发着内心的愤懑不平。我们谈论着抗敌复国的大计，一直谈到天明。这里，诗人由“悲愤”而引发“共论”，且彻夜未眠，直至天明。由此可见诗人与客人志同道合，心照神交，畅议国家大事，兴致极高。“悲愤”二字将诗人的悲愁苦恨皆融其中：诗人生于动乱，长于忧患，人民之悲苦，国家之分裂，父辈爱国思想之熏陶、感染，使他很早就立下了“上马击狂胡，下马草军书”的报国壮志。正如诗人所写：“少小遇丧乱，妄意忧元元。”（陆游《感兴》）“少年不自量，妄意慕管葛。”（陆游《自警》）然而，生活所给予他的只有无尽的挫折和打击，几十年的岁月就在这无数次的希望、努力和幻灭中流逝了！真的是行遍天涯千万里，报国欲死无战场！最终，诗人不得不怀着失望之心情，拖着那衰老之身躯，无奈而寂寞地回故乡山阴。如今已是风烛残年（写此诗时已八十一岁），“既不能挺长剑以挟九天之云，又不能持斗魁以回万物之春”，故而只能在贫病交加之中，僵卧孤村。此时此刻，与客人的一夜交谈，我们的诗人又要“老夫聊发少年狂”（宋·苏轼《江城子》）了！

第二部分（后六句）：是诗人义正词严的申述和斥责。

“向来酣斗时，人情愿少歇。”诗人先概而言之：向来国家长期战争之时，人们都希望停止战事，有所歇息，这也是人之常情。这里，诗人先宕开一笔，以“人情”说起，为诗末之抒情写志张本。

“及今数十秋，复谓须岁月。诸将尔何心，安坐望旄节！”词末四句，是诗人严厉的质问和斥责：到了今天，金人占我领土已有数十年了，怎么还能再拖延时间，无休止地等待下去呢？！你们这些反对北伐的将领大臣们，到底是何居心？难道就这么安坐着希望投降卖国吗？！诗人义愤填膺，慷慨陈词，义薄云天，生发出“位卑未敢忘忧国”之浩然正气！

这首诗最显著的特点是卒章显志。诗之前八句的叙写都是为后四句的抒情言志做铺垫，就如汇江河之水。到末四句则是浪涛滚滚，达至高潮。犹如一记爆响，振聋发聩。

山村经行因施药（其二）①

耕佣蚕妇共欣然②，得见先生定有年③。
扫洒门庭拂床几④，瓦盆盛酒荐豚肩⑤。

注　释

① 经行因施药：四处行走而为人们行医施药。
② 耕佣：指受雇为人耕种的农民。
③ 先生：这是乡村农人对陆游的尊称。有年：这里指多年，长寿之意。
④ 拂床几：指掸去或擦净座椅上的尘土。
⑤ 豚肩：小猪腿部，即肘子。

题　解

这首诗是《山村经行因施药》组词五首中的第二首，是诗人于宋宁宗开禧元年（1205）冬天在山阴所作。此诗描写了诗人在山村四处为村民行医施药，村民们欢欣鼓舞、热情招待的场面，把诗人和村民之间纯真而深厚的情谊写得生动而感人，表现出乡亲们对诗人的感激和爱戴之情。

此诗语言晓畅朴实，不事雕饰却情溢纸面，生动、形象之场景如在目前，具有很强的艺术感染力。

赏　析

写此诗时，诗人因劾退居家乡山阴已是第十七个年头了。他和周围的村民们朝夕相处，建立了深厚的感情。当他“几年羸疾卧家山”时，“牧竖樵夫日往还”（陆游《识愧》。大意：一次诗人卧病多日，刚一病愈出来走动，就被邻居、牧童和村人们看见，大家围上来拿酒饼慰问他），使他倍受感动。于是，懂医术的诗人，便常常四处走动为村民们看病送药。他常常是“驴肩每带药囊行，村卷欢欣夹道迎”，村民们“共说向来曾活我，生儿多以陆为名”（陆游《山村经行因施药》其四）。你看，诗人刚一进村，就被大家围住了：“耕佣蚕妇共欣然，得见先生定有年。”耕夫和蚕妇们看见诗人来到村里，他们欣喜异常，心里非常高兴，又见到了多年来为他们医治病痛的老先生了。诗人一生爱国爱民，尤其是退居山阴之后，与村民渔父们结下了深厚的情谊。他常常骑着毛驴，背着药箱，走村串户，为乡邻们看病送药，特受乡邻们爱戴。“共欣然”三字，抒写出乡邻对诗人之欢迎程度，可见他们特别喜欢平易近人、如亲人一般的诗人，故而他们欢呼雀跃，兴奋异常。“得见”二字，更是写出了乡邻的渴盼和高兴。

诗人的到来，让乡邻特别兴奋：“扫洒门庭拂床几，瓦盆盛酒荐豚肩。”他们打扫庭院，擦拭抹洗席桌座椅，把桌椅擦洗得干干净净。他们用最精美的好酒佳肴盛情招待诗人。这里，上句用具体的“扫洒门庭”和“拂床几”的细节描写，写出了乡邻对诗人特别看重，欢迎的仪式亦特别隆重：尽管他们的条件并不优裕，但他们尽最大的能力为不是亲人胜似亲人的诗人呈现出一个洁净、美好、舒适的环境，让我们的诗人有一个好心情。接着又用“瓦盆盛酒”，“荐豚肩”，将最好的器具盛酒、最好的肉菜摆上席，来招待诗人。这两句，诗人运用极有特点的细节描写，通过热情招待诗人的场景，极生动而又感人地描写出乡邻对诗人的爱戴之情。同时，这也体现出诗人的人生价值诗人一生坚持抗金收复，虽屡遭主和派排挤、打击，罢黜流离，但爱国爱民之心至死不渝。即使在他被劾归乡之后，仍没有忘记祖国和人民，尽自己所能和所长为百姓们解除疾患，让他们过上好的生活，真的是掏心掏肺，确实达到了“但得乡邻无疾患（原诗是‘但得众生皆得饱’），不辞羸病卧残阳”的忧国忧民、爱国爱民的崇高境界。

这首诗细节感人。诗人从忧国忧民的大处着眼，从为乡邻祛除病患的细小处着笔，通过“耕佣蚕妇”之“共欣然”，“得见先生”之欢呼雀跃，“扫洒门庭拂床几”之细心、郑重和“瓦盆盛酒荐豚肩”之高档、隆重等细节描写，表达出诗人和乡村人民之间纯真、深厚而极为感人的情感。读之，令人倍受感动。

老马行

老马虺隤依晚照[①]，自计岂堪三品料[②]？
玉鞭金络付梦想[③]，瘦稗枯萁空咀噍[④]。
中原蝗旱胡运衰[⑤]，王师北伐方传诏[⑥]。
一闻战鼓意气生[⑦]，犹能为国平燕赵[⑧]。

注　释

① 虺隤（huī tuí）：指疲劳困顿、病患缠身的样子。晚照：夕阳。

② 三品料：典出《新五代史·东汉世家》：五代时后汉刘旻与后周军交战，大败，旻独乘契丹所赠黄骝马逃归。归后，刘旻为黄骝治厩，饰以金银，食以三品料，号“自在将军”。

③ 玉鞭金络：这里形容老马当年的矫健和所受到的宠爱。络，马笼头。

④ 稗（bài）：稗子，也称稗草，稻田里的一种杂草。枯萁（qí）：枯干的豆秸。咀噍（jiào）：咀嚼。

⑤ 蝗旱：蝗灾和旱灾。胡运：金人的国运。

⑥ 王师：南宋的军队。传诏：传布北伐的诏书。

⑦ 意气：指意志和气概。

⑧ 平燕赵：这里比喻收复失地。燕赵，今山西、河北一带。这里借指被金兵侵占的领土。

题　解

这首七言律诗作于宋宁宗开禧二年（1206）秋天，此时八十二岁的诗人陆游已被劾退居山阴老家十七年了。诗人虽则已是“伛偻溪头白发翁”，但是“暮年心事一枝筇”（陆游《溪上作二首》其二）！他人虽在野，但民生疾苦、军国大事却时时萦绕于心，绝难忘怀。于是，他以此诗来表心迹：诗中这匹衰老的战马，虽然已没有当年驰骋疆场之矫健英姿，但是壮心不泯、愈挫愈坚，一旦闻听南宋北伐金人、收复失地，顿然便意气风发，尚能为平定北方、恢复国家而效力！这匹老马正是诗人自身形象之写照，老马之心声，正是诗人之心声："一闻战鼓意气生，犹能为国平燕赵！"

赏 析

诗乍一开篇，便勾勒出"老马"的形象，抒写出它之心理："老马虺陨依晚照，自计岂堪三品料？"老马年老困顿、病患缠身，它在夕阳的晚照之中，孑然独立。它在心里自思自想，自己怎能配享金银饰厩、食以三品料之超好的待遇呢？！这里，诗人以马喻己，上句以"老马"之晚境的形象喻自己功业无成、病困缠身之现实。后句以"老马"之心理，抒写自己"心在天山，身老沧洲"之处境，显然有着"胡未灭，鬓先秋，泪空流"的无限悲愤！

颔联紧承首联，回顾"老马"的昔日，慨叹如今之遭际。"玉鞭金络付梦想，瘦稗枯萁空咀噍。"当年的老马，有着黄金铸就的笼头，接受着玉鞭的号令，驰骋疆场，去实现杀敌报国的理想。而今的老马，吃着瘦小的稗草、枯干的豆秸，空自咀嚼，徒有驰骋疆场、报国立功之志。这里，诗人以马喻己：幼年之时，诗人便立下"上马击狂胡，下马草军书"的爱国壮志。二十九岁，赴临安省试，名列第一，次年应礼部试，遭奸臣秦桧嫉恨而被黜免。直到秦桧死后，方才步入仕途。曾提出"会看金鼓从天下，却用关中作本根"的破敌良策，却不被采纳；亦有"横戈上马嗟心在，穿堑环城笑虏孱"之战斗经历；更有"楼船夜月瓜洲渡，铁马秋风大散关"之辉煌战绩……而今，却成了"志在千里"之"伏枥""老马"！万千愤懑，不觉涌上诗人的心头……

颈联转写眼前："中原蝗旱胡运衰，王师北伐方传诏。"金人统治下的中原地区，蝗灾、旱灾相继发生，金人的国运日见衰退；我南宋的军队方才传布北伐之诏书。上句写金人统治下的中原失地灾害之严重，民不聊生。意即我北方人民在侵略者的铁蹄之下受苦受难。下句写开禧元年韩侂胄发起的北伐之事。这里以"老马"的口吻和心理写出了心中之欣慰——总算有了恢复的希望了。

尾联便是“老马”（亦是诗人自己）的爱国壮志之抒写：“一闻战鼓意气生，犹能为国平燕赵。”一旦听到报国杀敌的战鼓之声，老马就精神振作，意气风发，斗志昂扬，因为它还能驰骋疆场，为国效命，收复失地。这里，诗人以马喻己，卒章显志，表达诗人“壮心未与年俱老，死去犹能作鬼雄”之为国献身的坚定决心。

这首诗以马寄志，意旨高远。诗中的“老马”正是诗人自身的写照和化身，虽则衰老，但报效国家、收复失地的壮志雄心依然如当年一般，“丈夫誓许国，愤惋复何有”（唐·杜甫《前出塞九首》其三）！“寸寸河山寸寸金”，“男儿要在能死国”（明·李梦阳《奉送大司马刘公归东山草堂歌》）！诗人真正做到了“老骥伏枥，志在千里；烈士暮年，壮心不已”。

读李杜诗

濯锦沧浪客①，青莲澹荡人②。
才名塞天地③，身世老风尘④。
士固难推挽⑤，人谁不贱贫⑥？
明窗数编在⑦，长与物华新⑧。

注 释

① 濯锦：本指濯锦江，又称锦江，成都市的南河、府河，因河水清澈，古代织锦者常在河中濯锦，洗后彩锦的色彩更加鲜艳，故又有濯锦江之称。这首诗中的濯锦江指浣花溪，在成都城西三里。沧浪客：此指隐居于浣花溪畔的杜甫。沧浪，江河名，指汉水。《孟子·离娄上》载《孺子歌》云："沧浪之水清兮，可以濯我缨。沧浪之水浊兮，可以濯我足。"

② 青莲：即李白。李白自号"青莲居士"。澹荡人：胸怀壮伟宽阔之人。

③ 才名：才华和名声。

④ 风尘：这里比喻羁旅流离的生活。

⑤ 推挽：提携举荐。

⑥ 贱贫：贫贱，贫穷而微贱。

⑦ 明窗：明亮的窗户。数编：这里指李杜诗集。

⑧ 物华：指美好的景物。唐王勃诗云："物华天宝，龙光射斗牛之墟。"（《滕王阁序》）

题 解

这首五言律诗创作于宋宁宗开禧三年（1207）春天，诗人陆游隐居山阴家乡已进入第十九年了。作为文学家、史学家和爱国诗人的陆游，对唐代两位诗坛巨星李白、杜甫极为钦佩和推崇，称颂两位伟大诗人的卓绝才华和他们历久弥新之诗歌价值，为他们飘零不遇、抱负无法施展的遭际而感慨不平，同时也寄寓了自己才高不遇、政治抱负难以实现的忧愤和郁闷。

此诗语言准确，言简意深，蕴含着诗人对李白和杜甫这两位最伟大的诗人的无限崇敬之情。

赏 析

诗人对“才名括天地”（唐·白居易《初授拾遗》）之杜甫和“嵯峨万古名”（唐·姚合《送潘传秀才归宣州》）之李白无比钦佩、钦敬和钦仰，故而诗歌从他们的出身落墨：“濯锦沧浪客，青莲澹荡人。”流寓在濯锦江边的“诗圣”杜甫，漂泊于神州大地的“诗仙”李白，皆是举世无双的伟大诗人。上句化用杜甫之“濯锦江边未满园”（《萧八明府实处觅桃栽》）及“漂零已是沧浪客”（《惜别行送向卿进奉端午御衣之上都》）之诗意，以“濯锦”二字，指代杜甫客居蜀中之时所居住的浣花溪畔之草堂，蕴含无限怀念之意；以“沧浪客”三字，缅怀他“致君尧舜上，再使风俗淳”的饱受苦难、为人民奔走呼号的一生。下句化用李白之“吾亦澹荡人”（《古风》）之诗意，以表对李白之热爱祖国和人民的崇高精神的敬仰之情。以“青莲”二字，以示深切之怀念。

“才名塞天地，身世老风尘。”颔联紧承首联之意，高度评价李、杜光辉的一生：他们的才学和名声充满于天地之间，可与日月齐辉；然而他们的身世都很不幸，在漂泊流离之中沦落终老。上句以“塞天地”来称赞杜甫和李白之绝伦的“才名”，可说情感真挚，用语准确。我们知道，“李白一斗诗百篇，长安市上酒家眠，天子呼来不上船，自称臣是酒中仙”（唐·杜甫《饮中八仙歌》）。他之诗作，“笔落惊风雨，诗成泣鬼神”（唐·杜甫《寄李十二白二十韵》）；他之作诗，“敏捷诗千首”（唐·杜甫《不见》），称得上是“诗中日月酒中仙，平地雄飞上九天”（唐·殷文圭《经李翰林墓》）。我们也知道，“子美集开诗世界”（宋·王禹偁《日长简仲咸》），“唯有文章在，辉光夜烛天”（宋·周序《经少陵墓》）。杜甫一生坚守“仁政爱民”“匡时济世”之信念，其诗歌广泛反映了所在的时代，被称为“诗史”。正如“唐宋八大家”之首的韩愈所说的那样：“李杜文章在，光焰万丈长。”（《调张籍》）下句以“老风尘”概括李、杜之“身世”，表达了对伟大诗人李、杜之坎坷艰难、痛苦不堪的“飘零酒一杯”（唐·杜甫《不见》）之身世的无比同情。

“士固难推挽，人谁不贱贫？”颈联更加抒写诗人之愤懑不平之情：李、杜这样的高洁正直之士竟然报国无门，难以受到荐举和提携，尘世之中，又有哪一个人能看得起无权无钱的穷困之人呢？！这里，诗人暗用孔圣人的“君子固穷”（《论语·卫灵公》）之意，表示对他们高尚志节的推崇和对他们穷困处境的同情。这一联，诗人明写李、杜，又暗寓自身，表达有志难伸之郁愤。

“明窗数编在，长与物华新。”尾联是对全诗之总结：唯有窗前的数册李、杜之诗稿，十分醒目地摆在我的眼前。李、杜诗歌将与大自然的无限美好的景物一样，万古长新。这是诗人对李、杜最中肯的高度评价，亦表达了诗人对他们的无限怀念和敬仰之情。尤其妙在由他们的身世之悲，转写他们的诗作，意在表明他们的高尚志节和光辉诗篇一样，将永垂不朽、光照后人。其中，亦蕴含了自己才高不遇、爱国壮志难以实现的深沉郁愤。

这首诗语言简洁，意蕴深厚。全诗四十字，准确而又全面深刻地概括评价了李、杜之一生，不仅仅是他们的诗作，更重要的在于他们爱国爱民、心怀天下的高尚志节，将诗人壮志难酬的深重的忧愤与郁闷之情蕴含其中。

春旱得雨（其一）

稻陂方渴雨[①]，蚕箔却忧寒[②]。
更有难知处，朱门惜牡丹[③]。

注　释

① 稻陂（bēi）：稻田里的土埂。陂，指水岸。渴雨：指干旱需雨。

② 蚕箔：指用竹篾或苇子编成的养蚕用具。

③ 朱门：富贵人家。古代贵族高官之家的大门皆漆成红色，故有此称。惜牡丹：这里是说下雨天冷，影响牡丹花的开花，故而怜惜之。

题　解

这首精短的五言绝句作于宋宁宗开禧三年（1207）春天。这是一首颇有意趣、颇有思考、颇有见地的好诗。诗人通过一场司空见惯的春雨，描写出不同人家的不同之心理，颇有哲理，亦颇有情感和思想，既引人深思，又表达出诗人对勤劳朴实的劳动人民的关心和关怀，对养尊处优的富贵者对农业生产和百姓冷暖漠不关心、无动于衷之冷漠态度的讥刺和批判。

赏　析

春雨，在诗人、词家的笔下是很有色彩的。既有“春雨足，染就一溪新绿”（五代前蜀·韦庄《谒金门》）之欢欣鼓舞，又有“好雨知时节，当春乃发生”（唐·杜甫《春夜喜雨》）之喜不自胜，还有“春雨初晴水拍堤，村南村北鹁鸪啼”（宋·方岳《农谣》五首其一）之有色有声，更有“春雨断桥人不渡，小舟撑出柳阴来”（宋·徐俯《春日游湖上》）之别有特色。而对于劳动人民来说，“春雨贵似油”。因为春天是万物萌发的季节，非常需要雨水。一场及时的春雨，会给农作物的成长、成熟和丰收奠定坚实的基础。对劳动人民有着深厚感情的爱国诗人陆游，与杜甫一样，他笔下之“春雨”，同样表达出他深挚的爱民情结。

“稻陂方渴雨，蚕箔却忧寒。”早春的一场雨，使以耕种为生的农民心生喜悦，因为稻田里正缺雨水，这春雨分明就是喜雨！而对于以养蚕为生的农民来说，却无疑是下在心头的寒霜，因为他们担忧春雨降寒，冻坏那维持生计之幼蚕。这里，诗人采用纯客观的叙述，不发议论，含义却极为丰富，具有引人深思之哲理。同样的“春雨”，同样是劳动人民，其情感却是截然不同的。这里是没有谁对谁错的，因为这是由于他们之不同需求而产生的不同心理，看似矛盾，却极为正常。在现实生活中，这样的情况也是经常发生的。如果我们能换一个角度，比如站到对方的角度设身处地地思考一下，那结果就会截然不同，我们的社会就会更和谐、更美好。

“更有难知处，朱门惜牡丹。”后二句，诗人又叙写出另一种情形：更有那令人难以理解的情况是，富贵人家衣食无忧，既非田农，又非蚕农，他们从不关心农事，只为那一场春雨而导致气温下降，怕影响了牡丹的花期而怜惜不已。这种情况，显然与诗人前二句所写的矛盾不同，这里表现出诗人对养尊处优之富贵者对农业生产和百姓冷暖漠不关心之态度的讥讽和批判。他们难道不知道，这些农人是他们的衣食父母吗？！这样就使此诗的旨意有了深度。既有“陶尽门前土，屋上无片瓦”与“十指不沾泥，鳞鳞居大厦”（宋·梅尧臣《陶者》）之鲜明而强烈的对比，又有“贫民耕而不免于饥，富民坐而饱以嬉”（宋·苏洵《田制》）、“试问朱门余酒肉，几人回首念无衣”（宋·张耒《北风》）的对劳动人民的同情及对不劳而获之富贵者的揭露和批判。

这首诗短小精悍，有两大特点：一是小处着眼，以小见大。诗人以早春的一场雨而生发，写出了既富含哲理，又深蕴感情色彩的诗篇，旨意丰富而深刻。二是极为鲜明而强烈的对比。既有农人之间对雨之喜、恶的小对比，又有农人与“朱门”之间根本的大对比，使本诗的旨意更为丰厚而深刻。

春晚即事（其三）

渔村樵市过残春①，八十三年老病身②。
残虏游魂苗渴雨③，杜门忧国复忧民④。

注 释

① 樵市：卖柴的市场。
② 八十三年：即八十三岁。这一年诗人正好八十三岁。
③ 残虏游魂：这里是指金人侵略者尚未消灭。
④ 杜门：闭门不出，比喻退职闲居。

题 解

《春晚即事》这组诗共有四首，这首诗是其中的第三首，是诗人陆游暮年的作品，写于宋宁宗开禧三年（1207）的春天。此诗以自己八十三岁退居衰退之境况与忧国忧民、壮心不已之胸怀形成比照，传达出诗人坚毅执着之精神状态和忧愤难平之慷慨情绪。

此诗语言平易晓畅，叙写真实，情感深挚，颇为感人。

赏 析

这是宋宁宗开禧三年（1207）的暮春时节，诗人因劾罢职归乡已到第十九个年头了。十九年间他就是这样，时而行走于田野之上，看看乡亲们的耕种、收获；时而“驴肩每带药囊行，村巷欢欣夹道迎”；时而还要到集市上走一走……他凝目远眺，只见“老农爱犊行泥缓，幼妇忧蚕采叶忙”（陆游《春晚即事》其四）；再看近处，“龙骨车鸣水入塘”（同前）……这耕种、采桑之繁忙场景，这水车鸣唱春水入塘之欢快情景，令多年来患病在身的诗人，顿觉脚步不那么沉重了，变得有些轻快……

“渔村樵市过残春”，他走过了渔村，来到了卖柴的市场。他蓦然感到：又一个春天要过去了！而自己呢？“八十三年老病身”，已八十三岁了，年老体弱，病痛缠身，诗人似乎有一种不祥的预感……他不愿再想下去，因为他还想去赏看那小园牡丹，虽比不上“洛阳牡丹面径尺，鄜畤牡丹高丈余”（陆游《赏小园牡丹有感》）。但一想到“周汉故都亦岂远，安得尺箠驱群胡”（同前），诗人心里就异常愤懑：“残虏游魂苗渴雨，杜门忧国复忧民。”最可恨的是万恶的金人侵略者尚未消灭，中原失地处于水深火热、金人践踏和蹂躏之中的祖国同胞，他们盼望王师到来就像久旱的禾苗渴盼雨水一样；而我自己如今虽退职闲居，但心里时时刻刻忧国又忧民，真的是心急如焚啊！这里，诗人卒章显志，表达出“壮心未与年俱老，死去犹能作鬼雄”的至死不渝的爱国壮志！

这首诗卒章显志，意旨深刻。诗人在“八十三年老病身”的生命的最后几年，仍然壮心不已，那种“一闻战鼓意气生，犹能为国平燕赵”的英雄气概依然丝毫未减。诗末直抒胸臆，表达执着而强烈的永在心中之忧国忧民之情怀，犹如一记重响，震撼人心，感人至深。

霜　风[①]

霜风近海夜飕飕[②]，敢效庸人念褐裘[③]。
关吏虽通西域贡，王师犹护北平秋[④]。
黄旗驰奏有三捷[⑤]，金印酬功多列侯[⑥]。
愿补颜行身已老[⑦]，区区畎亩亦私忧[⑧]。

注　释

① 霜风：指寒霜之时的风。
② 飕飕：拟声词，形容风雨声。
③ 褐裘：褐指布衣，裘指皮衣，褐裘泛指衣物。这里指衣食之事。
④ 护北平秋：典出《汉书 · 李广苏建传》，说的是西汉李广召拜右北平太守，防御匈奴之事。北平，指西汉右北平郡，汉时治平刚（在今内蒙古宁城西南）。护秋，防秋，古时每到秋季庄稼成熟，北方民族易侵略汉境，这时朝廷需重兵严防，称之为防秋。
⑤ 黄旗：主将之旗，此代指宋军。三捷：这里指宋军抗击金人取得的多次胜利。语出《诗经 · 小雅 · 采薇》："一月三捷。"
⑥ 金印：皇帝之印。这里代指朝廷。列侯：古时封爵的一个种类。两汉时始置，主要用于赏赐异姓功臣。
⑦ 颜行：前行，前列。语出《管子 · 轻重甲》："若此，则士争前战为颜行，不偷而为用，舆死扶伤，死者过半。"
⑧ 畎（quǎn）亩：田间。这里喻指在野，即置身民间。

题　解

这首七言律诗，是陆游于宋宁宗开禧三年（1207）秋天在山阴故居创作的。五年前，诗人应召回到朝廷，任实录院同修撰兼同修国史，并在此前后为北伐的发起者当朝首相韩侂胄写了《南园记》和《阅古泉记》两文，曾引来不小的议论，有不少人说他有攀龙附凤之嫌，乃至后世不少人亦认为他晚节不保。实际上，诗人为韩侂胄作记可能有不便得罪权贵之原因，但诗人出仕的目的主要是他的报国恢复之志。虽则诗人并不赞赏韩侂胄之为人（韩侂胄曾出于政治斗争之原因，对朱熹大肆打击迫害，把朱熹之学称为“伪学”，把朱之友好列为“伪党”，甚至朱熹死后，还下令禁止人们参加他的葬礼），但韩侂胄毕竟是一个有意北伐恢复之人。这对于终生惦念抗击金人、收复失地的诗人来说，无疑如久旱之甘雨，令他有了希望。这首诗就表达了诗人虽不能亲赴前线却极力为宋军呐喊助威，不愿做局外之人的爱国热情。

赏　析

“霜风近海夜飕飕，敢效庸人念褐裘。”首联以景融情，表达诗人渴盼抗敌收复的心情：近海的寒风在夜晚格外寒冷，吹在人身上冷飕飕的。然而，我不愿像平庸之人那样只想着衣食之事。上句以“霜风”“飕飕”来喻示严峻的抗金形势：南宋朝廷于开禧二年五月下诏伐金，但抗金形势并不乐观，频频失利，就如“霜风”“飕飕”一般。下句直抒心志，表达诗人“白发未除豪气在”（陆游《度浮桥至南台》）的志在恢复、不念衣食的心愿。

“关吏虽通西域贡，王师犹护北平秋。”颔联紧承首联，具体叙写抗金形势：南宋朝廷虽派使者向金人求和，但是和议尚未达成，宋军依旧在加紧防御金兵。这一联，诗人总写抗金情况：开禧元年（1205）七月，首相韩侂胄出于“立盖世之功以自固”的目的，发起了北伐恢复的行动。到了开禧二年五月南宋下诏伐金，但因频频失利，只能于开禧三年四月派方信孺以“金国通谢使”的身份前往金国求和。由于金国提出的割让土地、增加每年的贡币、向金人称臣、返还俘虏、缚送韩侂胄等条件中，方信孺坚决不同意称臣、割让土地和缚送韩侂胄这三条，导致和谈失败。韩侂胄大怒，又锐意进军北伐，且加强了北方边境的军事防备。

“黄旗驰奏有三捷，金印酬功多列侯。”颈联转写宋军北伐所取得的胜利：开禧三年，南宋将领率军北伐，不断传来宋军旗开得胜的捷报。朝廷也频发嘉奖，奖赏取得战功的将士。这里，诗人写出了北伐取得胜利的情况，充满了惊喜和快意，有一种“横戈上马嗟心在，穿堑环城笑虏孱”的信心满满的英雄气概。

“愿补颜行身已老，区区畎亩亦私忧。”尾联抒写诗人之心声：我是多么希望参加到北伐的军队之中，置身于队伍的前列，可惜我年纪已老。不过，即便作为一个在野的普普通通的大宋一员，我自己还是私自怀有对国事的无比忧虑和关心。这里，诗人抒发了“老骥伏枥，志在千里；烈士暮年，壮心不已”的情怀，我们不难窥见他那颗炽热的“一闻战鼓意气生，犹能为国平燕赵”的拳拳爱国之心。

这首诗叙议结合，充满爱国深情。诗人议论北伐之挫败而导致的求和，将无限的忧戚蕴含其中。诗人叙写北伐之胜利，充溢快意和惊喜，足见爱国之至情。诗末之抒写心声，叙中有议，袒露出诗人“位卑未敢忘忧国”之心迹。

异　　梦

山中有异梦①，重铠奋雕戈②。
敷水西通渭③，潼关北控河④。
凄凉鸣赵瑟⑤，慷慨和燕歌⑥。
此事终当在⑦，无如老死何⑧！

注　释

① 异梦：奇异的梦。

② 重铠：厚重的铠甲。奋：用力挥动。雕戈：雕刻有花纹的戈。北周庾信《哀江南赋》云："横雕戈而对霸主，执金鼓而问贼臣。"

③ 敷水：在今陕西华阴境内。《水经注·渭水》曾有记载："渭水又东，敷水注之，水南出石山之敷谷，北径告平城东。""敷水又北径集灵宫西。"

④ 潼关：在今陕西潼关。因其西薄华山，南临商岭，北距黄河，东接桃林，历代皆为要地。

⑤ 赵瑟：古代赵人以善鼓瑟著称。《史记·廉颇蔺相如列传》载："秦王饮酒酣，曰：'寡人窃闻赵王好音，请奏瑟。'赵王鼓瑟。"唐杨凝《春情》诗："赵瑟多愁曲。"

⑥ 燕歌：燕地的歌曲，其声凄怆。《战国策·燕策三》记载，燕太子丹与众人在易水为刺秦王的荆轲送别："高渐离击筑，荆轲和而歌，为变徵之声，士皆垂泪涕泣。又前而为歌曰：'风萧萧兮易水寒，壮士一去兮不复还！'复为慷慨羽声，士皆瞋目，发尽上指冠。"

⑦ 此事：指收复失地、恢复国家。

⑧ 无如：意即无奈。

题 解

这首五言律诗写于宋宁宗嘉定元年（1208）夏天。当时诗人已八十四岁，闲居于山阴老家。诗人感到自己将不久于人世，壮志未成，死有余憾，故而“私忧骄虏心常折，念报明时涕每潸”（陆游《识愧》），“天下可忧非一事，书生无地效孤忠。东山七月犹关念，未忍沉浮酒盏中”（陆游《溪上作二首》其二）。这种执着而强烈的爱国情怀，诗人只能付诸梦中：在梦里诗人奋戈北伐，收复北方失地，在那里还听到赵瑟燕歌。虽则是梦，但诗人坚信这些情景最终会变成现实。此诗以独特的构思，表现出诗人愈老弥坚的爱国热情和英雄主义气概。

赏 析

归隐山阴家乡已近十九年的诗人，在夜间竟做了这样一个奇异的梦：他穿着厚重的铠甲，用力挥动着雕刻有花纹的长戈，与勇士们一起奋戈北伐，收复失地。这就是首联描绘的情景。“山中”二字，点明了做梦的地点和时间：隐居的山阴老家，漆黑的夜间。“异梦”二字，点明诗题，引入梦境。尤其是着一“异”字，强调了此梦之非同一般，绝非平常。我们说，大凡做梦，日有所思，夜有所梦。由此可见，诗人梦中念念不忘的乃是抗战北伐、恢复国家。因为中原失地令他魂牵梦萦，刻于心中。他曾写过这样的词句：“梦断故国山川，隔重重烟水。”（陆游《双头莲》）对中原失地如此牵挂、关切，却在梦中也梦它不到，这是多么令人伤悲啊！正因为诗人时刻不忘收复，故而便有了梦中“重铠奋雕戈”之着甲挥戈、北伐收复之情景。

颔联紧承上文，对“异梦”展开描写：我挥戈驰骋于敌寇铁蹄践踏的中原大地，势不可挡，跨越过那向西与渭水相通的敷水，又冲杀到北面连接着黄河的潼关。这里，诗人通过“西通渭”之“敷水”和“北控河”之“潼关”的描写，展现出诗人与北伐大军挥戈杀敌、势如破竹、不可阻挡的英勇、豪壮之场景，有一种“横戈上马嗟心在，穿堑环城笑虏孱”的英雄之气。

颈联转而写北方收复后的情形：在燕赵之地，我听到赵人弹瑟的凄凉乐声，那里面似乎在诉说着金人的残暴和野蛮；我还和燕地的人民同唱那慷慨激昂的歌曲，那歌声中有着复仇恢复的热泪和欢笑。这一联，诗人抓住“燕”“赵”之地域特点，从控诉金人罪行和欢庆收复胜利的角度，描写出“便令壮士挽天河，不使腥羶污后土”（宋·王庭珪《和周秀实田家行》）的抗敌收复之心愿。

尾联抒写诗人梦醒后的心境：我坚信，梦中这些收复失地的情形终究会变成现实的。无奈自己就要老死，不能亲身经历了。“此事终当在”是诗人的坚定信念，故而诗人在弥留之际，写下了“王师北定中原日，家祭无忘告乃翁”的临终嘱咐。“无如老死何”是诗人无尽之遗憾，有着“至死如丹”之“平胡壮士心”，更有着“但悲不见九州同”之“忧国孤臣泪”。

这首诗自出机杼，写法精妙。诗人借梦境抒写自己一生志在收复的愿望，意境壮阔，辞彩浓丽，声情激昂而慷慨，传达出诗人赤诚炽热的爱国爱民之情感和志在收复的英雄气概。

示子遹[①]

我初学诗日，但欲工藻绘[②]。
中年始少悟[③]，渐若窥宏大[④]。
怪奇亦间出[⑤]，如石漱湍濑[⑥]。
数仞李杜墙[⑦]，常恨欠领会[⑧]。
元白才倚门[⑨]，温李真自郐[⑩]。
正令笔扛鼎[⑪]，亦未造三昧[⑫]。
诗为六艺一[⑬]，岂用资狡狯[⑭]？
汝果欲学诗，工夫在诗外[⑮]。

注　释

① 子遹（yù）：陆游的第七子（即最小的儿子）。又作子聿，字怀祖。

② 但：只，仅。工：精通，擅长。藻（zǎo）绘：藻饰雕绘，比喻华丽的辞藻。

③ 中年：诗人四十六岁入蜀之后。陆游在《九月一日夜读诗稿有感走笔作歌》一诗中写道："四十从戎驻南郑……诗家三昧忽见前……"

④ 若：而。窥：窥探，窥察。

⑤ 间：间或，断断续续。

⑥ 漱：冲刷，冲击。湍濑（tuān lài）：石上的急流。

⑦ 仞：古代七尺或八尺叫一仞。

⑧ 恨：遗憾。

⑨ 元白：中唐诗人元稹和白居易，两人曾共同倡导新乐府诗，以"元和体"诗齐名，并称元白。倚门：古人以登堂入室比喻学得了某人思想学说或文学成就之精髓，这里以"倚门"指只是到达了门口，尚未登堂入室。

⑩ 温李：晚唐诗人温庭筠、李商隐，二人均以诗风绮丽而著称。自郐（kuài）：意即不值得评论。郐，即郐国，周时的一个小国。

⑪ 正令：即使，纵使。笔扛鼎（gāng dǐng）：指笔力雄健。扛鼎，把鼎举起，形容勇武有力或才气过人。

⑫ 造三昧：这里喻指领会到诗歌艺术的精髓。三昧，本为佛家用语，这里比喻诗歌艺术的精义或诗歌创作的要诀。

⑬ 六艺：这里指儒家的六经，《诗》《书》《礼》《易》《乐》《春秋》。

⑭ 用：这里表目的，相当于“为了”“为的是”。狡狯（jiǎo kuài）：游戏，儿戏。

⑮ 工夫：花费时间和精力之后所获得的某方面的造诣本领。

题　解

这首诗作于宋宁宗嘉定元年（1208）秋天，诗人隐居于山阴家乡。这首诗是诗人写给儿子的，亦是对自己从事诗歌创作的总结。全诗总结了自己对诗歌认识的发展过程，明确指出真正的诗歌应是如李白、杜甫那样内容充实深厚、风格雄健的反映现实的作品，绝非游戏消遣之作。而要达到那样的成就，就必须从诗歌之外的广阔而丰富的现实生活中去寻找创作之源泉，而不是把主要功夫下在诗歌自身的形式辞藻上。正如诗人在《九月一日夜读诗稿有感走笔作歌》中所写的那样：“诗家三昧忽见前，屈贾在眼元历历。天机云锦用在我，剪裁妙处非刀尺。”

此诗既是对儿子诗歌创作之指导，又是对自己一生诗歌创作经验、体会和感悟之深刻总结，做到了理论与实践相结合，使全诗有理有据，极有说服力。

赏　析

这首诗可分为三层。

第一层（前六句）：着重谈创作实践。

陆游是我国文学史上杰出的爱国诗人，是堪称与李白、杜甫、苏轼并列的伟大诗人，还是有名的高产作家（现存的经他自己删削后的诗尚有九千三百余首），正如他的诗中所写："脱巾莫叹发成丝，六十年间万首诗。"（陆游《小饮梅花下作》）在"万首诗"的创作过程中，诗人尝尽甘苦，走过曲折之道路。诗之前四句就诚恳地回顾了自己写诗所走过的不平坦的道路："我初学诗日，但欲工藻绘。中年始少悟，渐若窥宏大。"我年轻初学写诗之时，只一味地追求诗句的工整、辞藻的华美，总在字句上下功夫；到中年写诗之时，始有所悟，才逐渐窥察到宏大深邃的诗意境界。这四句，是诗人对自己开始学诗时的深刻反省：少年时代学诗，但对诗并无深刻的认识，只知道追求华丽的词句，模仿他人的多，自己独创的少，虽也少具才名，有过得意之作，但他自知功力不足，认为是妄取虚名。中年以后，在人生的道路上，接触的面广了，经过了风雨霜寒，受过那忧患苦难，阅历丰富，实践增多，对于诗的认识就提高了一步。正如诗人所说："琢雕自是文章病，奇险尤伤气骨多。"（陆游《读近人诗》）故而，他从前人的诗作中获得营养和感悟："书生习气重，见书喜欲狂，储积山崇崇，探求海茫茫。"（陆游《抄书》）由此可知，诗人对"但欲工藻绘"之否定，是有过痛苦的创作经验和自己认真思考的。比如诗人十八岁时（宋高宗绍兴十二年［1142］），在山阴认识曾几并从之学诗，且对之由衷的崇敬："儿时闻公名……皎若月在天。"（《别曾学士》）曾几是积极主战、反对秦桧的著名学者，其诗出自江西诗派，作诗讲究炼字炼句、"脱胎换骨"。这里的"但欲工藻绘"显然与此不无关系。

"怪奇亦间出，如石漱湍濑。"这两句总结自己诗境之提升：我悟得了宏大而深邃的诗境，也能写出一些好诗来，有如那被湍流冲洗之顽石，亦显得奇特而不俗。诗人学诗既善学前人优秀之作，从中汲取营养；同时，拜曾几为师，学习写诗，收获良多（诗人写此诗的这年，就曾写下《梦曾文清公》一诗，表示深切缅怀）。尤其是南郑从军、西蜀漫游等个人的社会实践，以及时代的变迁，使诗人悟得"诗家三昧忽见前，屈贾在眼元历历"，从而写诗亦能左右逢源，妙手自得。

第二层（中间六句）：着重谈创作态度。

"数仞李杜墙，常恨欠领会。"这两句写诗人对李、杜诗歌的学习：唐代的"诗仙"李白和"诗圣"杜甫，其诗是不可逾越的高峰，我常常深恨自己领会不深，可望而不可即。由此可见，诗人对李、杜的诗极为推崇，奉为楷模。正如诗人所总结的那样："盖人之情，悲愤积于中而无言，始发为诗，不然，无诗矣。……杜甫、李白，激于不能自已，故其诗为百代法。"（《澹斋居士诗序》）

"元白才倚门，温李真自郐。正令笔扛鼎，亦未造三昧。"这四句，是诗人对唐代另外四位诗人的评价：元稹和白居易的诗，也只能说达到了李、杜诗之高墙的门边；至于温庭筠、李商隐的诗，就不值得一提了。即使是他们的扛鼎之作，也未必能真正领会诗之三昧。这里，诗人以颇为苛刻、挑剔的眼光，评价唐代的四位诗人，充分说明诗人对诗歌创作的态度是极其严肃的。他确实继承了李、杜诗歌的优秀传统，并结合自身之条件和时代之特点，是有所继承亦有所创新的。但客观地说，他对另四位诗人的看法是过于苛刻、有失全面公允的。尤其是被列为“唐诗三大家”之一的白居易和被誉为“小李杜”之一的李商隐，是伟大的现实主义诗人，其诗作具有深刻的社会价值和独特的艺术魅力。

第三层（末尾四句）：诗人的创作体会。

“诗为六艺一，岂用资狡狯？”这两句，是诗人对诗的理解：诗是六艺之一，哪能仅仅当作笔墨游戏呢？诗人从幼时就开始学习写诗，凭着九千多首诗作的创作实践，对诗是有极为深刻的认识的。《诗》从汉代始就被列为“五经”之一，诗歌创作就成为一项严肃而神圣的事业，绝不能以儿戏待之。这是非常有见地的。

“汝果欲学诗，工夫在诗外。”这两句，是诗人对自己一生创作实践和经验的高度概括：你果真要学习写诗，必须在诗以外的各方面多下功夫。诗人历来反对从书本中讨“生活”、在字句上打转转。他曾这样告诫儿子：“纸上得来终觉浅，绝知此事要躬行。”这里，他特别强调诗人之感受来自生活，生活的脚步愈坚实，诗人之体会就愈深刻，才有可能从生活的河流中淘取闪光的金子。当然，“工夫在诗外”并不意味着没有必要在“诗内”下功夫，因为他说过“功夫深处独心知”（陆游《夜吟》），这说明他亦很重视“诗内”工夫的，只不过他认为“诗外”是根本。因为任何创作，如果离开了生活和实践，那它就成了无本之木、无源之水。

这首诗是诗人一生诗歌创作经验之总结，很值得我们借鉴：一是学诗要从小就学，一生努力，坚持不懈，“少壮功夫老始成”；二是作诗之基础在于生活。他非常推崇李白、杜甫的诗，他们之所以“才名塞天地”，就是因为其“身世老风尘”。也就是说，生活成就了他们。

夏日六言（其四）

溪涨清风拂面[①]，月落繁星满天[②]。
数只船横浦口[③]，一声笛起山前。

注　释

① 拂：轻轻地掠过，拂拭。
② 繁星：多而密的星星。
③ 浦口：小河注入江海的入口处。

题　解

这首六言绝句是《夏日六言》四首组诗中的第四首，是诗人于宋宁宗嘉定二年（1209）夏在山阴老家隐居时所作。这是诗人诗作中独有的体裁——六言体，它既不如七言诗那般之流畅，亦不如五言诗那样之灵动，但它独有的平稳舒缓的节奏，所营造的那种宁静悠然的氛围，亦让我们心驻神往，读之给我们以美之享受。有一种“春水无风无浪，春天半雨半晴”（五代后周·和凝《春光好》）之恬静、美好。

赏　析

这首诗与诗人曾经写过的“急雨初过天宇湿，大星磊落才数十”（陆游《夏夜不寐有赋》。大意：夏夜之雨来势迅猛而时间短暂，雨过之后天宇间弥漫着一股湿热的空气，令人气闷；雨脚虽短，雨意仍浓，仰观天幕，依然是黑云带雨，仅仅见到极少的大星闪着幽光）的夏夜之景显然有别，虽是同写夏雨之后，但其景致判然不同："溪涨清风拂面，月落繁星满天。"雨后的溪水见涨，清凉的风儿拂来，令人心旷神怡；此时明月已落，只见那繁星满天，在天空闪耀。乍一落笔，诗人便以"溪涨"之视觉和"清风拂面"之触觉，给我们勾画出一个引人入胜的佳境，给人一种"月落沙平江似练，望尽芦花无雁"（宋·张炎《清平乐》）的想象和感受。诗人在俯、仰之间，见到如此壮美之景，定然不是纯自然地去描写美景，"清风拂面""繁星满天"的景致中，诗人至少感受到了大自然之美好、人间之美好。因为我们的诗人年已耄耋，距他逝世只剩下几个月了。

"数只船横浦口"，诗的第三句又由上句之仰观，转入俯视：只见那繁星之下，有数只小船静静地停泊在那浦口。这是诗人在"满天""繁星"之下所见之景致，给人一种岁月静好的感觉。"数只船"的景色，显然蕴含着静谧之美好。能够安安稳稳地泊船"浦口"，何尝不是一种享受呢？！而我们病魔缠身的诗人，是多么热爱这"年来诗料别，满眼是桑麻"（陆游《倚杖》）的闲逸、平淡的生活啊！

"一声笛起山前"，诗的末句打破了前三句所描绘的静谧画面：忽然之间，一阵悠远的笛声，从那远处的山影之中传来。这里，诗人又运用了以动衬静的手法，有了一种"蝉噪林逾静，鸟鸣山更幽"（南朝梁·王籍《入若耶溪》）的艺术效果，更显夏夜之恬静。

这首诗形式独特，手法精妙。诗人采用独特的"六言体"的形式，有一种"常记溪亭日暮，沉醉不知归路"（宋·李清照《如梦令》）的恬静和美好。全诗纯用白描的手法，一句一景，虚实相生，动静相衬，给我们勾画出一幅恬淡清新、静谧悠远的山乡夏夜图，令人回味无穷，确是诗人诗歌园地中的一朵奇葩。

示　儿①

死去元知万事空②，但悲不见九州同③。
王师北定中原日④，家祭无忘告乃翁⑤。

注　释

① 示儿：写给儿子们看。

② 元知：原本知道。元，同“原”，原本，本来。万事空：什么也没有了。

③ 但：只，只是。悲：悲伤。九州：指中国。同：统一。

④ 王师：指宋朝的军队。北定：将北方平定。中原：指淮河以北沦陷于金人手中的地区。

⑤ 家祭：指祭祀家中的先人。无忘：不要忘记。乃翁：你们的父亲，指诗人自己。乃，你，你们。

题　解

这首诗作于宋宁宗嘉定二年（1209）十二月，此时诗人在山阴老家，重病不起。临终之前，他给儿子们写下此诗，之后，于此年除夕去世。这寥寥二十八字的绝笔诗，无愧于诗人呕心沥血创作的一生。陆游享年八十六岁，经他自己删削后的诗尚有九千三百余首。如此享年之高、作品数量之多，在古代诗人中是绝无仅有的。而能以这样一首篇幅短小而分量极其沉重的压卷之作来为自己的创作生涯画上句号，这在古今史册中，亦是绝无仅有的。这寥寥二十八字的绝笔诗，无愧于诗人爱国爱民的一生。一个人在生命的尽头，唯一放心不下的是国家未能统一，以诗叮嘱后辈们收复中原之日，别忘了在祭祀中告知自己。这既是诗人的遗嘱，亦是诗人发出的最后

的抗战号召。情感之沉痛，气势之浑厚，令人潸然而泪下。“较之宗泽三跃渡河之心，何以异哉！”（明·徐伯龄《蟫精隽》）

赏析

这首七言绝句是诗人陆游一往情深、九死不悔之爱国心志的真诚袒露，确是“天才豪迈”（明·郎瑛《七修类稿》）之作。诗题为“示儿”，意即为临终遗嘱。诗人回顾自己的一生，幼时便立下“上马击狂胡，下马草军书”的爱国壮志，念念不忘收复中原，希望杀敌报国，收复失地，使国家复兴。然而，诗人从未得到重用而且多次被罢职闲居，命途多舛。虽则如此失意，但他的爱国热情始终未曾减退，恢复信念始终未曾动摇。即使在生命的最后一刻，他仍挂念、惦念着祖国的统一。

“死去元知万事空”，首句可见出诗人心情之悲凉：我即将永离人世，原本就知道一旦死去，就什么也没有了，万事皆空，用不着牵挂了。这看似平平常常的一句，却饱含特别之意味，不但体现出诗人死亦无惧之达观，有着陶渊明“死去何所道，托体同山阿”一般的开明，更重要的是为下文“但悲”起到有力之反衬作用。“元”“空”二字，以肯定之语气更显出强劲有力，反衬出“不见九州同”乃是诗人死难瞑目之事，真的是“僵卧孤村不自哀，尚思为国戍轮台”！诗人真正做到了生命将息、信念不泯！

“但悲不见九州同”，写出诗人心境之悲怆：唯一令我痛心疾首的，就是我没能亲眼看到祖国之统一！这一句，诗人向儿子们诉告自己死亦难以排遣的极大悲痛之心事。着一“悲”字，袒露心迹：“悲”的不是个人之生死，“悲”的亦不是家庭和儿女，而是诗人一生为之奋斗不息的收复失地、国家统一的事业！由此可见，“悲”乃是本诗之诗眼。这就充分表现出诗人执着而强烈的爱国之情，与抗金名将宗泽临终之时犹三呼“过河”（即抗敌收复）一样感人肺腑、感天动地！

“王师北定中原日”，是诗人热切之期望：我渴盼着朝廷的军队收复中原失地的那一天。这里，诗人用极为肯定的语气，表达心中之渴望。虽则有着临终之沉痛，但没有半点消沉和绝望，有的是“欲倾天上河汉水，净洗关中胡虏尘”的坚定信念，有的是“便令壮士挽天河，不使腥羶污后土”的十足信心，有的是“欲泻三江雪浪，净洗胡尘千里”（宋·无名氏《水调歌头》）的殷切信托。只此一句，便使全诗之情调由悲痛而变为激昂、慷慨。

诗末一句“家祭无忘告乃翁”，是诗人深情之嘱咐：失地收复的那一天，你们举行家祭，千万别忘了把这好消息告诉你们的父亲啊！这一句，充分体现出诗人鞠躬尽瘁、死而不已的爱国之情：弥留之际，他的心中唯有收复，唯有祖国！

这首诗有两大特色：一是基调激昂。诗人寓爱国壮怀于临终的悲痛之中，情真意切地抒写出忧国忧民之复杂情怀，虽有遗恨，但充满坚定之信念，虽有悲之成分，但主调是收复大业必成的毫不动摇之信心。二是直抒胸臆。诗人在生命的最后时刻，表达出一生之心愿，倾注出满腔之悲慨，不事雕饰，直言心事，以平淡而朴素之语言，生动而真切地表达出深挚的爱国之情，“悲壮沉痛”“可泣鬼神”（清·贺贻孙《诗筏》）。

钗 头 凤[1]

红酥手[2]，黄縢酒[3]，满城春色宫墙柳[4]。东风恶[5]，欢情薄[6]，一怀愁绪，几年离索[7]，错、错、错。　春如旧，人空瘦，泪痕红浥鲛绡透[8]。桃花落，闲池阁[9]，山盟虽在[10]，锦书难托[11]，莫、莫、莫[12]！

注 释

① 钗头凤：词牌名。原名“撷芳词”，又名“折红英”“惜分钗”“玉珑璁”等。因北宋宫中有撷芳园而得名。词人因无名氏本词调之词中有“可怜孤似钗头凤”的句子，故有此名。

② 红酥手：红润而细柔的手。酥，润泽，滑腻。

③ 黄縢（téng）酒：官家酿造的黄封酒。苏轼《岐亭五首（其三）》云：“为我取黄封，亲拆官泥赤。”

④ 宫墙柳：这里指宫墙旁边的杨柳。南宋以陆游家乡山阴为陪都，故有宫墙。

⑤ 东风恶：喻指陆游的母亲，以表封建势力的凶恶。

⑥ 欢情薄：指美好的爱情生活被破坏，而导致两人被拆散。

⑦ 离索：离群索居，这里指离居后孤独的生活。

⑧ “泪痕”句：泪水带着胭脂湿透了手帕。红浥（yì），指泪水浸润胭脂而红。浥，沾湿，湿润。鲛绡（jiāo xiāo），这里指一种丝绸手帕。本是传说中鲛人所织之绡。南朝梁任昉《述异记》记载：“南海出鲛绡纱，泉室（指鲛人）潜织，一名龙纱。其价百余金。以为服，入水不濡。”

⑨ 池阁：池上的楼阁。

⑩ 山盟：像山那样永不改变盟誓。古人常对山立盟、指海起誓。

⑪ 锦书难托：书信难寄。锦书，书信。这里用前秦窦滔妻苏蕙用锦织成回文诗赠丈夫之典故（见《晋书·烈女传》）。

⑫ 莫：罢了。

题 解

这首词是陆游大约于绍兴二十一年（1151）至二十五年（1155）之间所创作，抒写了词人自己的爱情悲剧，倾吐了与前妻唐琬被其母亲强拆离异后的痛苦心情。约二十岁时，词人与唐琬结婚，但其母不喜欢儿媳，强迫词人三年后休妻。尽管词人百般不舍，因为他们二人伉俪情深，但后来还是被拆散。词人写此词之时，恰与唐琬夫妇（唐琬改嫁赵士程）偶遇沈园，唐氏安排酒肴，以慰词人。词人百感交集，遂赋此词题于园壁之上。

此词悱恻动人，借封建专制家长摧毁真正爱情的婚姻悲剧，抒写出一种刻骨铭心的幻情幻景之追求，具有强大的心灵震撼力。

赏 析

词的上片，追忆爱情之美好，感叹离异之痛苦。

词人十多年后，又与被迫离异的前妻唐氏在沈园重逢，加之唐氏遣致酒肴，令词人悲愤异常，便写下这样三句："红酥手，黄縢酒，满城春色宫墙柳。"红润而细柔的手里，捧着盛有黄縢酒的杯子。眼前是杨柳依依，满城春色。词乍一开篇，词人便选取了一个敬酒的细节，以"红酥手"三字，以部分代整体之手法，抓住"越女天下白"（唐·杜甫《壮游》）、"越女手如酥"（宋·苏辙《次前韵》）之特征，写出了唐氏之美，蕴含了词人对他们曾经的柔情蜜意的婚后美满幸福生活的回忆。"宫墙柳"之景又为二人把酒之细节勾勒出一个温馨的背景。词人通过视觉（"红"）和触觉（"酥"）及敬接之物（"黄縢酒"）之错综描写，似乎闪现出昔日夫妻美好生活之幻觉。这似真似幻的描写之中，把词人内心之"好景良天，彼此空有相怜意，未有相怜计"（宋·柳永《婆罗门令》）的被无情拆散的悔恨和痛苦尽含其中。

"东风恶，欢情薄，一怀愁绪，几年离索。"这四句，是词人追悔莫及之回忆：春风是多么可恶，欢情被吹得那样稀薄，这满杯的酒就是满满的愁绪，美满的姻缘被生生拆散，几年来的生活多么萧索。"东风恶"三字，巧用双关，点示出爱情悲剧之根源。以“东风”喻指母怒，怨责之中又保留了体面，用语十分精妙。着一“恶”字，含有控诉之意——“东风”导致了“欢情薄”“几年离索”的不堪回首之境遇！故而，这精神的痛苦已融入眼前手中的一杯酒中，这酒亦是满满之“愁绪”！

此时此刻，十多年来的离散之感和孤寂之情一下子涌上词人心头，千般愁苦、万种相思凝成一个字：错，错，错！词人连用三个“错”，极写心情之激愤，使人仿佛看到词人那切齿顿足之态。既是无尽之悔恨，更是血泪斑斑之控诉，情感极其沉痛。这到底是谁人之“错”呢？母错？子错？妻错？还有一概皆错而铸成不可挽回的人生之大错？总之，词人感到了一种不可逆挽的人生之悲哀，而且是人生之大悲哀！

词的下片，回到现实，抒写被迫离异之悲哀。

“春如旧，人空瘦，泪痕红浥鲛绡透。”换头处的这三句，是词人对沈园相逢时的前妻唐琬神情动态之描写：杨柳春色依然如旧，只是人却因无尽的相思而十分消瘦。泪水洗尽脸上的胭脂红，竟把丝绸手帕全都湿透。“春如旧”三字，意承上片之“满城春色”，在点示相逢的背景之中，蕴含了今非昔比的深重伤感。“人空瘦”，显示出“几年离索”给唐琬带来的巨大的不堪忍受的精神痛苦，使其形容憔悴。着一“空”字，把词人之怜爱、痛惜、抚慰等复杂情感融汇其中。“泪痕”句直写唐琬之表情动态，以白描之手法，写出了她不堪伤痛之内心。这三句与词首的两句遥相呼应，词意细密，丝丝入扣。

词人不忍看这泣血的一幕，只得转看眼前之景：“桃花落，闲池阁。”桃花无情地飘落，飘落在荒凉的池阁中。这两句，与上片之“东风恶”相呼应，喻示了词人和唐琬的幸福生活很快就被破坏得人去室空、清冷孤寂、一片凄楚之境况。一笔两写，明暗相衬，手法巧妙，意蕴深厚。

“山盟虽在，锦书难托。”此时此刻，词人内心万分痛苦：永远相爱的海誓山盟、磐石之约还记忆犹新，而今曾经真情相爱之人相逢却无言相对，衷肠难诉。这两句，寥寥八字，抒写出词人百感交集、万箭穿心之难以名状之悲哀和痛苦。故而，“莫，莫，莫！”三字冲口而出。这三个“莫”字，将词人那种纵然于心不甘，但又无可奈何、只好作罢的复杂心情充分地表达出来。

这首词最显著的特点是情感真，手法妙。词人以沈园相会为中心，运用对比、照应、双关及细节描写等多种手法，抚今追昔，真实而又真切地抒写出词人刻骨铭心的爱情悲剧，具有震撼人心的艺术魅力。唐琬深受感动，回家后亦以一首《钗头凤》相和，以“难，难，难！”和“瞒，瞒，瞒！”六字，将凄惨哀怨之真挚强烈的情感熔铸词中。不久，唐琬便因极度哀怨和难以解脱的痛苦郁郁成疾，含恨而死。吃人的封建礼教就这样夺去了一个憧憬幸福的无辜生命。

鹧　鸪　天[1]

家住苍烟落照间[2]，丝毫尘事不相关[3]。斟残玉瀣行穿竹[4]，卷罢黄庭卧看山[5]。　贪啸傲[6]，任衰残。不妨随处一开颜。元知造物心肠别[7]，老却英雄似等闲[8]。

注　释

① 鹧鸪天：词牌名，又名“思越人”“思佳客”“半死桐”等。
② 苍烟落照：此指陆游所居的山阴三山别业在镜湖（今鉴湖）上，故有此说。苍烟，湖上苍茫的烟雾。落照，落日。
③ 尘事：世俗间的事情。
④ 玉瀣（xiè）：美酒。明冯时化《酒史》卷上载：“隋炀帝造玉瀣酒，十年不败。”
⑤ 黄庭：《黄庭经》，道家关于养生的经典著作。陆游非常喜爱《黄庭经》，在其诗词中提及此书的达二三十处，如“读尽黄庭内外篇”（《待青城道人不至》）、“听我夜诵黄庭经”（《古藤杖歌》）、“手把黄庭两卷经”（《道室即事》）等。
⑥ 啸傲：放歌长啸、傲然自得之无拘无束的生活。晋陶渊明《饮酒（其七）》：“啸傲东轩下。”
⑦ 元知：即“原知”，原本知道，终于知道。心肠：心事。
⑧ 却：了。等闲：平常人，平凡人。

题　解

这首词作于宋孝宗乾道二年（1166），四十二岁的陆游因被人以“交结台谏，鼓唱是非，力说张浚用兵”之罪名弹劾，免去隆兴通判之职，退居于镜湖三山。此词抒写了词人隐居山水之间之闲适自在、无拘无束的生活，结尾处却笔锋突转，点示这种生活乃是不得已而为之的无奈之举，这样便把诗人内心之失意的愤慨之情彰显出来，批判的矛头直指南宋王朝的最高统治者。词人看似写的是退隐的闲适生活，实则蕴含着“报国无门空自怨，济时有策从谁吐”的英雄无用武之地的愤懑不平之气。

赏 析

词之上阕，重在抒写退隐乡间之闲适。

词人乍一落笔，便直写闲居环境之特点：“家住苍烟落照间，丝毫尘事不相关。”我家住在那有着苍茫如烟之云气和夕阳晚照的乡间，与世上的事情毫不相关。上句以颇为自豪的口吻赞美闲居环境之优美。“苍烟落照”四字，色彩鲜丽，有动有静，形象感极强，确有陶渊明笔下之“暧暧远人村，依依墟里烟”（晋·陶渊明《归园田居五首》其一）的恬静和幽美。下句直接点示闲居生活之与世隔绝、一尘不染。“丝毫尘事”亦不沾染，更加突出了摆脱世俗杂事、政治羁绊之后的安适和惬意，亦有一种“户庭无尘杂，虚室有余闲”（晋·陶渊明《归园田居五首》其一）的愉悦。这两句与词人七年之后所写的“家住东吴近帝乡，平生豪举少年场”（《鹧鸪天》）显然不同：这里重在写出闲居环境之优美，而后者则着重表述词人那种豪士游侠之气质。

上阕后二句“斟残玉瀣行穿竹，卷罢黄庭卧看山”，描写隐居生活之闲适：我常常是喝完玉瀣美酒之后，就散步穿过那片竹林；看完了特别喜爱的《黄庭经》之后，便躺下来观赏山中那美景。这里，词人用极工稳的对仗句，写出了闲居生活的安定、安恬和安适，确有一种“卧读陶诗未终卷，又乘微雨去锄瓜”之愉悦和快乐。

词之下阕，重在极写闲适，抒发壮志难酬之悲愤。

换头处三句“贪啸傲，任衰残。不妨随处一开颜”，极力抒写出清闲、舒适生活之乐观、旷达：我贪图的就是任意放纵、蔑视世俗的生活，任凭自己在这种无拘无束的惬意中衰老，不要妨碍我的处处快乐、时时开心。这里，词人以反常的笔触，理直气壮地写出一种贪图自由自在生活的人生追求，且表达出即使“衰残”也在所不惜的人生态度。其实，这看似狂傲到极点亦消沉到极点的三句里，似乎有陶渊明“啸傲东轩下，聊复得此生”（晋·陶渊明《饮酒二十首》其七）之逃离官场、置身思国的愉悦，其实是词人憋着一肚子的怨恨和愤懑而说出的，有着难以言说的抑郁不平之气：词人在襁褓之中便随家人颠沛流离，幼时便立下“上马击狂胡，下马草军书”的爱国壮志，二十九岁省试名列第一，次年应礼部试，为秦桧所黜。秦桧死后，才出任福州宁德县主簿。但仕途坎坷，极不顺遂。三年前被以“结党营私”之罪名贬出朝廷，写此词时又因力主抗战而被罢黜隆兴通判之职，归隐闲居。由此可见，词人在这闲逸、高旷的背后，蕴含着无尽的难以驱遣的愤懑、怨恨与无奈。

故而，词的结尾两句陡然一转：“元知造物心肠别，老却英雄似等闲”，点明词旨，直抒胸臆：本来我就知道上苍另有一种心肠，就是使英雄无所作为地衰老就如对待平常事一般。词人的言下之意是：南宋王朝的最高统治者不图恢复，苟安求和，不用抗敌人才，致使英雄无用武之地，爱国志士无所作为，徒然老去！“老却英雄似等闲”一句，饱含着诗人对南宋朝廷压抑、打击抗敌人才，致使自己屡遭排挤、复国之志难伸之无穷愤怒。

这首词成功地运用了反衬手法。词之上阕及下阕前三句，极写闲适生活之自在、舒适，皆是词人故意为之的正话反说，直到最后两句，才卒章显志，从闲适至极的极乐世界，一下子坠落入无限悲愤之深渊，抑郁不平之气喷涌而出，绾结全篇。

秋波媚·七月十六日晚登高兴亭望长安南山①

秋到边城角声哀②，烽火照高台③。悲歌击筑④，凭高酹酒⑤，此兴悠哉！　多情谁似南山月，特地暮云开⑥。灞桥烟柳⑦，曲江池馆⑧，应待人来⑨！

注　释

① 秋波媚：词牌名，又名“眼儿媚”“小阑干”等。高兴亭：这里是亭名，在南郑。词人在《剑南诗稿》卷五十四《重九无菊有感》一诗自注道：“高兴亭在南郑子城西北，正对南山。”南山，指终南山，在长安南。

② 边城：即南郑，当时是南宋西北的军事前线。角声：这里指行军打仗之时所用的鼓角之声。

③ 烽火：古代边防报警的烟火。后又有每日夜间放烟一炬，谓之平安火。这里指报前线无事的平安烽火。高台：此指高兴亭。

④ 悲歌击筑：典出《战国策·荆轲》：“至易水上，既祖，取道。高渐离击筑，荆轲和而歌，为变徵之声，士皆垂泪涕泣。又前而为歌曰：‘风萧萧兮易水寒，壮士一去兮不复还！’复为慷慨羽声，士皆瞋目，发尽上指冠。”筑，古代一种弦乐器，形似筝，细颈圆肩。

⑤ 凭高：据高。酹（lèi）酒：把酒洒在地上表示祭奠。

⑥ 特地：特意。

⑦ 灞桥烟柳：灞桥又名渭桥，在古长安城北渭水（今渭河）上，古时人们送客至此，常折柳赠别，故称“灞桥烟柳”。

⑧ 曲江池馆：池名，曲江在长安，唐时为著名的游览胜地。

⑨ 应：应该。人：指宋军，亦包括词人自己。

题 解

这首词写于宋孝宗乾道八年（1172）七月，词人陆游在南郑四川宣抚使司幕中。这年春天，四十八岁的词人接受四川宣抚使王炎的邀请，来到南郑担任四川宣抚使司干办公事兼检法官。南郑是当时的抗金前线，王炎是抗金的重要人物，两人意气相投，收复失地的热情极高。这首词描写了夜登高兴亭所见的南郑前线之景，表达了词人对收复失地的渴望和强烈的爱国激情。全词充满浪漫、豪迈之气，充分显示出词人的乐观主义精神和自信奋发的英雄气概。

赏 析

词之上片，重在以景融情。

起首二句，紧扣词题“七月十六日晚登高兴亭望长安南山”，直写所闻及所见：“秋到边城角声哀，烽火照高台。”秋意来到了边城之上，声声号角似在哀鸣；那点燃的平安烽火，把高兴亭那高高的亭台照得明明亮亮。这里，词人扣住词中的“望”字，写出了所闻之“哀”的“角声”和所见之映“照”“高台”之“烽火”，一闻一见，融入了词人在“边城”这一特定环境（抗敌前线）中的复杂情感。着一“哀”字，充分表达出词人内心之“关辅遗民意可伤”（陆游《追忆征西幕中旧事》其四）的无限挂念和同情，以及对“虏法如秦酷”（同前）的侵略者之无比仇视和痛恨，将一种国土沦丧、生灵涂炭的惋惜和挂怀之情融入其中。

在“角声”和“烽火”之强烈的刺激下，词人郁愤填膺，怒火中烧，躁动不安，于是他“悲歌击筑”，立于高兴亭之上，把一腔悲愤寄托在那悲壮的歌声与乐曲之中。这里以典寄情，表达出词人内心之无限悲愤。如此还未能平复词人激荡难平之心境，词人又“凭高酹酒”，远望失地，以酒洒地，来祭悼失地和抗敌复国、为国捐躯的英灵，以此来平息自己动荡不平之心境。词人的豪壮之举，蕴含着满腔的忧愁和激愤，故而词人“此兴悠哉”——引起了收复失地、恢复国家的无限兴致。这样，以上所写的“角声”之“哀”和歌声之悲，就不是忧郁、哀愁之低调，而是慷慨悲壮之旋律。尤其是“此兴”之“兴”，既切亭名，又道心声，一语双关，可谓妙极。

词之下片，重在借景抒情。

过片二句：“多情谁似南山月，特地暮云开。”词人把自己无限辛酸和极其悲愤的情感，赋予眼前的景中：谁能像这多情的南山明月一样，把那层层遮挡长安城的暮云推开。这里，词人把本无情感的南山之月，赋予人之情感，并以拟人和反问的手法，加倍地写出它之“多情”。这多情，正是词人热爱祖国大好河山之情的体现，亦是词人渴望收复，解救金人铁蹄践踏、蹂躏之下的沦陷区人民的强烈愿望的体现。尤其“谁似”一句，蕴含无限辛酸和愤懑，把词人对屈膝投降、苟且求和政策之满腔愤恨及对失地同胞的深切同情融汇其中。

词末三句“灞桥烟柳，曲江池馆，应待人来”，是词人大胆的想象：灞桥岸边那如烟的翠柳，曲江池畔那美丽的楼台，定然应会深情地在月下伫立，等待我收复大军的到来。这里，词心以独特的想象和拟人化的手法，借“灞桥烟柳”和“曲江池馆”代指长安，既表明长安的美丽可爱，又意在提醒人们，“如此多娇”的长安却沦入金人之手！词人着一“应”字，以肯定的语气，表达“欲倾天上河汉水，净洗关中胡虏尘”的收复之志，可说意味深长，信心满满。

这首词手法精妙，风格豪放。全词综合运用了以景融情、借景抒情、以典寄情以及拟人、反问和想象等多种手法，暗示词人所憧憬的抗金战争之前景，开朗而不消沉，悲愤而未绝望，慷慨而无颓丧，风格直露豪放，充满乐观气氛和胜利在望的高昂情绪。此作在南宋爱国词作中亦是不多见的。

汉宫春·初自南郑来成都作①

羽箭雕弓②，忆呼鹰古垒③，截虎平川④。吹笳暮归野帐⑤，雪压青毡⑥。淋漓醉墨⑦，看龙蛇飞落蛮笺⑧。人误许⑨、诗情将略⑩，一时才气超然⑪。

何事又作南来，看重阳药市⑫，元夕灯山⑬？花时万人乐处⑭，攲帽垂鞭⑮。闻歌感旧，尚时时流涕尊前⑯。君记取、封侯事在⑰。功名不信由天⑱。

注 释

① 汉宫春：词牌名，又名“庆千秋”。

② 羽箭：以羽毛作尾的箭。雕弓：雕刻有花纹的弓。

③ 呼鹰古垒：词人《剑南诗稿》卷十三《忽忽》诗“呼鹰汉庙秋”句自注云：“南郑汉高帝庙，予从戎时，多猎其下。”

④ 截虎平川：词人曾在南郑一带打猎时，曾于沮水（在今陕西境内）边刺杀猛虎。

⑤ 笳（jiā）：胡笳。我国古代北方民族的一种吹奏乐器。

⑥ 青毡：盖在营帐上的黑色毛毡。

⑦ 淋漓醉墨：这里是说诗人乘着酒兴落笔，酣畅淋漓。

⑧ 龙蛇：指所写之字笔势飞舞、豪放的样子。唐李白诗云：“时时只见龙蛇走，左盘右蹙如惊电。”

⑨ 许：推许，赞许。

⑩ 诗情将略：这里是说兼有诗人的才情和将帅的谋略。

⑪ 超然：超脱世俗的超群人才。

⑫ 重阳药市：《岁时广记》卷三十六引《四川记》所载：“成都九月九日为药市。”

⑬ 元夕灯山：这里指当时每年元宵节成都府所制的灯山。灯山，把无数的花灯叠作山形。

⑭ 花时：指成都的浣花日。据《老学庵笔记》卷八所载："四月十九日，成都谓之浣花。"

⑮ 攲（qī）帽垂鞭：帽子歪戴着，垂下鞭子骑马缓行，形容闲散逍遥。攲，倾斜。

⑯ 流涕：流泪。尊：同"樽"，酒杯。

⑰ 封侯：典出《后汉书·班梁列传·班超》，说的是班超的故事。班超为人有大志，尝辍业投笔叹曰："大丈夫无他志略，犹当效傅介子、张骞立功异域，以取封侯，安能久事笔研间乎？"后来他出使西域，建立大功，被封为定远侯。

⑱ 功名不信由天：典出《论语·颜渊》，子夏语云："死生有命，富贵在天。"这里反用其意。不信由天，即不相信要由天意来决定。

题　解

这首词是词人陆游于宋孝宗乾道九年（1173）春天在成都时所作。此时四十九岁的词人，于上年年前从南郑行抵成都。上年冬，四川宣抚使王炎从南郑被召回临安，词人亦被改任为成都府路安抚使司参议官。词题申说"初自南郑来成都作"，词中所写元夕观灯、花市游览等情景，当是乾道九年（1173）春。

此词通过对自己南郑从军生活的追忆和对眼前成都药市灯山、百花如锦之繁华景象的描绘，表达出词人对杀敌立功事业的执着追求和坚定信念，全词洋溢着强烈的爱国主义精神。

赏　析

词之上片，重在追忆南郑从军之生活。

词人从幼时就立下了"上马击狂胡，下马草军书"的爱国壮志，故而去年南郑的"大散关头北塑秦，自期谈笑扫胡尘"的军旅生活特别令他难忘。因此，乍一落笔，词人便想起曾经的惊人场景："羽箭雕弓，忆呼鹰古垒，截虎平川。"在那险峻的古垒之旁，在那辽阔的平川之上，我习武打猎，常常背负弓箭，臂挥雄鹰，手缚猛虎。这里，词人用简括有力而不乏雄壮之色的笔触，忆写南郑那“呼鹰汉庙秋”（陆游《忽忽》）、“挺剑刺乳虎”（陆游《怀昔》）之军旅生涯。“呼”“截”二字，显出词人之雄姿英发、豪气满满。

“吹笳暮归野帐，雪压青毡。淋漓醉墨，看龙蛇飞落蛮笺。”这几句，描写词人晚归野帐、挥毫书写之情形：直到暮色苍茫、笳声四起之时，我们方才猎罢归来，野营帐幕的青毡之上，早就落满了一层厚厚的雪花。餐饮罢，醉意颇浓，我挥毫疾书，那龙飞凤舞的草书，墨迹酣畅淋漓，落于那彩色的蜀笺之上。这里，词人先写悲壮的暮归之景，再写“雪”“帐”之中兴酣落笔，“槌床大叫狂堕帻”，写下了“时时只见龙蛇走，左盘右蹙如惊电”（唐·李白《草书歌行》）般的气壮山河的诗篇。词人之豪迈、英武显然可见。

“人误许、诗情将略，一时才气超然。”上片末三句，抒写词人心中之怨愤：人们也许是错误地赞许我，认为我是一个既有诗情又有将略的超群人才。这里，词人的怨恨深重：成都之行如卷地狂飙一般，瞬间便吹破了词人抗金收复之壮美梦境，将他心中熊熊燃烧的抗金意愿置于难有实现之日的“冷宫”之中。“人误许”三字，并非谦逊之词，而是饱含词人国仇未报、志士闲置的无尽怨懑，更是词人对当时南宋朝廷压制主战派、苟且偷安行径的愤怒控诉。

词之下片，重在描写成都的繁华景象。

过片紧承上片，描写词人内心极为怨怼之情：“何事又作南来，看重阳药市，元夕灯山？”为什么偏要我离开南郑前线南来成都呢？是为了逛重阳节的药市，是为了看元宵节的灯山吗？这里，词人先以蕴含强烈悲愤情感的发问，斥责南宋朝廷的投降卖国、苟安求和的可耻行径。接着描写眼中所见、心中所痛的“看”“药市”、逛“灯山”之场景，将一种无法言说、无法理解的深重怨愤蕴含之中：我的同胞们，可不要忘记故土还在金人之手，沦陷区人民还处在水深火热的苦难之中！我们哪里还有心情赏景游玩、逛节寻乐呢？！这里，也说明词人从一到成都（即“重阳”节前）就开始积聚愤怨，此时已达到心肺欲裂之程度！

接着，词人感慨万端，袒露心迹：“花时万人乐处，攲帽垂鞭。闻歌感旧，尚时时流涕尊前。”每当繁花盛开之时，在那万人游乐之处，我亦斜戴帽子，提着马鞭，任那马儿漫走。每当听歌观舞、酒酣耳热之时，我会想到过去的军旅生活而感慨万千，想到蒙难的祖国和受苦的人民，便在不知不觉之中泪洒酒樽之前。这里，词人以“尊前”“流涕”的细节描写，表现出壮心犹在、国仇难报的万千愤怒。

此时此刻，词人并没有沉浸于悲愤之中，而是做出了坚定而有力的回答："君记取，封侯事在，功名不信由天。"请同胞们千万记住，杀敌报国、建功封侯的大事是要我们自己去奋斗的，我就不信这都是由上天来安排的！这里，诗人用斩钉截铁的语言做出了回答：谋事成事全在人！国家和人民的命运掌握在我们自己手中！

这首词最突出的特点是对比手法的成功运用。全篇以南郑之过去与成都之现在形成总体对比，又以"药市""灯山"之盛大场景与自己之"闻歌感旧""欹帽垂鞭"之细节形成鲜明对比，还以"人误许"与"流涕尊前"形成强烈对比，表达出词人坚定的报国杀敌之信念和执着而矢志不渝的爱国情怀。

夜游宫·记梦寄师伯浑[1]

雪晓清笳乱起[2]。梦游处、不知何地。铁骑无声望似水[3]。想关河[4]，雁门西[5]，青海际[6]。

睡觉寒灯里[7]。漏声断、月斜窗纸[8]。自许封侯在万里[9]。有谁知，鬓虽残[10]，心未死[11]。

注 释

① 夜游宫：词牌名。又名“新念别”。师伯浑：名浑甫，字伯浑。四川眉山人。作者的友人。

② 雪晓：下雪的早晨。清笳：军中清壮的笳声。

③ 铁骑（jì）：披着铁甲的骑兵。无声：古代夜行军，令士卒口中衔枚，故而无声。

④ 关河：关塞、河防。

⑤ 雁门：雁门关，在今山西代县西北。

⑥ 青海际：青海湖边。青海，这里指青海湖，在青海境内。这里与雁门一样皆是古代边防重地。

⑦ 睡觉（jué）：睡醒，梦醒。

⑧ 漏声断：古代以漏壶滴水计时，漏声断表明一夜将尽、天快亮时。

⑨ 封侯：典出《后汉书·班超传》。班超少时有大志，投笔从戎曰：“大丈夫无他志略，犹当效傅介子、张骞立功异域，以取封侯，安能久事笔研间乎？”后来他出使西域，建立大功，官至西域都护，被封为定远侯。万里：这里指万里疆场。

⑩ 鬓虽残：喻指衰老。

⑪ 心未死：杀敌立功的壮心没有失去。

题 解

陆游的《老学庵笔记》卷三记载："师浑甫，本名某，字浑甫。既拔解，志高退，不赴省试；其弟乃冒其名以行，不以告浑甫也。俄遂登第。浑甫因以字为名而字伯浑。"大意：师浑甫年轻时考中解元，即乡试第一名，因志行高洁，不去参加高一级考试。他的弟弟冒其名应考，不久便进士及第。故而他以字浑甫为名，而另字伯浑。《剑南文集》卷十四《师伯浑文集序》中这样写道："乾道癸巳，予自成都适犍为，识隐士师伯浑于眉山。一见，知其天下伟人。……伯浑自少时名震秦、蜀，东被吴、楚，一时高流皆尊慕之，愿与交。""乾道癸巳"即乾道九年（1173），"犍为"即嘉州（今四川乐山）。由此可知，师伯浑乃是词人在乾道九年自成都赴嘉州如州任时，在四川眉山所结识的一位蜀中高士。次年，即淳熙元年（1174）春，词人离嘉州，与师伯浑饯别于青衣江上。四年后师伯浑病逝，这首词当写于这四年间。

此词通过梦中与梦醒之境遇的巨大反差，融汇了强烈的悲愤之情，从而表达出词人身虽寥落衰老、志却坚毅执着的爱国情感，风格悲壮而豪迈。

赏 析

师伯浑是陆游在四川交结的一位高士，志行高洁，可说与其志同道合。故而词人把这首抒发爱国激情之记梦词寄给他，以志共勉。

词之上阕，描写梦境。

乍一落笔，词人就给我们呈现了一幅声色兼具的关塞壮景："雪晓清笳乱起。梦游处、不知何地。铁骑无声望似水。"这是一个雪花纷飞的清晨，四周营吹起那凄清而又响亮之笳声，梦境之中，竟然不知道这是什么地方，只见那披着铁甲的骑兵肃静无声，看上去犹如一股寂然而流的洪水那般奔驰。这三句，词人写梦中所闻与所见，分明就是两个特写镜头：一是"雪晓笳声图"，一是"铁骑寂驰图"。前者重在突出北方之地域特色，勾画出"千里冰封，万里雪飘"之大背景。尤其是"清笳乱起"四字，写出了破晓笳声四起的边塞特色。后者重在突出军容之整齐严肃，以"望似水"之比喻，呈现出披甲之骑兵像一股闪着波光的洪流一般疾驰之形象。这三句在写法上颇有特色：词人把“梦游处、不知何地”插入梦境中间，既点示出此为梦中，又使全词的声情有了顿挫，且有提示下文之妙处。

接着写梦中之联想：“想关河，雁门西，青海际。”想起沦陷中的关塞山河，这里分明就是雁门关外、青海湖边。这里，词人以“雁门”“青海”来代表沦陷于金人之手的广阔西北领土。既回答了上文之“梦游处、不知何地”之疑问，又以“关河”引出“雁门”“青海”，把词人“梦断故国山川，隔重重烟水”的不忍言说的苦痛——国家破碎、收复无望的忧愤蕴含其中。其实，这里亦是两个特写镜头：“雁门关外图”和“青海湖边图”。词人通过这两幅景语，点出了他念念不忘驰骋沙场、收复杀敌的雄心壮志，蕴含着词人极其深厚的爱国情感。

词之下阕，抒写梦醒之感想。

首先展现在读者眼前的，是这样一个孤寂凄冷的环境：“睡觉寒灯里。漏声断、月斜窗纸。”一觉醒来，词人才知道，自己还在寒灯惨淡的深夜之中。漏声已断，夜已将尽天快亮，明月已斜照西窗。这里，又是两个特写镜头：“寒灯漏断图”和“斜月照窗图”。这两幅图景，既与词首之“雪晓笳声图”“铁骑寂驰图”之梦境相呼应，又衬托出词人抗敌不能、收复无期的无尽失望和惆怅之情。梦境是何等之雄拔，而现实却是如此之凄凉！梦里、梦外之强烈反差，令词人顿生英雄无路之慨叹。虚实之对比，形成了极大的错位，突现了词人报国无门的失落之感，有一种“志士凄凉闲处老”的无限凄楚、凄冷和凄悲蕴含其中。

词末，词人先以“自许封侯在万里”表明心志：我相信自己能像班超那样，在那万里之外为国立功封侯。这一句，亦是一个特写镜头——“万里封侯图”。词人用铿锵有力的语言构成极形象的画面，表达出“丈夫誓许国，愤惋复何有”之抗金复国的壮志雄心，使词人从凄悲之中振起。接着，插入“有谁知”三字，以照应词题“寄师伯浑”，意在以婉转的手法表明：有谁能理解我呢？只有作为挚友、知己的你明白我的心志。最后，词人卒章显志：“鬓虽残，心未死。”我虽则鬓发已经斑白，但收复中原的爱国之心却未死。词人以豪迈的语言构成一个特写镜头，我们命之曰：“鬓残心坚图”。

这首词手法精妙。词人运用超前之“蒙太奇”（镜头组接）手法，以托梦的形式，用八个特写镜头来形象地表达郁愤和心志，鲜明生动，感人至深。

鹊桥仙·夜闻杜鹃①

茅檐人静，蓬窗灯暗②，春晚连江风雨③。林莺巢燕总无声，但月夜、常啼杜宇④。

催成清泪，惊残孤梦，又拣深枝飞去⑤。故山犹自不堪听⑥，况半世、飘然羁旅⑦。

注 释

① 鹊桥仙：词牌名。又名“忆人人”“广寒秋”等。杜鹃：一种鸟名。又称“杜宇”“子规”“怨鸟”等。传说古代蜀国国王，名“杜宇”，号“望帝”，禅位于开明之士，隐于西山，死后，其魂化为杜鹃鸟。啼声哀苦，每啼之时，血流于喙。

② 蓬窗：茅屋的窗。

③ 春晚：晚春，暮春时节。

④ 杜宇：杜鹃鸟。宋何梦桂《喜迁莺》：“杜宇声声，黄昏庭院，那更半帘风雨。”

⑤ 深枝：树林深处的枝条。

⑥ 故山：故乡的山林。这里指故乡。

⑦ 半世：词人陆游于淳熙六年（1179）出蜀东归，时年五十五岁，此词作于蜀中，年龄在五十岁上下，故而称为“半世”。羁旅：长久旅居他乡。羁，停留，寄居。

题 解

宋孝宗乾道八年（1172），陆游离开南郑，第二年春在成都任职，之后又在西川停留了六年。此词当写于这段时间（据夏承焘《放翁词编年笺注》）。全词围绕词题“夜闻杜鹃”展开，以叙述之口吻，描述杜鹃夜啼之情景和氛围，构成一个凄凉至极的意境。继而承杜鹃之声写开去，使悲凄之声与孤寂之心交相辉映，突出了词人无限寂寞伤感之情。结尾直抒胸臆，把词人半世漂泊、万里羁旅的凄悲不堪的失意怀乡之情推至极致。真可谓“去国怀乡之感，触绪纷来，读之令人於邑”（明·卓人月、徐士俊《古今词统》）。

赏 析

词之上阕，重在描述杜鹃夜啼之情景。词人乍一落墨，便从寓所及环境写起：“茅檐人静，蓬窗灯暗，春晚连江风雨。”暮春时节，那江岸之上，风雨连天。在那有窗的茅屋里，昏暗的烛灯在窗风中，忽明忽暗，明明灭灭。我们的词人独对昏灯，寂然静坐，悄然无声。“茅檐”“蓬窗”四字，勾画出寓所之简陋。“人静”“灯暗”四字，互为衬托，写出了词人孤坐昏灯之下的寂寥。在这样的环境中，“连江风雨”应当是词人的想象。这亦说明简陋的茅屋窗外，定然是风雨大作。“茅檐一夜（原诗是‘三日’）萧萧雨”（陆游《夏日杂题》）。这就有了一种“卷我屋上三重茅”“茅飞渡江洒江郊”（唐·杜甫《茅屋为秋风所破歌》）之悲愁，给全词笼罩上一层漂泊羁旅之愁苦。

接着，词人又描述了一个虽不是风雨之夜，却是一个常啼杜鹃的月夜：“林莺巢燕总无声，但月夜、常啼杜宇。”这是一个悄无人声的夜晚，竟然连树林里的黄莺、茅屋檐下归巢的燕子都停止了鸣叫，唯有那“一鸟”——泣血之杜鹃，在月夜里孤苦哀啼。这里，词人先以“莺”“燕”“无声”来反衬夜之寂然、寂静；然后用一“但”字转折，描写出虽是一个风平浪静之月夜，但“常”闻那夜半犹啼血的子规的啼叫声，亦令人毛骨悚然。这几句，实则是一个插叙，是一个回忆的片段，是词人之心理描写，意在说明：这样的一个风雨之夜，杜宇亦是要“啼”的！因为杜宇“常啼”，这样的刺激、惊惧亦非一日几日。“诗仙”“又闻子规啼夜月，愁空山”（唐·李白《蜀道难》），而我们的词人在风雨之夜“又闻子规啼”，该是“万种凄凉，肝肠寸断”（明·李汝珍《镜花缘》）吧？

词之下阕，重在抒写愁苦情状及词人内心之痛楚。

换头三句“催成清泪，惊残孤梦，又拣深枝飞去”，是词人孤夜茅屋常闻杜鹃啼叫之感受：每每一到夜间，那杜鹃的哀啼一声紧似一声，常常把我从孤梦中惊醒，令我清泪横流。而那杜鹃，却飞至树之更低处，其鸣声更为凄厉。这里，词人用“孤梦”点明客居他乡。客中愁苦难以驱遣，只能寄梦排忧，谁知偏被那可恶的杜鹃“惊残”。“惊残”还则罢了，谁知杜鹃那“泣血”之哀鸣一声紧似一声，令词人惊惧不安，故而“催”下“清泪”几行。着一“又”字，更加写出词人之无可忍耐：“清泪”还则罢了，谁知那故意作对之杜鹃，竟飞至更低处，在距词人茅屋更近处悲泣！真个是“客愁那听此，故作傍人低！”（唐·杜甫《子规》）客中愁闷之时哪能听此哀伤悲苦之啼声，可谁能想到那杜鹃却分明故意追着人飞啊！此时词人的惊愕、惊恐和惊慌就可想而知了。

词末“故山犹自不堪听，况半世、飘然羁旅”二句，抒发词人遭际不堪、身世苍茫之感慨：如今，即便是故乡的杜鹃，那原本引不起我羁旅之愁的啼叫，恐怕也令我不忍听闻，更何况我年已半百、身世飘零、羁旅他乡！词人四十六岁任夔州通判，两年后调任王炎幕府任赞襄军事，得以亲临南郑前线，心情振奋，曾身着戎装，亲自参加大散关保卫战，打败了金兵。当时他自认为“王师北定中原日”到了，实现壮志、报国立功的机会到了。可谁知只半年多，王炎幕府解散，自己亦被调至成都。顷刻之间，杀敌立功、收复失地的愿望化为泡影！之后，他辗转西川各地，请缨无路，沉沦下僚，直至此次离蜀东归。岁月之蹉跎，人生之失意，时局之忧念，令词人对南宋朝廷极为不满，故而写下以上二句，抒写心中之忧愤。

这首词立意巧妙。词人借写羁旅“夜闻杜鹃”之哀鸣的凄楚情景及哀伤之感受，抒写自己抱负难以施展、失意至极的身世之悲。此词由闻鹃啼而感兴，由表及里，由浅入深，层层递进地传达出词人内心之无限苦闷。

诉 衷 情[1]

当年万里觅封侯[2]，匹马戍梁州[3]。关河梦断何处[4]？尘暗旧貂裘[5]。

胡未灭[6]，鬓先秋[7]，泪空流。此生谁料，心在天山[8]，身老沧洲[9]。

注 释

① 诉衷情：词牌名，原为唐教坊曲名，又名“桃花水”。

② 觅封侯：寻求杀敌报国、建功立业的机会。封侯，典出《后汉书·班超传》。班超少有大志，尝辍业投笔叹曰：“大丈夫无他志略……立功异域，以取封侯，安能久事笔研间乎？”

③ 戍（shù）：守边。梁州：此指兴元府。因西晋、隋、唐时曾为梁州，古代属中国九州之一的梁州之地。

④ 关河：关塞，河流。泛指汉中前线险要的地方。梦断：梦醒。

⑤ 尘暗旧貂裘：貂皮裘上落满灰尘，颜色亦为之暗淡。意在表示自己困顿失意之境况。典出《战国策·秦策一》：“（苏秦）说秦王书十上而说不行。黑貂之裘弊，黄金百斤尽，资用乏绝，去秦而归。”

⑥ 胡：这里指金人侵略者。

⑦ 鬓：鬓发。秋：鬓发变白之意，喻指年老鬓白。

⑧ 天山：今新疆，这里借指抗金的前线。

⑨ 沧洲：指水边的地方。古时常用来泛指隐居之地。南朝齐谢朓诗云：“既怀欢禄情，复协沧洲趣。”（《之宣城郡出新林浦向板桥》）这里指作者所居的绍兴镜湖边的三山（即山阴）。

题 解

这首词是陆游晚年隐居山阴故乡时所作。在隐居的岁月里，他最难忘的是“五丈原头刁斗声，秋风又到亚夫营”（陆游《秋夜思南郑军中》）之南郑的投身军旅的经历，每每想起那“楼船夜月瓜洲渡，铁马秋风大散关”之战斗场景，就格外激动。但一想到自己的处境和恢复无望的现实，又黯然神伤，于是写下了这首充满了炽热爱国之情的词。

此词通过描写词人一生中最难忘的岁月，抒发了“国仇未报壮士老，匣中宝剑夜有声”之壮志难酬、报国无门的悲愤难平之情。

赏 析

词之上阕，追忆往昔，深蕴宏愿难遂之失望。

词一开篇，便回顾昔日胸怀壮志、勇赴抗敌前线之情景：“当年万里觅封侯，匹马戍梁州。”回想当年，我鹏程万里，为了寻找建功立业的机会，单枪匹马奔赴边地保卫梁州。“当年”二字，指词人于乾道八年（1172）投身四川宣抚使王炎幕下之事，即南郑那段戎装马上之抗敌经历。“觅封侯”三字，借用班超“投笔从戎”之典故，表达词人“自许封侯在万里”的自许、自负和自信的壮志雄心。“万里”和“匹马”之强烈对比，把词人那种“壮岁从戎，曾是气吞残虏”的四十八岁匹马征万里之宏壮之气写了出来。

“关河梦断何处，尘暗旧貂裘”两句，是词人对自己仅半年的从戎守边经历的沉痛回忆：如今防守边疆要塞的从军生活只能在梦中出现，梦中醒来不知身在何处，只见那灰尘已经盖满了那时出征的貂裘。词人着一“暗”字，将年近七十的自己“志士凄凉闲处老，名花零落雨中看”之惆怅、凄悲饱含其中。

词之下阕，词人瞻望前景，表达英雄迟暮之慨叹。

换头处，词人诉说自己平生之不得志：“胡未灭，鬓先秋，泪空流。”金人还未消灭，鬓已花白，感伤的眼泪白白地流淌。这里，词人以短促的三字句，尤其是“未”“先”和“空”三字，把词人“时易失，志难成，鬓丝生”的无比沉痛之情蕴含其中。词人兼用排比、借喻（“秋”）和夸张等手法，把“壮心未与年俱老”的失望、痛苦和不满、愤慨等种种情感融汇其中。而这“空流”之“泪”，更是忧国忧民之泪、壮志难酬之泪！

“此生谁料，心在天山，身老沧洲。”词末三句，词人总结一生、反省现实：

我这一辈子谁曾料想到，志在抗金复国，结果年纪老了却退职闲居，将来老死于沧洲？词人慨叹一生“心”与“身”之矛盾，用“谁料”二字道出，万千慨叹皆含其中，有一种“有谁知，鬓虽残，心未死”的炽热之爱国情感在！

这首词风格豪放悲壮，词旨深厚。词人以明白畅达、如泣如诉的语言，恰切地运用排比、借喻、夸张、对比、用典等多种手法，将一腔“老骥伏枥，志在千里；烈士暮年，壮心不已”的忠愤爱国之情表达出来，有回肠荡气、感人至深的艺术力量。

鹊桥仙[1]

华灯纵博[2]，雕鞍驰射[3]，谁记当年豪举[4]。酒徒一半取封侯[5]，独去作、江边渔父[6]。

轻舟八尺，低篷三扇[7]，占断蘋洲烟雨[8]。镜湖元自属闲人，又何必、官家赐与[9]。

注　释

① 鹊桥仙：词牌名，又名“一捻红”。

② 华灯纵博：在华美的灯光下纵情地进行博戏。博戏是古代的一种赌博游戏。

③ 雕鞍：雕刻有花纹或图案的马鞍。这里代指战马。驰射：驰骋射猎。

④ 当年：这里指乾道八年（1172）陆游在南郑四川宣抚使司幕中从军之时。豪举：有魄力的举动。

⑤ 酒徒：这里指当年一同饮酒的同僚。《史记·郦生陆贾列传》载：“郦生嗔目案剑叱使者曰：‘走！复入言沛公！吾高阳酒徒也，非儒人也。’”封侯：获得功名。此用东汉班超之典：《后汉书·班梁列传·班超》记载，班超少有大志，后投笔从戎，出使西域，建立大功，被封为定远侯。

⑥ 渔父：渔翁，多用来指隐者。这里是词人自喻。

⑦ 低篷：低矮的船篷。扇：量词，用来计门、窗、屏障物等的数量。

⑧ 占断：占尽，占据。蘋洲：长着蘋草的水中陆地。蘋，多年生水生蕨类植物，浮萍，一种多年生水草。

⑨ “镜湖”二句：据《新唐书·隐逸传·贺知章》载记，唐代诗人贺知章年老还乡，求周宫湖数顷为放生池，唐玄宗诏赐镜湖剡川一曲。此处陆游反用其事。镜湖，鉴湖，陆游于乾道二年（1166）之后定居在镜湖上的三山。元自，本来，本自。闲人，这里词人借典喻指自己，含有愤激之意。官家，皇帝。

题 解

这首词当为陆游被劾罢归山阴后所作。此词抒写“身老沧洲”之生涯，其实正是词人“心在天山”之痛苦曲折之反映，颇能代表词人放归后的词作特色。词人在湖山胜景、闲情逸致的抒写之中，蕴含着深沉的壮志未酬、壮心不已的幽愤。词人笔下之“雕鞍驰射”“蘋洲烟雨”，其情其景是何等之雄壮、广漠！而“谁记”“独去”和“占断”，转折蓄势，其意其心，又是何等之怨尤深广！正如后人所评：“纤丽处似淮海（即秦观），雄慨处似东坡（即苏轼）。”（明·杨慎《词品》卷五）

赏 析

词之上片，重在通过今昔之对比，表达词人报国无门的深沉忧愤。

词人先从昔日南郑军旅生涯写起：“华灯纵博，雕鞍驰射，谁记当年豪举。”在那华丽的明灯之下，与同僚们纵情地博弈，骑着骏马猎射驰骋，还有谁能记得我当年这豪壮的军旅生活？！这里，词人追忆自己四十八岁时“雪中痛饮百榼空，蹴踏山林伐狐兔”（陆游《十月二十六日夜梦行南郑道中既觉恍然揽笔作此诗时且五鼓矣》。榼：古代盛酒的器具）的南郑戎马生涯。词人虽则选取了“纵博”“驰射”之场景，但主要是为了突出自己豪爽、豪放之性情。因为当时王炎入川之时，宋孝宗曾面谕北伐事宜，词人亦曾为王炎规划进取之策，提出了“会看金鼓从天下，却用关中作本根”的破敌方略。“豪举”二字，当主要是就此而言的，充分体现了词人的报国热情和杀敌立功的雄心壮志。

“酒徒一半取封侯，独去作、江边渔父。”上片后二句，写现今之遭遇：我杀敌报国无路，又不愿如一般人那样苟合求荣、获取功名，故而只能隐居江边聊做渔父。这里，词人运用郦生和班超之典故，来映射终日酣饮耽乐之“酒徒”反倒受赏封侯、高官得坐，而志存高远、心系国家人民之如己者，却被迫投闲置散，只能做个“江边渔父”！这鲜明的对比之中，蕴含着词人仕途坎坷、壮志难遂的无限悲愤：当年与词人一起饮酒的“酒徒”，本与自己比肩，但后来却逐渐爬上高位（如范成大、周必大都位至宰执），至少有一半都得到“封侯”晋爵，唯有词人落了个病老乡里，成了一个凭靠打鱼为生的衰老渔夫。词人着一“独”字，在极为强烈的对比中，使词意再深入一层：昔日之“马上”“草檄”之射虎英雄，胸怀报国壮志，却无法实现，成为“孤舟蓑笠翁”！词人孤愤难平，其傲岸不羁，皆融“独”字之中。这其实是词人饱含忠愤之控诉啊！

词之下片，重在通过如今之处境，表达对最高统治者之极度不满。

过片处“轻舟八尺，低篷三扇，占断蘋洲烟雨”三句，紧承上片，描写词人目前渔隐之生活情状：我江边有八尺轻舟，舟上撑着那低矮的三扇船篷，可谓独自占尽长满蘋草、烟雨迷蒙的水边凄迷之景。“占断”二字，别有意味。在这看似逍遥自在的生涯之中，有着词人难以言说的壮志未酬的深重怨恨啊！一叶简陋浅小之扁舟，何能“占断”如此广漠之水泽旷野？！在这鲜明的对比中，做到了情景交融，在这看似超脱、旷达的描写之内，深深地将忠愤抑郁之气融汇其中。

词末“镜湖元自属闲人，又何必、官家赐与”两句，词人以独有的傲岸孤高之气，婉曲地表达失意不平之情：官家（这里指皇帝）既置我以闲散，那么这镜湖风月本来就属于像我这样的闲适之人，又何必非要你“官家赐与”不可呢？！这里，词人借用唐代诗人贺知章老去还乡、唐玄宗特诏赐镜湖一曲以示矜恤之典故，表现出一种夷然不屑之情态，笔锋直接指向最高统治者，把全词蓄积起来的抑郁不平之气融入其中。

这首词意境独特深沉，炼字炼句极见功夫。词人以“雕鞍驰射”“蘋洲烟雨”等句构成一个浩渺、广漠的景致，以“谁记”“独去”“占断”这些极有表现力的词语，层层转折，层层蓄势、递进，使词中之情意怨尤而深远，从而景、情交织，构成一个于啸傲烟水之中深寓愤怨抑郁之气的独有意境，将词人之壮志未酬、壮心不已的幽愤表现出来。

谢 池 春[①]

壮岁从戎[②]，曾是气吞残虏[③]。阵云高、狼烽夜举[④]。朱颜青鬓[⑤]，拥雕戈西戍[⑥]。笑儒冠、自来多误[⑦]。　　功名梦断[⑧]，却泛扁舟吴楚[⑨]。漫悲歌、伤怀吊古[⑩]。烟波无际，望秦关何处[⑪]？叹流年、又成虚度[⑫]。

注　释

① 谢池春：词牌名。又名“风中柳”“玉莲花”等。

② 壮岁从戎：这里指陆游四十八岁之时，即宋孝宗乾道八年（1172），在四川宣抚使司幕中从军的经历。

③ 残虏：这里指金人侵略者。

④ 阵云：战地的烟云。狼烽：烽火。古代边地烽火台常燃狼粪为烟，故有此称。

⑤ 朱颜青鬓：红润的脸，黑色的发。形容壮年。

⑥ 雕戈：雕刻有花纹的戈。戈，古代的一种兵器。西戍：在西北前线防守。

⑦ “笑儒冠”句：化用唐杜甫“纨绔不饿死，儒冠多误身”（《奉赠韦左丞丈二十二韵》）之诗意。儒冠，书生。

⑧ 功名：陆游所说的功名应包含功业声名和杀敌报国两方面的内容。

⑨ 扁（piān）舟：小舟。扁，小。吴楚：春秋时的吴国之地主要在今江苏一带，越国之地主要在今浙江一带，楚国之地主要在今湖北、湖南一带地区，这里的“吴楚”泛指这些地区。陆游的家乡山阴属古越地，这里为了押韵，故而称“吴楚”。

⑩ 漫：随意。

⑪ 秦关：函谷关。战国时秦国所建，故又称秦关。在今河南灵宝西。

⑫ 流年：流水般的年华。虚度：白白地逝去。

题解

这首词当是陆游于淳熙十六年（1189）被劾罢归之后，在山阴老家回忆当年之南郑幕府军旅生活而作。乾道八年（1172）二月，四十八岁的词人，由夔州通判转任四川宣抚使王炎幕下的干办公事兼检法官。同年十月，因王炎召还，幕府解散，诗人亦于十一月赴成都新任。宣抚使治所的南郑，是当时西北前线抗击金人的军事要地。因此，词人在此任职，很符合他抗敌收复的心愿，他亦曾参加过多次战斗，“铁马秋风大散关”的南郑战斗生活，成为他一生最适意、最值得回忆之经历。此词通过追昔而伤今，表达了词人对祖国之热爱和对现实之失望。

赏析

词之上阕，重在追昔。

词人乍一落笔，就从追忆往昔的军旅生涯开始：“壮岁从戎，曾是气吞残虏。”词人壮年从军，曾经有气吞金人侵略者的豪迈气魄。“从戎”二字，直点战事，以“壮岁”领起，确有一种“壮岁旌旗拥万夫”（宋·辛弃疾《鹧鸪天》）之英雄气概。“气吞残虏”正是这种英雄气概的形象写照。

“阵云高、狼烽夜举。朱颜青鬓，拥雕戈西戍。”词人回想当年意气风发，怀抱“莫作世间儿女态，明年万里驻安西”（陆游《和高子长参议道中二绝》）一举收复西北失地的愿望，前去征战之情形：那天夜里，浓重的云层高挂在天上，原来是烽火狼烟点着了。我和将士们一样，雄姿英发，面庞红润，头发乌黑，气宇轩昂，手持雕饰精美的长戈西去戍边。这里，词人写出了“笳鼓声酣醉胆粗”“从军乐事世间无”（陆游《独酌有怀南郑》）之极豪壮之情形：“高”之“阵云”和“夜举”之“狼烽”衬托出征气氛，有一种“甲光向日金鳞开”（唐·李贺《雁门太守行》）的军容整肃、军威雄壮之气概。“朱颜”二句，既是“西戍”将士之群像的刻画，也是词人自我形象的真实摹写。

上阕末一句“笑儒冠、自来多误”，突然转入对功业之事最终一无所成之慨叹：讥笑自古以来的儒生，虽则满腹才学，但大多耽误了宝贵的青春时光，而难有所为。这一句，词人巧妙化用杜甫“纨袴不饿死，儒冠多误身”之诗意，抒发自己“志大浩无期”（陆游《观大散关图有感》）、“可怜白发生”（宋·辛弃疾《破阵子》）的悲愤之情。

词之下阕，重在伤今。

换头二句“功名梦断，却泛扁舟吴楚”，紧承上阕末句，抒写词人暮年家居江南水乡的生活及感慨：上阵杀敌、为国立功的梦想已经破灭，自己却只能在吴楚大地之上泛一叶扁舟。词人“上马击狂胡，下马草军书”之为国立功的愿望落空，被迫隐居家乡，泛舟镜湖，以排遣心中之怨愤。这与词人笔下之“华灯纵博，雕鞍驰射，谁记当年豪举。酒徒一半取封侯，独去作、江边渔父”、“石帆山下雨空蒙，三扇香新翠箬篷。蘋叶绿，蓼花红，回首功名一梦中”（陆游《渔父》）是同一意境。不过，这里的语言更为简括。

“漫悲歌、伤怀吊古”，这是词人之自我宽解：我只能漫自悲歌，伤心地凭吊那古人。这一句，蕴含了词人“一身报国有万死，双鬓向人无再青”之壮志难酬的无尽忧愤。

“烟波无际，望秦关何处？叹流年、又成虚度”，词末三句，词人以深重的感慨作结：为什么无际的江南烟波之美景，仍然难以消除我对沦陷区人民的想望？老年的隐居，我只能深深地感叹，年华又成虚度。词人怀抱执着而又强烈的爱国爱民之情怀，一生念念不忘的是“王师北定中原日”。“秦关汉苑无消息，又在江南送雁归！”（陆游《闻雁》）“秦关”之无法收复，令词人格外心焦。即使在生命的最后一刻，词人牵挂的仍是“九州同”，并留下遗嘱：中原收复之时，“家祭无忘告乃翁”！

这首词成功地运用了对比手法。上阕追昔怀旧，抒写“壮岁从戎”之豪迈气概，写得慷慨而悲壮；下阕伤今归乡，表达“流年”“虚度”之无限感慨。词人在强烈而鲜明的今昔对比之中，表达出深挚的爱国爱民、忧国忧民之情。

卜算子·咏梅[1]

驿外断桥边[2]，寂寞开无主[3]。已是黄昏独自愁，更著风和雨[4]。　无意苦争春[5]，一任群芳妒[6]。零落成泥碾作尘[7]，只有香如故[8]。

注　释

① 卜算子：词牌名，又名“百尺楼”“眉峰碧”等。

② 驿（yì）外：荒僻、冷清之地。驿，驿站，古代供官员和行人途中休息的地方。断桥：残破断毁之桥。

③ 无主：无人照看和玩赏，含有“自生自灭”之意。

④ 更：又、再之意。著（zhuó）：这里是遭受、承受或“加……于其上”之意。

⑤ 无意：没有做某事之愿望。苦：尽力，竭力。争春：与百花争奇斗艳。

⑥ 一任：完全听凭，全任。群芳：群花。这里借指苟且偷安的主和派。妒：嫉妒。

⑦ “零落”二句：化用宋王安石的“纵被春风吹作雪，绝胜南陌碾成尘”（《北陂杏花》）之诗意。零落，凋谢坠落。碾（niǎn）：轧烂、轧碎。作尘：化作尘土。

⑧ 香如故：香气依旧存在。故，指花开之时。

题　解

这首词是陆游主张抗金而遭受打击、排挤的自喻之作。词人一生酷爱梅花，写下了十多首吟咏梅花的诗、词，将梅花作为一种精神、品格的载体来倾情赞颂，梅花在词人笔下已成为一种品性高洁、坚贞不屈之形象的象征。联系词人一生仕途之中历尽罢免、贬谪、飘零等等苦难之遭际，此词正是他以梅寄志的代表作。词人通过对梅花坚贞不屈和高洁品格之赞美，表现了他品性孤高，绝不与争宠邀媚、阿谀逢迎之徒为伍的品格和不畏谗毁、坚贞自守之傲骨。尽管词人的爱国热情屡遭打击，词人亦倍受戕害，但他的爱国志向始终不渝。那“零落成泥碾作尘，只有香如故”之梅花，正是词人一生与恶势力不懈之抗争精神和对抗敌报国理想坚贞不渝之高尚品格的形象写照。

赏　析

词之上片，写梅之遭际。

词人对梅花情有独钟，曾写下《雪中寻梅（二首）》《梅花绝句（二首）》《落梅（二首）》和《梅花绝句（六首）》等十多首咏梅作，大加赞美梅花“雪虐风饕愈凛然，花中气节最高坚”之凛然挺立、毫不畏惧，具有令人肃然起敬之坚强英伟之气。而在这首词中，乍一开篇，词人就给读者展现了一个特写镜头：“驿外断桥边，寂寞开无主。”在驿馆外的断桥边，那寂寞无主的幽梅，正独自凄然地开放。“驿外”“断桥”二词，写出了一个人迹罕至、荒寒冷落之环境。“无主”“寂寞”二词，写出了梅之无人照管、无人欣赏之遭遇。由此可知：词人笔下之梅，既非官邸富家之梅，亦非名园贵苑之梅，而是一株生长于荒僻郊外之“野梅”。她默默地开放，又悄然无声地凋落。她孑然一身，四顾茫然没有谁肯看她一眼！因为她是“无主”之梅啊！这正是词人政治遭际之真实写照：早年科考，擢为第一。但遭奸臣秦桧之嫉恨，居然在次年的礼部复试中，莫明其妙地被黜免。直到秦桧死后，词人方才步入仕途，但也是几起几落、坎坎坷坷，极不顺遂。

“已是黄昏独自愁，更著风和雨”，亦是一个特写镜头：已是日暮黄昏，驿外断桥之梅正独自愁戚，偏偏一阵凄风苦雨，无情地吹打在她的身上。这里，词人再写梅之困境。“独自愁”三字，点示“梅”的内心之凄苦，与上句之“寂寞”相呼应。且偏偏“时运不齐，命途多舛”，此时风起雨落，使“梅”处在凄风苦雨之中。词人将自身之遭际赋予梅中。尤其是“更著”二字，力重千钧，将词人遭黜被贬、被劾罢免等等人生“风雨”，尽皆写出。

词之下片，托梅以寄志。

“无意苦争春，一任群芳妒”，过片二句，词人写梅之精神：她不想全占春芳、听任百花妒恨将她中伤。这里，词人以拟人手法，用“无意”和“群芳妒”之矛盾对比，突出了“梅”之高洁。当那百花怒放、争妍斗丽之春天到来之时，梅花却不去“苦争春”，而是凌寒先开，“只把春来报”。着一“苦”字，更写出了梅之赤诚：她不是拼命、尽力、抵死般地争那百花盛开之春天，而是“万木冻欲折”之时，她“孤根暖独回”，“前村深雪里，昨夜一枝开”（唐·齐己《早梅》）。这就从侧面讽刺了“群芳”：梅花无意相争，只是“群芳”之羡慕、嫉妒、恨罢了！词人将咏物与寄志融为一体，表现出词人标格独高，不与阿谀争宠之徒为伍的品性和傲骨。

“零落成泥碾作尘，只有香如故”，词末二句，词人借梅以言志：纵然她片片凋落于地，粉身碎骨碾作尘泥，清香却永留世上。这里，词人用“零落”“成泥”“碾”及“作尘”与“香如故”的强烈对比，表现了词人在险恶仕途中坚守高洁志行的坚贞和自信，以及词人坚持爱国壮志、忧国忧民、不愿同流合污的高贵品质。陆游早年因爱国议论触犯奸臣秦桧被黜，后来又因“力说张浚用兵”而被免职，再后又因“抗旨放粮”赈济灾民而被弹劾罢职归乡。词人在南宋苟且偷安的环境中，一直颇受冷遇，但他的爱国爱民之志始终不衰、老而弥坚。由此可见，此词当是词人晚年之作，他借咏梅以表达自己坚定不移的爱国立场和政治节操，隐喻自己矢志不移、坚守理想之高贵品质。此诗确是咏梅的上乘之作。